MEUCHELMORD UND MANDELKRACHER

Birgit Ringlein absolvierte sowohl eine Ausbildung als Rechts-anwaltsfachangestellte als auch zur Fremdsprachenkorrespon-dentin und arbeitete mehrere Jahre in Nordafrika als Geschäfts-führerin. Im Jahr 2000 kehrte sie nach Bayreuth zurück und ist seitdem als Autorin tätig. Sie hat zahlreiche regionale Koch-bücher sowie den fränkischen Genusskrimi »Schnüffelei und Schäufele« veröffentlicht.

BIRGIT RINGLEIN

MEUCHELMORD UND MANDELKRACHER

Ein fränkischer Genusskrimi

emons:

Lust auf mehr? Laden Sie sich die »LChoice«-App runter, scannen Sie den QR-Code und bestellen Sie weitere Bücher direkt in Ihrer Buchhandlung.

Bibliografische Information der Deutschen Nationalbibliothek
Die Deutsche Nationalbibliothek verzeichnet diese Publikation in der Deutschen Nationalbibliografie; detaillierte bibliografische Daten sind im Internet über http://dnb.d-nb.de abrufbar.

© Emons Verlag GmbH
Alle Rechte vorbehalten
Umschlagmotiv: shutterstock.com/Katarzyna Hurova
Umschlaggestaltung: Nina Schäfer, nach einem Konzept
von Leonardo Magrelli und Nina Schäfer
Umsetzung: Tobias Doetsch
Gestaltung Innenteil: César Satz & Grafik GmbH, Köln
Lektorat: Susanne Bartel
Druck und Bindung: CPI – Clausen & Bosse, Leck
Printed in Germany 2020
ISBN 978-3-7408-0814-3
Ein fränkischer Genusskrimi
Originalausgabe

Unser Newsletter informiert Sie
regelmäßig über Neues von emons:
Kostenlos bestellen unter
www.emons-verlag.de

Dieser Roman wurde vermittelt durch die
Literaturagentur Lesen&Hören, Berlin.

Für meine Mutter

Ein bisschen Eifersucht ist das Salz in der Suppe.
Aber man kann bekanntlich eine Suppe auch versalzen.

Alberto Sordi, Schauspieler (1920–2003)

1

»Na endlich! Wo bleibst denn allaweil, Dora? Mir warten scho a Ewigkeit auf dich!«, schreit mir unsere Salatschnecke, die Sofie, entgegen. Salatschnecke deswegen, weil sie bei uns in der Küche vom »Eppelein« fürs Gemüs und den Salat zuständig is.

»Du wirst es scho noch derwart'n könna«, entgegne ich trocken und streif mir die Kochjacke über. »Sofie-Kind, es is grad amol zehna. Was pressiert's dir denn heut gar aso? Gibt's was Besonderes? Hat sich wohl die Kanzlerin zum Essen angemeldet? Vielleicht hat sie ja Appetit auf ein resches Schäufela.«

»Kaa Kanzlerin, aber die zwaa neia Kellner fanga doch heit zum Arbeiten an, hosd des vergess'n?«

Daran hab ich freilich nimmer gedacht. Aber is des ein Wunder? Gestern hab ich bis spät in die Nacht am Herd gestanden und hundertachtunddreißig Essen gekocht. Erst kurz vor zwölf bin ich ins Bett gefallen. Wer denkt da heut in aller Früh scho an neue Kellner? Also, ich bestimmt ned.

»Wo warst 'n du, Dora? Dahaam jedenfalls ned. Ich wor nämlich scho zwaamol drübn bei dir und hob an die Tür gebumbert wie narrisch.«

»Vielleicht war ich unter der Dusche und hab des Klopfen ned gehört? Könnt doch sein, oder?«

Misstrauisch schaut die Sofie zu mir her. »Aha, unter der Dusch. Wie lang duschst denn du? Wohl a ganze Stund?«

»Braucht ihr mich vielleicht zum Grüß-Gott-Sagen, weil ich euer Grüß-August bin? Gönn mir halt die paar Stündla Freizeit. Sind eh ned allzu viel. Wo is 'n eigentlich die Mona? Wie weit seid ihr mit dem Mise en Place? Sind die Brotknöpfla fertig, und was is mit die Serviettenklöß? Is der Salat geputzt? Und des Gemüs geschnippelt? Auf geht's, Showtime! Ratschen kannst nachher.«

Bei uns in der Küche is meistens die Hölle los, weil unser »Eppelein« brummt so dermaßen, des glaubt kein Mensch.

Beinahe jeden Tag Full House bis auf den letzten Stuhl. Mittags und abends. Der Wahnsinn.

Ach so, Sie kennen mich ja wahrscheinlich noch gar ned. Also, ich bin die Dora Dotterweich, seit acht Monaten Küchenchefin im neuen Szene-Wirtshaus »Eppelein« auf Schloss Lauenfels in der Fränkischen Schweiz. Bis zur Eröffnung war ich im Schloss bei der Grafenfamilie als Haushälterin und Köchin angestellt, jetzt schwing ich im gräflichen Wirtshaus den Fleischklopfer.

Seit ich vor fast drei Jahren hergekommen bin, wohn ich im Pförtnerhäusla auf dem Schlossgelände. Außer mir haust vom Personal noch der Schlossverwalter da heroben. Den lernen Sie bestimmt auch noch kennen. Der heißt Biergärtner, hat aber von mir die Spitznamen »Bierdümpfel« und »Kriechviech« gekriegt, weil er ein Säufer is und ein elender Radfahrer noch dazu, der am liebsten seine Kollegen, also uns, beim Grafen hinhängt.

Vor ein paar Tagen is des neue Hausmadla, die Engel Silvie, die wo unsere Sofie beim Staubwedeln ersetzen soll, drüben im Haupthaus eingezogen, oben im zweiten Stock, direkt gegenüber von der Grafenwohnung. Des hat die Gräfin Freya so gewollt.

Bei mir in der Küche werkelt außer mir noch die Sofie, die wo früher eben als Haushaltshilfe im Schloss die Wäsch gemacht und mit ihrem Schrubber umeinandergefegt hat. Graf Karl-Gustav, unser Chef, hat sie befördert. Wenn wir so ein richtig vornehmes Restaurant wären, wär sie quasi die Légumière. Weil wir aber eher so ein hochadeliges Bauernwirtshaus sind, is sie bloß des Gemüsmadla und für uns vom Küchenpersonal die Salatschnecke. Des is aber auch ned schlecht. Ihr jedenfalls gefällt's, und des is ja die Hauptsach.

Außerdem geht mir noch die Mona zur Hand. Sie wär die Entremétière, wenn wir … Aber des wissen Sie ja scho. So bleibt's halt beim Beilagenmadla. Dann haben wir noch eine Spülfrau-Küchenhilfe, die Edith, weil des Geschirr per Hand vorgespült werden muss. Die hört schlecht und redet kaum, aber ich kenn keine, die so schnell so gründlich so viel Geschirr spülen kann wie sie. Drum is sie unser Goldstück; auf sie lass ich nix kommen.

Während ich die Soßen vorbereit, trabt die Mona herein. »Die neuen Kellner sind da«, verkündet sie beim Kochjacken-anziehen. »Der Chef weist sie grad ein. Ich hab ja gar nicht gewusst, dass der Boris Nagler bei uns anfängt.«

Soso, der Nagler Boris. Meine erste Wahl wär der sicher ned gewesen. Der hat nämlich einen Ruf wie Donnerhall als Dorfstecher. »Nagler, der Name bürgt für Qualität«, is sein beliebtester Anmachspruch. Unverschämt und dauergeil, des Watschngesicht, obwohl er grad amol dreiundzwanzig Jahr alt und noch grasgrün hinter den Ohren is. Hoffentlich baggert er ned als Erstes unsere Madla an. Da kriegt der Chef nämlich gleich einen Anfall, wenn er da was merkt, weil er des auf den Tod ned haben kann. Ich übrigens auch ned. Da hätte es sich dann ruckzuck ausgenagelt für den Boris.

»Und der Gabler Alex? Der is doch aa do?«, will die Sofie wissen. Der Alex is ein Schulkamerad von ihr und der Gab-ler Hanni ihr jüngerer Bruder. Den mag ich sehr. Die Hanni arbeitet bloß ab und zu für uns, vor allem, wenn wir Küchla, geschnittene Hasen, Spritzkuchen, Krapfen oder Schneeballen für eine Hochzeitsfeier oder einen Leichenschmaus brauchen. Des sind nämlich die häufigsten Feiern im »Eppelein«, und bei beiden geht es nach etlichen Gläsern Bier und Obstbrand ungefähr gleich lustig zu. Manchmal wird nach dem Leichen-schmaus sogar getanzt, weil Tanzen – laut den Dorfweibern – auch eine Art von Trauerbewältigung is.

So, jetzt hab ich aber keine Zeit mehr zum Ratschen, jetzt muss ich loslegen, und zwar flottikarotti. Bei unserer Arbeit kann man nebenbei ned auch noch dummes Gwaaf raushauen, da müssen sich alle konzentrieren, damit es rundläuft.

Geratscht wird bloß in den Pausen, wenn die Sofie eine dampft und die Mona und ich unsere Spinat-Orangen-Kiwi-Smoothies oder einen ordentlich starken Kaffee gurgeln. Dann erzählt uns die Sofie zum Beispiel davon, wie sie ihren Justus im Bayreuther Knast besucht hat, wo es ihm gar nimmer gefällt, seit sein Kumpel Hainzel in die Straubinger JVA verlegt worden is. Des is natürlich saublöd für ihn, weil die zwei Halunken jetzt gar keine neuen Ein- und Ehebrüche oder andere Sauereien mehr miteinander aushecken können. Der Justus muss noch ein Jahr für diverse Einbruchdiebstähle im Lauenburger Umland absitzen, bevor er der Sofie und seinen Eltern wieder auf die Nerven und den Geldbeutel fallen kann. Eigentlich wollt sie sich ja scheiden lassen von dem kriminellen Frauenschläger, aber irgendwie packt sie es ned. Echt schad, weil sie ohne ihn viel besser dran wär. Aber sie is halt eine Gute, unsere Salatschnecke, die keiner Seele wehtun kann. Obwohl ich ja glaub, dass ihr der Gabler Alex ganz gut gefällt. Der wär der Richtige für unsere Sofie, weil er genauso ein Guter is wie sie.

»Guten Morgen«, dröhnt es von der Tür her. Des is jetzt unser Chef, Graf Karl-Gustav von Lauenfels, mit dem Alex und dem Nagler im Schlepptau. »Vorstellen muss ich die beiden Herren ja wohl nicht, Sie kennen sich sicher.«

Wo er recht hat, hat er recht. In unseren Käffern, also drunten in Lauenburg und Schnalzlreuth, wo wir alle herkommen, kennt fast jeder jeden, und des ungefähr seit der Steinzeit.

Ich, die Mona und die Sofie schauen kurz auf, nur die Edith poliert seelenruhig weiter des Besteck, weil sie nix gehört hat. Und interessieren tut es sie eh ned.

»Einen wunderschönen guten Morgen, die Damen!«, schleimt der Nagler gleich zu uns herüber. Der Alex nickt bloß, weil er ein ganz Schüchterner is. Des macht aber nix, weil der Nagler reißt sein Maul auf für zwei. »Freilich, ein jeder kennt doch des Damentrio vom Schlosswirtshaus, gell.« Er zwinkert uns zu, aber keine von uns reagiert auf seine Anmache.

Betont gelangweilt rührt die Mona den Teig für die Brotknöpfla an, und die Sofie hackt so konzentriert auf die Zwiebeln ein, als wollt sie eine Doktorarbeit übers Zwiebelschneiden schreiben. Eine peinliche Pause entsteht.

»Ja, dann wollen wir unsere Küchenfeen mal nicht länger von ihrer Arbeit abhalten. Außerdem haben wir noch einiges zu besprechen.« Der Chef scheucht die Burschen vor sich her aus der Küche.

»So ein Deppenarsch, der Nagler!« Alle wissen, dass die Sofie den Nagler Boris ned riechen kann. Wie sie grad frisch verheiratet war, hat er sie auf der Kerwa ziemlich dreist angebaggert. Kaum vom Leib halten konnte sie sich den Kerl. Für die Frechheit hat ihr Mann, der Justus, ihm so dermaßen ein paar Watschn eingeschenkt, dass er zwei Schneidezähne verschluckt hat. Also der Nagler, ned der Justus. Und er hat ihm gedroht, ihn an seinem Gemächt an die Tür zu nageln. Außen am Justus seinem Heustadel. Für jeden Dorfbewohner gut sichtbar. Da is dem Nagler schlagartig die Lust vergangen, die Sofie zu nageln.

»Puuuh.« Die Sofie stößt einen genervten Seufzer aus. »Hoffentlich lässt mir der Kerl mei Ruh. Ned, dass jetzt widda aaner anfängt, an mir rumzugrapschen. Des tät ich fei ned aushalt'n.«

»Sagst es mir, wenn er dich ned in Frieden lässt«, schnaub ich. »Dann hau ich ihm mit dem Fleischklopfer so aane auf die Pratzen, dass er dich kein zweites Mal anlangt, des darfst mir glauben. Ein oder zwei gebrochene Finger ham auf die Libido eine enorm entspannende Wirkung.«

Auf keinen Fall soll es der Sofie mit dem Nagler so gehen wie mit unserem alten Chef, dem Grafen Lauenfels senior. Ständig hat der ihr in irgendwelchen finsteren Ecken aufgelauert und sie mit seinen schmierigen Gichtgriffeln befingert. So was darf kein zweites Mal passieren. Wenigstens vor dem Alten hat sie jetzt ihre Ruh, und zwar für immer. Aber des is eine ganz andere Gschicht.

Des Mittagsgeschäft is heut a bisserla mau. Am Wochenanfang is es manchmal ruhiger, erst ab Mittwoch steppt der Bär so richtig, wenn uns die Motorradfahrer aus Nürnberg und Bamberg die Tür einrennen. Dann kommt es vor, dass wir Leut aus dem Dorf holen müssen, die am Ausschank oder beim Bedienen helfen, weil gar so viel zu tun is. Heut is um kurz nach halb zwei des Geschäft gelaufen, und wir machen Pause.

»Jetzt sag halt, Dora, wo du heit in der Früh warst«, quengelt die Sofie, wie wir uns einen Cappuccino gönnen.

»Nirgends, wo soll ich denn g'wesen sein?«

»Des will ich ja grad wissen. Also, wo?« So schnell gibt die Sofie ned auf.

»Im Bett«, erwidere ich, weil des ned amol gelogen is.

»In deim eigenen?«, forscht sie nach, und langsam geht sie mir auf den Zwirn mit ihrer Fragerei.

»Jetzt hör halt auf, das ist ja lästig!«, fährt die Mona sie an, die einfach nur in Ruh ihren Kaffee trinken will. »Sie wird's dir schon erzählen, wenn sie Lust dazu hat.«

Beleidigt dreht sich die Sofie um und verschwindet in der Küche. Wir kennen des scho, sie is schnell eingeschnappt. Aber genauso schnell schnappt sie auch wieder aus.

»Ich pack's dann amol, Mona«, sag ich, weil ich mich vor der Abendschicht noch ein Stündchen aufs Ohr legen will. »Wennst mich brauchst, ich bin daheim.«

Aber bevor ich mich trollen kann, hör ich den Chef rufen: »Dora, einen Moment noch, bitte!«

Eh klar, wer zu lang trödelt, den bestraft des Leben. Ich schnauf tief durch und geh in den Schankraum rüber.

»Gut, dass ich Sie noch erwische.« Graf Karl-Gustav is a weng außer Atem. Kein Wunder. Seit des »Eppelein« eröffnet is, rennt er nur noch in seinem Wirtshaus rum. Er begrüßt die Gäste, dekantiert den Wein, wenn einer bestellt wird, berät bei der Speisenwahl und kümmert sich vor allem um den Schreibkram und die Rechnungen. Am besten aber gefällt's ihm, von Tisch zu Tisch zu wandern und die Gäste zu fragen, ob's denn geschmeckt hat und ob alles zu ihrer Zufriedenheit war. Er plaudert gern mit den Leuten und spielt den Gastgeber, und des gönn ich ihm von ganzem Herzen. Lang genug hat er drauf warten müssen, sich den Traum vom eigenen Lokal zu erfüllen, deshalb darf er jetzt, wo sein Vater tot is, auch in der Rolle vom Restaurantchef aufgehen. Das »Eppelein« ist sein Leben.

»Was gibt's denn?«, frag ich so freundlich wie möglich.

»Ach, kommen Sie doch für einen Moment zu mir. Und Frau Schmälzich, Sie auch!«, ruft er und geht vor mir und der Mona her zum Personaltisch.

Wir setzen uns und sind neugierig, was er uns zu sagen hat, weil er strahlt wie ein Kronleuchter. Kriegen wir vielleicht eine Gehaltserhöhung? Des wär ja super! Aber nix gibt's.

»Gerade habe ich einen Anruf meiner Cousine Nadja erhalten. Sie erinnern sich doch an Nadja von Schönthal? Die Schauspielerin?«

Wer könnt die denn vergessen? Ihr Auftritt beim Leichenschmaus für den alten Grafen is einem jeden von uns noch lebhaft in Erinnerung. Da hat die Gute es richtig krachen lassen mit ihren Unverschämtheiten, des Fräulein von und zu. Die Mona und ich warten gespannt. Bestimmt is des nix Gscheites, wenn es was mit der Schönthal zu tun hat. Ich krieg scho die Krise, wenn sie ihren Cousin Karl-Gustav Gugu nennt. Aber vielleicht gefällt's ihm ja. Also, wenn mich wer Dodo rufen tät, der tät sich mit dem Suppenschöpfer einen Schwinger einfangen.

»Meine Cousine wird am ersten Mai fünfundzwanzig und möchte ihren Geburtstag im großen Rahmen bei uns auf dem Schloss feiern. Also, im ›Eppelein‹, versteht sich. Mit mindestens hundertfünfzig Gästen und verschiedenen Showeinlagen. Sie sprach von den Chipmunks und den Way of Witches. Die Chipmunks sind Ihnen doch sicher ein Begriff?« Er guckt in unsere ungläubigen Gesichter. »Diese berühmte Männerstripgruppe aus Kalifornien? Laut Nadja treten sie nur in den angesagtesten Clubs auf. Und die Way of Witches haben derzeit einen Nummer-eins-Hit in den Charts, sagt Nadja.«

Soso, sagt sie des, des Münchner Gscheithefala? Ich hab gar ned gewusst, dass der Graf Worte wie »Männerstrip« und »Charts« überhaupt in seinem hochadeligen Wortschatz hat. Bisher hat er auf mich eher den Eindruck eines biederen, um ned zu sagen langweiligen, Landadeligen gemacht. Aber momentan scheint er mehr so auf dem Trip hipper Stargastronom zu sein.

»Es werden nur prominente Gäste eingeladen, sagt meine Cousine. Bekannte Gesichter aus dem Showgeschäft, aus Politik, Wirtschaft und Adel. Alle Zeitungen und Magazine werden über dieses Spitzen-Event berichten, vielleicht sogar das Fernsehen. Damit wird das ›Eppelein‹ deutschlandweit in aller Munde sein. Von Sylt bis Oberstaufen werden die Menschen über unser Schloss und sein Wirtshaus hören und lesen. Das ist die beste Werbung überhaupt – und eine kostenlose noch dazu.« Er reibt sich die Händ vor lauter Freud, sein Gesicht glüht. Wahrscheinlich stapelt er im Geist scho die Fünfhundert-Euro-Scheine, die des »Spitzen-Event« in die Wirtshauskasse spülen soll.

Unsere Begeisterung, also die von der Mona und mir, hält sich in überschaubaren Grenzen. Erstens, weil die C- bis Z-Prominenz uns bestimmt mit tausend Sonderwünschen tierisch auf den Senkel gehen wird, und zweitens, weil die Grafencousine eine Unsympathin von der allerärgsten Sorte is. Arrogant, raffgierig, egozentrisch, geizig. Manche Weiber sind halt echt zum Speien.

»Und wo soll die Frau von Schönthal wohnen?«, will die Mona wissen. »Doch nicht etwa im ›Grünen Kranz‹?«

Der »Grüne Kranz« is unser Dorfwirtshaus unten in Lauenburg. Dort tagt normalerweise der Stammtisch mit den üblichen Freibiersichtern, während an den Nachbartischen die Bauern um ihr allabendliches Feierabendseidla hocken. Im ersten Stock gibt es drei oder vier Fremdenzimmer im Siebziger-Jahre-Schick. Eine Promi-Absteige oder besonders glamourös sind die fei ned. Ob sich die verwöhnte Filmdiva mit einer so schäbigen Behausung zufriedengeben tät?

»Selbstverständlich nicht! Wie kommen Sie nur auf so eine absurde Idee?«, entgegnet der Graf säuerlich. »Meine Cousine wird natürlich im Schloss untergebracht. Sie gehört zur Familie und war außerdem das Patenkind meines verstorbenen Vaters. Schon aus diesem Grund wird sie bei uns wohnen.«

Ich seufz. Dann klebt uns des nervige Weib also vierundzwanzig Stunden täglich an der Arschbacke. Da hat sie dann jede Menge Zeit und Gelegenheit, uns zu schikanieren und ihre Extrawürste braten zu lassen, also rein bildlich gesprochen natürlich. Mit ein paar grindigen Brawürscht brauch ich der Dame bestimmt ned zu kommen, die will wahrscheinlich Hummer, Kobe-Filet und Kaviar auf ihrem Teller sehen.

»Wir engagieren Frau Gabler und ihre Tochter sowie Ihre Cousine, Frau Schmälzich, um Ihnen in der Küche zur Hand zu gehen. Die drei Damen haben sich ja schon des Öfteren als tüchtige Aushilfen bewährt. Ich werde Frau Gabler sofort anrufen und sie für die Festvorbereitungen anfragen. Was halten Sie davon? Kriegen Sie zu sechst ein opulentes Gala-Büfett hin?«

Ich zuck ratlos die Schultern. »Des weiß ich ned, des muss ich mir noch durch den Kopf gehen lassen. Aber um die Einkauferei kann ich mich dann ned auch noch kümmern. Des müsst halt jemand anders erledigen.«

»Ich werde gleich mit den Herren Biergärtner und Böhner sprechen. Da muss jeder mit anpacken, wenn ein solches Fest gelingen soll.« Unser Chef nickt und stellt dann fest: »Damit wäre ja vorläufig alles geklärt. Über Details informiere ich Sie rechtzeitig.« Er steht auf, verabschiedet sich knapp und is verschwunden.

»Wie geil ist das denn! Da wird uns also die Schönthal, die freche Matz, tagelang herumscheuchen«, meint die Mona freudlos. »Auf den Schreck brauche ich erst mal noch einen Kaffee.«

»Nix da Kaffee, des is eindeutig ein Job für einen gscheiten Zwetschgenbrand.« Ich steh auf, hol eine Flasche Schnaps und zwei Stamperl und schenk uns ein. Es kann ja sein, dass manche Getränke Flügel verleihen, aber ein ordentliches Zwetschgenwasser gibt nach so einer Ansage gleich den nötigen Antrieb. »Wir lassen uns doch von der Schönthal ned scho im Vorfeld narrisch mach'n. Wenn die glaubt, sie kann uns terrorisieren, dann hat sie sich g'schnitten. Soll ich dir was sag'n? Ich glaub an die magische Kraft von ›Scheiß drauf‹!«

Die Mona lacht. »Also wirklich, Dora. Wenn das der Chef gehört hätte! Wo der seine Nadja doch so vergöttert.«

»Schau mer amol, ob er sie nach ein paar Tagen Aufenthalt in seiner Nähe immer noch für die Allertollste hält. Wenn die ihn erst so richtig neig'stresst hat mit ihren tausend Extrawünschen und Forderungen, dann wird es ned lang dauern, bis ihn ihr Gezicke sakrisch ärgert und er bloß noch seine gräflich-fränkische Ruh haben will. Da geb ich dir mein Wort drauf.«

Wir heben die Gläser und prosten uns zu. Wie Samt rollt der Selbstgebrannte mir die Kehle hinunter. Ah ja, des bassd! Meine Stimmung hebt sich auf der Stelle um mindestens einen Meter.

»So, ich pack's dann. Ich muss mich jetzt echt a Stündla hinlegen, sonst schlaf ich heut Abend über der Pfanne ein«, sag ich und troll mich so schnell, wie's geht, bevor noch wer was von mir wollen kann.

Daheim im Pförtnerhäusla koch ich mir erst amol einen gscheiten Pfefferminztee. Die Pfefferminze hab ich letzten Sommer selbst angebaut und dann die Blätter gezupft und getrocknet. Ende Mai sollt dann die neue Ernte so weit sein.

Mit der dampfenden Tasse hock ich mich auf meine Terrasse für Schmalbrüstige. Die is so winzig, dass grad amol zwei Stühle und ein kleiner Tisch darauf Platz haben; hat also ungefähr die Größe von einem Badetuch. Aber für mich allein reicht's allerweil. Der Wahnsinnsausblick übers ganze Tal bis hinüber zur Kleinen Kappl entschädigt für die beengten Verhältnisse, besonders jetzt im Frühjahr. Unter mir, direkt neben der alten Remise, blüht der Flieder, ich riech es bis zu mir herauf. So weit, wie ich schauen kann, grünt und blüht's in allen erdenklichen Farben: Rosa, Gelb, Weiß, Violett. Dazu leuchten die Wiesen und Bäume in sämtlichen Grünschattierungen, die man sich nur vorstellen kann, und zwischen den Bäumen und Büschen, inmitten der saftig grünen Wiesen, ragen spitze Felsnadeln in den weiß-blauen Himmel.

Ich wohn da, wo andere Urlaub machen. Hier entspann ich, hier kann ich abschalten. Trotz allem, was sie an mir verbrochen hat, lieb ich nämlich Mutter Natur. In meinem Fall allerdings Rabenmutter Natur, weil sie mich zu meinem Leidwesen mit einer barocken Figur, einer Größe knapp über der einer ausgewachsenen Parkuhr, Sommersprossen und feuerroten Haaren ausgestattet hat. Aber nach fünfunddreißig Lebensjahren, angereichert mit Diäten, Haarfärbemitteln, Bleichcremes und mörderisch hohen High Heels, hab ich mich damit abgefunden. Mittlerweile trag ich bequeme Schlappen, hab tausend Sommersprossen im Gesicht und ess alles, was mir schmeckt.

Plötzlich bumbert es lautstark an die Haustür, und es is vorerst amol Essig mit dem Ausruhen.

»Herein!«, brüll ich von meinem Stuhl aus.

Durchs Wohnzimmer kommt jemand auf die Terrasse geschlendert. Es is die Mona.

»Stör ich?«, fragt sie vorsichtshalber, bevor sie sich auf dem wackligen Zweitstuhl niederlässt.

»Eigentlich wollt ich mich aufs Ohr legen«, antwort ich, »aber wennst scho amol da bist, bleibst halt da. Magst auch einen Tee?«

»Gern. Ist der Marke Eigenanbau aus deinem Kräutergarten?«, will sie wissen, springt, wie ich nicke, auf und holt sich ein Haferl voll aus der Küche.

»Am liebsten würde ich mir am ersten Mai Urlaub nehmen, aber ich glaub, damit wär der Chef nicht einverstanden. Vielleicht werd ich ja krank. Ich merk jetzt schon, wie's mir im Hals kratzt.« Die Mona grinst mich über den Tassenrand an.

»Untersteh dich. Wennst des machst, is es aus und vorbei mit unserer Freundschaft«, warn ich sie. »Du kannst mich doch mit dem Promi-Gschwerdl ned allein lassen. Da brauch ich scho einen goscherten Fregger wie dich, der den Oberwichtigen ordentlich übers Maul fährt, um die Baggasch in Schach zu halten. Wenn ich bloß dran denk, wie du die Schönthal auf der Beerdigung vom alten Chef vor alle Leut blamiert hast, könnt ich heut noch Tränen lachen. Des war sozusagen filmreif.« Ich nippe an meinem Tee. »Der is wärklich gut, aber deswegen bist sicher ned hergekommen, oder?«, will ich wissen. »Was gibt's denn noch? Wir haben doch vorhin scho alles besproch'n.«

»Stimmt. Aber ich wollte mit dir noch mal unter vier Augen

reden. Es soll kein anderer hören, und im ›Eppelein‹ haben die Wände ja bekanntlich Ohren. Es is nämlich so, dass ich dich was fragen will. Was ganz Persönliches.«

»Jetzt spuck's endlich aus«, forder ich sie auf, weil sie gar so geheimnisvoll rumtut.

»Im November ist doch meine Oma gestorben und hat meinen Eltern den alten Gruber-Hof mit dem großen Obstgarten drüben in Schnalzlreuth vererbt. Das ist das Elternhaus meiner Mutter. Vor zwei Wochen ist sie mit meinem Vater dorthin gezogen.«

»Und? Gefällt's deiner Mutter in Schnalzlreuth, so weit weg vom oberfränkischen Klatsch-und-Tratsch-Hauptquartier Lauenburg?« Dass ich ned lach. Weit weg von Lauenburg? Genau, mindestens fünf Kilometer.

»Meiner Mutter gefällt es überall, wo sie genug Nachbarinnen mit Tagesfreizeit zum Ratschen hat«, grinst die Mona. Ihre Mutter is nämlich so etwas wie des oberfränkische Google; sie kennt eine(n) jeden/jede, weiß alles über die Bewoner der Fränkischen Schweiz und des Umlands und kann die einzelnen Familiendramen bis fünf Generationen zurück erzählen. Da staunt selbst unser Herr Pfarrer, weil der Mona ihre Mutter mehr über Skandale, Todesfälle, uneheliche Kinder und Familiendramen weiß als wie er.

»Jedenfalls bin ich jetzt in mein Elternhaus in Lauenburg eingezogen und muss nicht mehr im Hummel Heiner seiner sauteuren Einliegerwohnung hausen, in der jetzt übrigens der Nagler wohnt. Drum bin ich hergekommen, Dora, weil ich dich fragen wollte, ob du nicht Lust hast, zu mir in mein neues Haus zu ziehen. Es wär halt enorm praktisch, für jede von uns. Ich würde auch nicht viel Miete verlangen, nur halt die Nebenkosten und so. Das Haus hat sechs Zimmer, da wäre genug Platz für uns beide. Wir würden uns also nicht auf die Nerven fallen, jedenfalls nicht so bald. Ich würde dir auch das Zimmer auf der Südwestseite abtreten, das mit der großen Sonnenterrasse«, verspricht mein Beilagenmadla.

»Des is aber fei ein total großzügiges Angebot, Mona«, stottere ich verlegen. Ich schluck ein paarmal, weil es mich so freut, dass sie ausgerechnet mich als Mitbewohnerin haben möcht. Die Mona is nämlich ziemlich eigen, die tät nicht einen jeden fragen. »Aber du weißt doch, wie arg ich an meinem Pförtnerhäusla häng. Deswegen muss ich mir des in Ruh überlegen.«

»Denk drüber nach. Ich bin eine gute Mitbewohnerin, kann kochen, backen, putzen und nähen. Außerdem fussele ich nicht und bin garantiert stubenrein.« Sie steht auf und grinst auf mich runter. »Kannst mir dann bei Gelegenheit Bescheid sagen, wie du dich entschieden hast. Ich meine jedenfalls, dass wir zwei uns gut vertragen täten, ein echtes Dreamteam halt.«

»Meinst? Ja, vielleicht, aber lass mir trotzdem a bisserla Zeit zum Nachdenken. So Knall auf Fall kann ich des ned entscheiden«, vertröst ich sie.

Sie nickt und geht.

Endlich kann ich mich hinlegen. Sobald mein Kopf aufs Kissen fällt, bin ich eingeschlafen.

Der Wecker schellt, ich rumpel hoch und weiß grad gar ned, was los is. Ach so, Zeit für die Arbeit. Ratzfatz bin ich geduscht und in meine Kochklamotten gesprungen. Die stinken vom Mittagessen noch ganz schön nach Bratfett und anderem Dunst, aber wurscht, eine gestandene Frau wie ich hat halt ihren ganz eigenen Duft, wenigstens manchmal.

Wie ich in die Küche komm, is außer der Edith noch keiner da.

»Wo sind denn die annern?«, brüll ich zu ihr hinüber.

»Ja, des Gschirr is fertich g'spült und die Gläser aa! Die Plastikschüsseln muss ich nuch abtrockna und die Gläser polier'n. Ich ramm s' dann glei weg!«, brüllt sie retour, weil Teller, Besteck und Gläser noch auf der Arbeitsplatte rumstehen und -liegen.

»Is schon recht!«, schrei ich frustriert. Manchmal is die Konversation mit der Edith a bisserla anstrengend.

Wie ich ins Lokal komm, steht die Sofie am Tresen und ratscht gemütlich mit dem Gabler Alex, vor sich ein Kaffeehaferl.

»Servus«, grüß ich, und mein Ton is leicht frostig. »Lasst euch fei von mir ned beim Ausruhen stören.« Des hab ich gern: In der Küche stapelt sich die Arbeit, und des Personal hält einen angeregten Kaffeeplausch. Aber die Sofie kennt des schon. Wenn so kleine Eiszapfen an jedem Wort von mir hängen, is es höchste Zeit, in die Schlappen zu springen und in Schwung zu kommen.

»Ach, Dora, einen Moment bitte.« Graf Karl-Gustav, der am Personaltisch hockt, winkt mich zu sich hinüber, wo er gerade Rechnungen sortiert und dabei sein Zwickl trinkt. Außer mir und der Mona darf sich dort keiner hinhocken, der Tisch steht bloß uns dreien zur Verfügung.

Wie ich kaum sitz, legt er schon los: »Ich habe gerade mit meiner Cousine telefoniert, und sie hat mir ein paar kleine Wünsche für ihren Aufenthalt mitgeteilt.«

Ah ja, und scho geht es los mit den Sonderwünschen. Darauf hab ich bloß gewartet.

»Sie wird am neunundzwanzigsten April spätabends mit dem Chauffeur, ihrer Assistentin und ihrem Visagisten bei uns eintreffen. Könnten Sie, sobald sie angekommen sind, ein leichtes Abendessen zubereiten? Nichts Aufwendiges, vielleicht eine Omelette mit Perigord-Trüffeln oder gebackene Austern mit Safran und Baguette?«

Oder einen gut durchgebratenen Kuhfladen mit einem Klecks Affenkacke?, denk ich mir so.

»Als Aperitif hätte sie gern ein Gläschen Bollinger Rosé und zum Essen einen mallorquinischen Macià Batle Blanc de Blancs.«

Ich nicke schweigend. Und ich tät gern mit George Clooney nach einer heißen Liebesnacht Kaviarhäppchen frühstücken, aber da bleibt uns wohl beiden des Maul sauber.

»Äääh, aber wollten wir ned ausschließlich fränkische –«, trau ich mich einzuwenden.

»Jaja«, fährt mir der Graf ungeduldig dazwischen, »aber für meine Cousine können wir schon einmal eine Ausnahme machen. Sie möchte eben eine Trüffelomelette zum Abendessen. Haben Sie damit ein Problem, Dora?«

»Ich glaub ned«, stotter ich. »Aber die Kosten …«

»Darüber machen Sie sich mal keine Sorgen. Um alles Finanzielle kümmere ich mich persönlich.«

Ich muss kurz schlucken. So barsch hat er mich noch nie abgefertigt, der Graf. Der Promibesuch scheint scho im Vorfeld seine Wirkung zu zeigen.

»Zum Mittagessen am nächsten Tag wünscht sich Nadja gebratenen Zander mit Fenchelgemüse und Orangenmöhrchen.«

Und ich wünsch mir, dass dem Weib eine Gräte quer im Hals stecken bleibt, denk ich. Aber da kann ich mit dem Ofenrohr ins Gebirg schauen, da wird nix draus. Des is nämlich aus einem besonders harten Holz geschnitzt, des Adelsfräulein.

»Die Gerichte bekommen natürlich nur meine Cousine und meine Frau und ich. Nadjas Personal kann sich etwas von der Tageskarte aussuchen.«

Na freilich, des war so klar wie Klößbrüh, des hätt er mir jetzt ned extra erklären müssen. Weil, dass die Hochwohlgeborene ihre Dienstboten ned mit Trüffeln und Austern füttert, sondern für die ein kostengünstiges Restlasessen reicht, hätt ich mir selber denken können. Ich bin ja ned auf der Brennsuppen daherg'schwommen.

»Außerdem hat Nadja angekündigt, uns die Liste mit ihren Vorschlägen fürs Geburtstagsbüfett per E-Mail zu schicken. Ich bin mir sicher, dass ein paar ausgefallene Dinge dabei sein werden, also stellen Sie sich schon einmal darauf ein. Was Sie nicht im Großmarkt erhalten, lassen Sie eben bei diversen Feinkosthändlern besorgen.«

Wahrscheinlich Nachtigallenzungen, Kamelfersen und Wildschweineuter, stell ich mir vor, weil ich seh, wie dem Chef scho des Wasser auf der Stirn perlt. Ich glaub ja, dass des der pure Angstschweiß is, bei den Wahnsinnskosten, die da auf ihn zurollen. Vor allem deswegen, weil die Schönthal immer blank is und quasi auf Pump lebt, so als Edelparasit. Des weiß ein jeder seit der Beerdigung vom alten Grafen. Wie die des ganze Nobelfutter bezahlen will, is mir zwar ein Rätsel, aber ned mein Problem, des hat der Chef ja ausdrücklich gesagt. Soll er sich doch damit rumärgern, wenn er seine bucklige Verwandtschaft unbedingt luxusbewirten will.

»Sauber«, grinst die Mona ein paar Minuten später. Sie kriegt immer alles mit, weil ihre Ohrwascheln auf Dauerempfang getunt sind. Diesmal hat sie hinterm Tresen gelauert und alibi-mäßig an den Flaschen rumgefingert. Wenn fei mal wer eine Top-Spionin braucht, also CIA, BND oder so, die Mona hätt bestimmt Interesse und wär nicht die Verkehrteste für den Job.

»Der Chef lässt es sich ja richtig was kosten, seine berühmte Cousine standesgemäß zu feiern«, stellt sie fest. »Ich glaub ja, dass eine professionelle Werbekampagne ihn weniger Geld und Nerven gekostet hätte. Obwohl ich mich frage, wozu wir noch Reklame brauchen. Das Geschäft läuft doch Bombe. Wir schaffen die Arbeit eh kaum.«

»Frag ihn halt, wenn's dich interessiert«, fauch ich, weil mir des ganze Geschiss um den Adelsgeburtstag jetzt scho mächtig auf die Nerven geht. Und des, obwohl des Freifräulein noch ned amol persönlich in Erscheinung getreten is. Des kann ja was werden.

»Ohoo, du bist aber mies drauf«, stellt meine Mitarbeiterin fest. »Da lass ich dich lieber in Ruhe. Nicht dass du mich noch beißt.«

Mir meine Ruh lassen is die beste Idee seit Langem, weil gleich des Abendgeschäft losgeht und wir keine Zeit mehr zum Rumkaspern haben.

Wie ich endlich um elf Uhr nachts heimkomm, find ich vor meiner Tür einen dicken Strauß Weidenkätzchen mit ein paar Zweigen Forsythie drin. Ich weiß, bei wem im Garten die Weiden grad treiben und wer mir da eine Freude machen wollt. Wie ich die Dora-Überraschung aufheb, muss ich schmunzeln. Da nimmt dieser Scheißtag also doch noch ein schönes Ende.

Trüffelomelette

Zutaten:
6 Eier
30 g schwarze Perigord-Trüffel
Salz
Pfeffer aus der Mühle
geschmacksneutrales Öl oder Butter

Zubereitung:
8 h vor der Zubereitung der Omelette die Eier in einer Schüssel aufschlagen, nicht verrühren. Die frischen Trüffel über die Eimasse hobeln, die Schüssel gut abdecken und im Kühlschrank lagern.
Vor der Zubereitung die Ei-Trüffel-Masse kurz mit der Gabel verrühren. Salzen und pfeffern. Öl oder Butter in einer Pfanne erhitzen.
Die Ei-Trüffel-Masse ins heiße Öl gießen. Sobald die Unterseite der Omelette zu stocken beginnt, die Hitze reduzieren und circa 3–5 min bei schwacher Hitze fest werden lassen. Die Omelette vorsichtig wenden und auf der anderen Seite anbräunen.
Wenn gewünscht, vor dem Servieren mit einem kleinen Stück Butter bestreichen. Dazu einen grünen Salat und Baguette servieren.

2

Gleich am nächsten Früh hock ich mich hin und mach mir
Notizen zu den kostspieligen Nobelaufträgen vom Freifräulein. Einen Bollinger-Champagner und einen mallorquinischen
Weißwein will die, geht's eigentlich noch? Als wenn wir ned
den ganzen Weinkeller voll hätten mit den feinsten fränkischen
Gewächsen. Ich tät ihr ja einfach einen stinknormalen Frankenwein vorsetzen, weil ich ned glaub, dass der verwöhnte Fratz
den Unterschied schmeckt. Aber wenn des rauskäm, tät ich
ganz schön mit dem Chef aneinandergeraten, weil der seiner
Promiverwandten halt alles recht machen will. Wobei eigentlich
selbst der billigste Frankenwein viel zu gut für die wär. Wenn
ich wirklich könnt, wie ich wollt, würd ich ihr ein schönes Glas
Essigsäure kredenzen.

Die Einkaufsliste is mittlerweile so lang wie mein Arm. Des
wird dauern, bis ich alles beieinanderhab. Ich wähl die Nummer
von der Grafenwohnung und erklär dem Chef, dass ich jetzt auf
Nürnberg in den Großmarkt fahr und anschließend scho amol
bei den Feinkostläden wegen Perigord-Trüffeln und Sylter Royal-Austern anfrag. Da werd ich dann die richtigen Mengen
reservieren und sie rechtzeitig von unserem neuen One-Man-
Team, dem Böhner Sebbi, abholen lassen. Eigentlich sollte der
Sebbi ja bloß dem Kriechvieh a bissla zur Hand gehen, aber
jetzt is es umgekehrt gekommen: Der Sebbi macht die ganze
Arbeit, und der Bierdümpfel geht ihm zur Hand, wenn er grad
Lust dazu hat. Ich werd später jedenfalls bestimmt keine Zeit
mehr haben, wegen zwölf Austern und ein paar Gramm Trüffel
durch die Gegend zu schaukeln.

Der Graf sagt mir, dass er den Schampus und den Wein persönlich beim Händler bestellen will, ned, dass da noch was schiefgeht
und die Diva doch noch auf unseren provinziellen Weinkeller
zurückgreifen muss. Des wär ja echt eine Katastrophe …

Im Großmarkt geht's amol wieder zu wie auf dem Frankfurter Hauptbahnhof. Ich schieb den Wagen durch die Menge, drängel mich zur Fischabteilung durch und schau mir die Zander an, die mich von ihrem Eisbett aus mit toten Augen anglotzen.

»Is der Zander da aa wärklich frisch?«, will ich von dem Verkaufszombie hinter der Theke wissen.

»Freilich, der hod heit frih noch mit denan Koi-Karpfen im Zoo Verstecken g'spielt«, rotzt er mich an.

»Danke, so genau wollt ich's gar ned wissen«, geifer ich zurück, wähl den größten aus und lass ihn mir mit Eis in die mitgebrachte Kühlbox packen.

Anfangs trödel ich gemütlich durch die endlos langen Gänge und pack Teelichter, Streichhölzer, Putzmittel, Haushaltstücher, Kaffee, Dosenmilch, Mehl, Zucker, Backzutaten, eine Auswahl fränkischer Käsesorten, Babykarotten, Fenchel, Salat, Brot, Obst und Gemüse in meinen Einkaufswagen. Doch nach kurzer Zeit nervt es mich wie jedes Mal tierisch, dass sogar im Großmarkt ältere Ehemänner den Weg blockieren, die mit leerem Blick auf den von ihnen geschobenen Einkaufswagen hinter dem jeweiligen Ehegespons herdackeln. Offenbar sind die Weibsbilder nicht in der Lage, ohne Haussklaven ihre Besorgungen zu erledigen, drum werden die armen Würstla aus ihren Fernsehsesseln gezerrt und im Supermarkt an den Einkaufswagen gekettet. Die Lustlosigkeit is jedem Einzelnen von ihnen ins Gesicht tätowiert. Hartnäckig versperren sie den hektisch herumwuselnden Berufstätigen den Zugang zu den Regalen. Des Trauerspiel schau ich mir ned länger an, drum zahl ich schleunigst an der Kasse, lad den Jeep, der mir aus dem gräflichen Fuhrpark für die Arbeit zur Verfügung steht, bis obenhin voll und mach mich dann auf den Weg zu den mir bekannten Edellieferanten.

Gleich beim ersten werd ich fündig.

»Da ham Sie aber richtiges Glück, Fräun Dora. Übermorgen erwarten wir eine Lieferung aus der Dordogne. Is Ihnan doch recht, die Dordogne?«

Mir persönlich wär auch der Kongo recht, aber soll ich der netten Delikatessladenbesitzerin des sagen? Lieber ned.

»Freilich, Frau Kiepfer«, nick ich stattdessen, »des is überhaupt gar kein Problem ned. Ob Perigord oder Dordogne, wer soll des scho merken?«

»Sagen Sie des fei nicht, meine Liebe!«, widerspricht sie mir sofort. »Da gibt es Gourmets, die derschmecken den Unterschied auf Anhieb.«

Gut möglich, dass ein echter Gourmet des derschmeckt, denk ich, aber bestimmt kein adeliges Hasenhirn-Honey wie die Nadja von und zu Schönthal. Ich selber zähl mich übrigens sowieso eher zu den Gourmands als wie zu den Gourmets.

Auch die Sylter Royal-Austern will sie mir auf die Seite legen, aber bloß, wenn ich die Ware hier und jetzt sofort bezahl.

»Nicht, dass ich denke, der Graf Lauenfels wär ned kreditwürdig, aber bei so verderblicher Ware … Wenn die ned abg'holt wird … Sie verstehen des hoffentlich, Fräun Dora?«

Des Fräun Dora versteht natürlich, sodass es von der Fressalien-Dealerin mit tausend Erklärungen und Entschuldigungen zur Kasse komplimentiert wird. Wie ich den Betrag hör, muss ich dreimal schlucken. Gut, dass des ned meine Kohle is.

Wieder im Wagen, bin ich froh, alles erledigt zu haben. Ich schau mich um und muss grinsen. Des Wetter is einfach super, beinah schon sommerlich. Ich lass die Scheiben runter, dreh die Musik auf Lautstärke »Gehörsturz« und geb Gas. Ein Gefühl is des, fast wie im Urlaub! So eine Fahrt durch die frühlingshafte Fränkische Schweiz hebt die Stimmung wie sonst bloß ein Ferientag am Meer inklusive mehrerer Gin Tonic, des sag ich Ihnen. Wie ich um die Kurve knapp vor der Abbiegung zum Schloss bretter, steht da ein Typ am Straßenrand und winkt mir freundlich zu. Mit einem roten Kreis auf so einer runden Kelle, auf der »Halt!« steht. Polizei. Herrgottsack, so ein Mist aber auch. Schlagartig fliegt des Urlaubsfeeling zum offenen Fenster hinaus.

»Soso, die übliche Verdächtige.« Des Mannsbild lacht total schadenfroh. So freundlich is der nämlich ned.

»Wos soll's denn kosten?«, frag ich unnötigerweise.

»Wie immer. Fünfundvierzig Euro«, nickt der gut gebaute Kerl.

Derweil muster ich ihn von Kopf bis Fuß.

»Bassd, Karl, des is ein fairer Preis. Dann steig halt ei. Aber fei bloß mit Kondom, gell!«

»Lass deine saublöden Sprüch, Dora, sonst kriegst obendrauf noch eine fette Anzeige wegen Beamtenbeleidigung. Und jetzt her mit der Kohle«, schnauzt der Dorfsheriff von den Schnalzlreuth-Cops. »Wie oft willst dich eigentlich noch von mir erwischen lassen?«

»Verstehst du denn ned, dass ich des bloß mach, weil ich so gern mit dir ratschen tu, Karli-Schatz?«, schleim ich.

»Des kannst fei auch billiger haben, Dora«, grinst er und schiebt mir den Strafzettel durchs offene Fenster. »Lad mich einfach auf ein Seidla im ›Grünen Kranz‹ ein oder, noch besser, auf eine Edelbrotzeit im ›Eppelein‹. Aber jetzt horch amol her, mei Gute: Wennst aso weitermachst, bist bald dein Lappen los, nur dass d' Bescheid weißt. Wie viele Punkte hast eigentlich scho in Flensburg? Derfst du überhaupt noch Auto fahren?«

Ehrlich, die Unterhaltung entwickelt sich in die völlig falsche Richtung, denk ich. Ein Flirt mit dem feschen Dorfpolizisten hätt mir ja gefallen, aber des Thema »Punkte in Flensburg« bringt mich ned so richtig in Stimmung.

»Servus, Karl, man sieht sich.« Ich reich ihm des Geld, steig aufs Gas und mach, dass ich weiterkomm. Edelbrotzeit, am Arsch! Die soll er sich gefälligst selber kaufen, der miese Wegelagerer, am besten von den fünfundvierzig Euro, die wo er mir grad abgezockt hat.

Vor dem »Eppelein« leg ich eine Vollbremsung hin, dass der Kies nur so spritzt. Des hätt sich zu Zeiten vom alten Grafen amol einer trauen sollen. Den hätt der Alte höchstpersönlich am Schlawittla gepackt und in des Schmuckstück vom Schlosshof, den Venusbrunnen, getunkt. Damit hat er keinen Spaß verstanden, weil ihm sein von Hand gelegter Kies im Schlosshof heilig war. Aber die Zeiten sind zum Glück auf immer und ewig vorbei, weil der Alte letztes Jahr ermordet worden is.

Wie auf Bestellung kommt der Böhner Sebbi ums Eck getrabt. So eine elende Britschn, wie seine Schwester eine is, so ein feiner Kerl is er. Gleich beugt er sich zu mir ins Autofenster und fragt, ob er mir was helfen kann. Gemeinsam laden wir die Einkäufe aus und schleppen sie in die Küche.

Ohne dass ich was sagen muss, packen die Sofie und die Mona mit an und verstauen alles ordnungsgemäß in den Kühlschränken, der Kühlkammer und dem Vorratsraum. Ja, mit meinem Küchenpersonal hab ich echtes Glück gehabt, des muss ich jetzt amol laut und deutlich sagen. Mein Team is top. Ich glaub ja ned, dass es woanders genauso super zum Arbeiten is wie bei uns heroben, weil ich hab grad in der Hinsicht scho viel Elend gesehen, aber bei uns herrschen beinah immer Friede, Freude, Pfannakuchen, sozusagen.

Momentan hängt allerdings eine ziemlich dicke Luft in der Küche, weil wieder amol der Chef und die Gräfin hundert Wünsche gleichzeitig haben. Eine jede von uns bräucht locker sechs Händ, um alles zu schaffen. Oft is des fei richtig stressig bei uns. Manchmal denk ich ja, mit einer Hüpfburg in der Küche täten sich viele Probleme, die sich so im Arbeitsalltag ansammeln, gleich an Ort und Stell lösen. Da könnt ein jeder, der wo's braucht, auf der Stelle Frust abbauen. Ein Boxsack tät wahrscheinlich auch gehen. Vielleicht schlag ich des dem Chef amol vor.

»Die Chefin wor do, die will, dass du des Futter für die Pompadour und den Louis kochst und zu ihr naufbringst. Ich wollt's ja machen, aber des wollt sie ned. Die hält mich wohl für zu deppert zum Katzenfutterkochen«, echauffiert sich die Sofie mit Zornesflecken im Gesicht.

Also, ned, dass Sie jetzt denken, bei uns im Schloss haust ein französischer König mit seinem g'schlamperten Verhältnis. Die Pompadour und der Louis sind der Gräfin ihre Edelkatzen mit einem Stammbaum, der wo länger is als wie der vom Grafen. Die Viecher werden von vorn bis hinten verwöhnt, kriegen ihr Futter von der Küchenchefin eigenhändig gekocht und serviert und werden von ihrem Frauchen gehätschelt wie kleine Kinder.

Sie sind aber auch zum Gernhaben, die zwei, obwohl ich sonst eher ned auf Katzen steh. Ich bin mehr so der Hundetyp.

»Da kümmer ich mich gleich drum!«, schrei ich zurück.

»Und der Graf will dich wegen der Geburtstagsfeier sprechen. Die Schönthal hat schon wieder angerufen und ihn zugetextet«, informiert mich die Mona.

»Kaa Spülseifn mehr do«, ertönt es plötzlich, und ich muss grinsen. Heut hat sogar die Edith einen Gesprächsbeitrag.

»Is scho recht, immer schee eins nach dem andern und ned alle auf amol«, murmel ich vor mich hin. »Ich koch jetzt erst des Katzenfutter.«

Meine Chefin, die Gräfin Freya von Lauenfels, is nämlich ein echter Schatz, der ich gern einen jeden Sonderwunsch erfüll, auch wenn es sich bloß um schwindliges Katzenfutter handelt. Weil sie nämlich mein Essen liebt, egal, was ich ihr vorsetz, aber vor allem meine Süßspeisen und Torten. Eigentlich bin ich nämlich gar keine richtige Köchin, sondern gelernte Pâtissière, also quasi die Küchenkonditorin. Alles, was mit Süßspeisen und Gebäck zu tun hat, is mein Spezialgebiet. Aber auf dem Kreuzfahrtschiff, auf dem ich vier Jahre durch die Karibik gegondelt bin, hab ich halt mehr können müssen als wie bloß schöne Kaffeeteilchen backen. Dort hab ich richtig kochen gelernt. Zum Glück, weil mir des den Job als kochende Haushälterin bei der Grafenfamilie und dann, zweieinhalb Jahre später, die Stelle als Küchenchefin im »Eppelein« eingebracht hat. Nachdem ich ewig lang mit unterschiedlichen Kochjobs durch die Welt getingelt bin, bin ich heut froh, wieder in der Heimat den Schöpflöffel schwingen zu dürfen. Ich lieb meinen Job im »Eppelein«, auch wenn es manchmal ned danach ausschaut.

Ich seh, dass des Putenhackfleisch scho neben dem Herd parat steht. Die gute Mona denkt halt mit. Den Reis hab ich bereits gestern vorgegart, also mach ich mich an die Arbeit. Sobald des Hackfleisch leicht angedünstet is, misch ich den Reis drunter, geb einen Schuss Fleischbrüh drüber und wärm alles a kleins bisserla auf, weil die Katzen so einen empfindlichen

Magen haben. Dann verteil ich den Batz auf die zwei Futternäpfe, meng unter jede Portion ein Eigelb und saus damit los.
»Ach, da sind Sie ja, Dora. Lecker sieht das Fresschen für
meine Lieblinge wieder aus. Und es riecht so gut, dass man
gleich selbst Appetit bekommt.« Meine Chefin überzeugt sich
immer gern persönlich davon, dass des Katzenfutter auch wirklich allerhöchsten Ansprüchen genügt. Heute taucht sie ihre
Nase so weit in die Näpfe, dass ein Krümel Hackfleisch dran
hängen bleibt, aber bevor ich sie darauf aufmerksam machen
kann, geht sie bereits mir voraus ins Katzenzimmer.

»Miez, miez, miez«, lockt sie die Viecher, die vom Plüschsofa
springen und sich auf ihr Futter stürzen. Wie ich die Chefin
anschau, is der Hackkrümel auf die gräfliche Wange gewandert,
und ich komm mir vor wie mittendrin in einem Loriot-Sketch.
Nur mit größter Müh verbeiß ich mir ein Grinsen. Und grad,
wie ich meine Chefin endlich auf den Brösel aufmerksam machen will, ohne dass es ihr peinlich is, fragt sie: »Hat Sie mein
Mann schon über diese unsägliche Geburtstagsfeier unterrich-
tet?«, und der Krümel klebt ihr jetzt am Kinn.

»Äh, Gräfin Freya?«, werf ich ein, aber sie redet einfach
weiter.

»Sagen Sie nichts, Dora! Natürlich hat er das. Sie sind ja
immer die Erste, mit der er solche Dinge bespricht. Mir gefällt
diese Idee übrigens gar nicht, aber davon will er nichts hören.
Nadja hinten, Nadja vorne. Dabei gibt es ständig irgendwelche
Probleme mit ihr; einfach unerträglich, diese Person. Warum
will sie unbedingt hier bei uns feiern?, frage ich Sie. Warum
bleibt sie mit ihren prominenten Freunden nicht in München
und feiert bei einem dieser Edelgastronomen? Ich habe ja die
leise Ahnung, dass uns diese Party nichts als Ärger einbringen
wird. Und dann auch noch eine Männerstripgruppe in unserem altehrwürdigen Schloss! Mein Schwiegervater wird sich im
Grabe umdrehen, wenn seine untadelige Nadja sein geliebtes
Haus in einen Stripclub verwandelt!« Kopfschüttelnd beugt
sie sich über die Pompadour, streichelt ihr den Kopf und fragt:
»Na, hat dir dein Fresschen geschmeckt, mein Liebling?«

Die Katze hebt die Pfote und putzt ihr ganz sacht den Fleischfetzen vom Kinn. Des is so eine liebevolle Geste, dass ich laut aufseufze, sodass sich die Chefin zu mir umdreht.

»Was wollten Sie grad sagen, Dora?«, will sie wissen.

»Nix, bassd scho«, erwider ich und kann mir diesmal ein Schmunzeln ned verkneifen. »Uns, also mir und dem Küchenteam, gefällt die Idee auch ned besonders, aber Ihr Mann is halt schwer begeistert davon, hier so ein Riesen-Event aufzuziehen. Schloss Lauenfels und des ›Eppelein‹ in aller Munde, auf die Gelegenheit hat er scho lang spekuliert.«

»Wenn es nur nicht ausgerechnet eine Feier für seine Cousine Nadja wäre.« Ich kann sehen, dass die Chefin auf hundertfünfundachtzig is. »Sie haben sie doch beim Leichenschmaus für den alten Grafen selbst erlebt. Was für ein ungehöriges Benehmen! Eine schrecklich primitive Frau, diese Schauspielerin. Ich frage mich ernsthaft, was mein Mann an ihr findet. Aber er scheint ganz vernarrt in sie zu sein.«

»Ja, des is oft so mit den Männern«, pflichte ich ihr bei. »Die Schönthal hat zwar einen unterirdisch miesen Charakter, is aber, rein optisch, halt a echtes Zuckerschneckla, und die meisten Männer können besser schauen als wie denken.«

Auf amol zuckt die Gräfin zsamm. »Dieses Gespräch bleibt aber unter uns, Dora, verstanden?«, sagt sie. Es scheint ihr zu dämmern, dass sie ned mit ihrer besten Freundin, sondern mit ihrer Angestellten über die adelige Verwandtschaft gelästert hat. »Zu niemandem ein Wort, vor allem nicht zu meinem Mann!«

»Des is doch ganz selbstverständlich. Sie wissen doch, dass ich kaa Ratschen bin.«

Trotzdem macht sie so ein besorgtes Gesicht, dass ich ihr am liebsten zur Beruhigung auf den Rücken klopfen tät, aber des kann ich mir grad noch so verkneifen.

»Also, ich pack's dann amol. Ich muss wieder was arbeiten.«

So schnell, wie ich kann, mach ich die Fliege. Zum Glück. Denn im Treppenhaus hör ich schon den Chef bläken: »Zum Donnerwetter, wo bleibt denn die Frau Dotterweich? Hat ihr denn niemand ausgerichtet, dass ich sie dringend sprechen muss?«

Ganz ehrlich, heut is wieder so ein Tag, da möcht ich mir des Kaffeepulver direkt durch die Nase ins Hirn ziehen. Ich bin ja naturgemäß eine durch und durch kontaktfreudige Person, aber wenn ständig wer was von mir will, krieg ich irgendwann eine mittelschwere Krise. Jetzt wär dafür genau der richtige Zeitpunkt. Aber noch reiß ich mich am Riemen. So sind wir halt, wir Küchendiven, feinnervig und hochsensibel, aber trotzdem enorm stressresistent.

»Dora, na endlich! Ich habe Sie schon überall gesucht. Kommen Sie, es gibt einiges zu besprechen.«

Ach ja, da wär ich jetzt nie draufgekommen. Und so aufgeregt, wie der Graf mit den Händen umeinanderwedelt, muss es schon was Oberwichtiges sein.

»Kommen Sie, kommen Sie«, keucht er die Treppen hinauf und bugsiert mich in sein Büro, wo er zur Sache kommt. »Meine Cousine Nadja hat vorhin noch einmal wegen der Geburtstagsfeier angerufen. Sie möchte, dass Sie eine Geburtstagstorte backen, aus der ein Chipmunk-Stripper springt, wenn wir alle ›Happy Birthday‹ singen.«

Ich glotz ihn sprachlos an und hoff, dass ich mich verhört hab. Der Graf macht auf mich ja häufig einen leicht verwirrten Eindruck, aber is er tatsächlich so gaga, sich auf einen so altmodischen Schmarrn einzulassen?

»Des is aber megaoriginell«, sag ich zynisch und schüttel den Kopf. »Ein Stripper, der wo aus einer Torte hupft. Auf die Idee is ja noch nie einer gekommen.«

»Also, mir gefällt sie«, raunzt er beleidigt. »Das ist doch einmal etwas anderes, als einfach nur eine Torte auf den Tisch zu stellen und anzuschneiden. Und wenn es der Wunsch von Nadja ist, dann erfüllen wir ihn eben.« Eh klar, was die Nadja will, des muss die Nadja kriegen.

»Sie wissen aber scho, was des für eine Mordsarbeit is, oder? Dazu brauch ich auf jeden Fall noch mindestens eine weitere Person, die mit anpackt. Am besten die Gabler Hanni, die kennt sich aus in der Backstube. Und hinterher muss sauber gemacht werden, wenn nach dem Auftritt überall in der Wirtsstube Kuchenteile rumfliegen, wer macht des?«

»Jetzt stellen Sie sich doch nicht so an, Dora«, schnauzt er mich schon wieder an. »Sind Sie Patissière oder nicht? So ein Törtchen werden Sie doch wohl noch hinbekommen. Ich wäre sehr enttäuscht von Ihnen, wenn das nicht klappen würde.«

Ein Törtchen? Offensichtlich hat er so ein Trumm von einer Torte noch nie live und in Farbe gesehen. In mir brodelt's derart, da is der Ätna ein mickriger Lavakuchen dagegen. Des hat die Schönthal doch mit Absicht gemacht, die hinterfotzige Matz. Weil sie genau weiß, dass die ganze Arbeit an mir hängen bleibt. Wenn die jetzt hier vor mir stehen tät, ich könnt für nix garantieren. Ich glaub, ich tät sie amol gscheit ins heiße Frittierfett neitunken. Aber zu ihrem Glück hockt sie in München und kann sich dort schadenfroh ins Fäustchen lachen. Andererseits is es scho sensationell, wie sie ihren Cousin am Nasenring durchs »Eppelein« schleift und der des ned amol merkt. Aber ich weiß eins ganz sicher: Für ihren Geburtstag denk ich mir eine besondere Überraschung aus, die ihr noch lang in Erinnerung bleiben wird.

»Ach ja, noch etwas«, mischt sich der Graf in meine anarchistischen Gedanken. »Morgen Vormittag beginnt schon der Aufbau der Bühne im Schlosshof. Nadja hat dafür eine Firma aus München beauftragt. Das wird einige Zeit in Anspruch nehmen, also bereiten Sie bitte für die Arbeiter Brotzeiten vor. Ich werde in der Zwischenzeit beim Caterer Personal für den Service ordern. Bei all den wichtigen Gästen, die wir empfangen, erwarte ich von den Bedienungen schon ein wenig mehr, als dass sie nur Bierkrüge stemmen können. So eine Veranstaltung muss Klasse haben. Und Stil«, fügt er noch an und streicht sich zufrieden die Krawatte glatt.

Verstehe, denk ich, für Stil sind unsere Dörfler natürlich zu sehr Unterschicht. Aber wenn Not am Mann is und der Graf dringend Personal braucht, da sind sie ihm scho recht. Mühsam schluck ich eine garstige Bemerkung zu dem Thema hinunter, die mir fast im Hals stecken bleibt. Diese Festvorbereitungen entwickeln sich mit jedem Tag mehr zu einem Horrortrip.

Wie des Mittagsgeschäft vorbei is, informier ich meine Leut über die neuen Sonderwünsche vom Freifräulein. Sie jaulen genervt auf und schimpfen lauthals über des adlige Frauenzimmer, des uns so viel Mehrarbeit verursacht mit seinen schwindligen Extrawürsten, die wir braten müssen. Heut koch ich ned bloß am Herd, sondern vor allem vor Wut, deshalb sag ich laut raus, was ich mit dem elenden Weibsstück am liebsten machen tät. Die von Schönthal soll bloß aufpassen. So ein Watschnbaum fällt ganz schnell um, und meiner wackelt scho jetzt bedenklich.

»Ich brauch auf der Stell was Sieß für meine Nerven«, schnaubt die Sofie und reißt die Kühlschranktür auf. »Is des do so a radioaktiver Pudding aus dem Großmarkt, oder is der selbst g'macht?«, will sie wissen, während die Mona fragt, ob noch was von dem Frankensecco da is.

A Rest scho, also teilen wir uns des hupferte Wasser schwesterlich zum Runterkommen, während sich die Sofie des von gestern Abend übrig gebliebene Schokoladenmousse reinschaufelt.

Wie ich später heimkomm, liegt ein kleiner Strauß Schlüsselblumen auf dem Fußabstreifer vor meinem Häuschen, aber ned amol der hilft gegen den angestauten Groll. Langsam nimmt des Fest Ausmaße an wie der Geburtstag von der Queen. Bloß schuften für die britische Königin ein paar mehr Angestellte als wie für die Lauenfelser Grafenfamilie. Ich hab keine Ahnung, wie wir des alles stemmen sollen.

Kaum hab ich die Tür hinter mir zugeknallt, geht der Stress gleich weiter, weil jetzt des Telefon wie narrisch rappelt. Hoffentlich ned wieder einer aus dem Schloss, der was von mir will, denk ich, reiß den Hörer runter und schrei hinein: »Sakra, was is denn jetzt scho widder? Gibt's denn hier nie a Ruh?«

»Muckl? Bist des du?«

»Mama?« Vor Schreck fällt mir fast der Hörer aus der Hand.

»Is was g'schehen? Geht's dir ned gut? Oder is was mit dem Papa? Warum rufst du denn an?« Mich überfällt des plötzliche Bedürfnis, mich hinzuhocken.

»Wos is denn des für a Begrüßung, Dora? Muss denn immer gleich was g'schehen sein, bloß weil ich amol anruf?«

Dazu muss man wissen, dass es sich meine Eltern seit mehr als fünfzehn Jahren auf Gran Canaria gut gehen lassen und sich nur ganz sporadisch an ihre Tochter erinnern, die wo in der heimatlichen Fränkischen Schweiz ihr Leben am heißen Herd und ned wie sie am sonnigen Strand verbringt. Meistens fall ich ihnen immer dann ein, wenn ihr Gnosch auf Hausmacher Leberwurst, Bauernseufzer, Geräuchertes und Gewürzbrot überhandnimmt. Dann trudelt nämlich in meinem E-Mail-Postfach ein Bettelbrief mit dem dringenden Wunsch nach einem fränkischen Care-Paket ein, das ich dann einem ihrer unzähligen Skat-Kumpane in die Hand drücke, von denen eigentlich immer einer auf dem Weg auf die Kanaren zum Karteln is. Wann meine Mutter des letzte Mal bei mir angerufen hat, daran kann ich mich gar nimmer erinnern. Des muss so um die Weihnachtszeit gewesen sein, und des is ja bekanntlich scho ein paar Tage her.

»Naa, Mama, des ned, aber ich hab halt mit einem jeden gerechnet, bloß ned mit dir. Is alles in Ordnung bei euch? Geht's euch gut?«

Ich hab ein ganz komisches Gefühl im Bauch. Meine Mutter ruft nie ohne Grund an. Da is bestimmt was im Busch.

»Ach, weißt, Muckl, der Papa und ich, mir ham a bisserla Heimweh. Nach der Fränkischen Schweiz, nach Lauenburg und vor allem nach dir.«

Ich schnapp hektisch nach Luft, weil mich tausend böse Vorahnungen überkommen.

»Deshalb ham mir uns gedacht, dass mir amol Urlaub in unserer alten Heimat machen und zu dir auf Besuch kumma. Freust dich?«

»Äh, hmm, also, ja, scho irgendwie, aber des kummt grad total ungünstig. Wann habt ihr denn vor, nach Deutschland zu fliegen?«

»Sobald zwaa Plätz im Flieger frei sin. Im Moment is alles ausgebucht, aber mir stänga ziemlich weit oben auf dera Warteliste. Kannst du uns dann vom Flughafen in Nürnberg abhol'n?«

»In Nürnberg abholen? Bevor ich da zusag, müsst ich scho wiss'n, wann genau ihr ankommt.« Meine Stimme is vor lauter Panik hoch und schrill. »Habt ihr euch scho überlegt, wo ihr wohna wollt? Soll ich euch a Zimmer im ›Grünen Kranz‹ reservieren?«

»Hallo, hallo? Ich hör ja gar nix mehr. Muckl, bist du noch dran? Hallo, hörst mich noch? Ich leg dann amol auf, gell. Mir seh'n uns ja demnächst. Servus!«

Mir tropft der kalte Schweiß aus sämtlichen Poren. Hoffentlich hab ich des jetzt bloß geträumt. Die Schönthal und meine Eltern gleichzeitig auf dem Schloss, des wär eine unschlagbare Kombination. Meine Mutter is mindestens genauso anstrengend wie des Fräulein von und zu, bloß halt anders, mehr so auf der persönlichen Ebene.

Ich wähl die Nummer von der Mona, und wie sie sich meldet, winsel ich hysterisch in den Hörer: »Meine Eltern sind im Anmarsch, Mona. Des is a waschechte Katastrophe! Meine Mutter mault ständig an allem rum und is mit nix zufrieden. Als Erstes wird sie mich umstylen wollen, die Haar, die Klamotten, des Make-up. Dann wird sie sich furchtbar über mein Gewicht aufregen, weil ich seit unserem letzten Treffen noch kaa einziges Gramm abg'nommen hab, eher so des Gegenteil. Und danach über meine schlampige Wohnung. Sie wird putzen und aufräumen wie a Narrische und, wenn's ganz blöd läuft, die Möbel umstellen. Wahrscheinlich wird sie noch neue Sofakissen, Vorhänge und rosafarbene Bettwäsche mit Herzla drauf kaufen und, wenn sie mich und des Pförtnerhäusla komplett umgemodelt hat, der Gräfin mit sinnlosen Verbesserungsvorschlägen auf die Nerven geh'n. Am liebsten tät ich auf der Stell für länger fortfliegen, vielleicht nach Alaska oder Mikronesien, jedenfalls ganz weit weg von do.«

»Komm runter, Dora.« Die Mona grinst. Des kann ich

durchs Telefon hören. »Freu dich lieber darauf, dass deine Eltern dich besuchen kommen, verbring ein paar nette Abende mit ihnen und koch ein paar fränkische Spezialitäten für die zwei, back Küchla und einen Gesundheitskuchen, dann sind sie bestimmt happy und düsen bald wieder ab auf ihre Insel. Die bleiben doch maximal eine Woche, das sitzt du locker auf einer Arschbacke ab.«

»Aber du weißt doch auch, wie meine Mutter is, Mona. Du kennst sie doch lang genug. Ich glaub, ich will sterben. Was mach ich denn jetzt bloß?«

»Wenn ich dir einen Rat geben darf: Hol dir eine Flasche Zwetschgenwasser, schenk dir ein Wasserglas voll, kipp's runter und dann trink den Rest der Flasche aus.« Sie lacht. »Im Ernst: Heul jetzt nicht rum wie ein Weichei. Schlaf eine Nacht drüber, morgen früh schaut alles schon nur noch halb so schlimm aus.« Klack macht es, und die Matz hat eingehängt.

Aber vielleicht hat sie ja recht, überleg ich, während ich mir einen Kirschbrand einschenk, weil ich kein Zwetschgenwasser hab – und dann noch einen. Nach dem dritten kann ich mich nimmer genau erinnern, über was ich mich grad so dermaßen aufgeregt hab, und schlaf im Sitzen auf dem Sofa ein. Die Kochklamotten behalt ich praktischerweise gleich an, weil ich ja abends noch zur Arbeit im »Eppelein« antreten muss.

3

Am nächsten Tag weckt mich ein Mordskrach vor meinem Fenster. Mühsam rappel ich mich auf. Die Abendschicht steckt mir wegen dem Kirschbrand noch schwer in den Knochen und vor allem im Schädel. Keine Ahnung, wie ich die Kocherei geschafft hab. Jetzt jedenfalls hab ich Kopfweh und einen Geschmack im Mund, wie wenn ich einen Teller voll toter Maden verspeist hätt, die Nachwehen von eindeutig einem Stamperl zu viel Schnaps. Wie ich aus dem Fenster schau, glotzt ein Mannsbild zu mir herein. Hinter ihm steht ein blauer Lkw mit der Aufschrift »Bühnenbau Schrader München«.

»He, Sie! Wo find ich denn den Graf Lauenfels?«, brüllt mich der Kerl durchs Fenster an.

»Im Schloss!«, kreisch ich zurück und zieh den Vorhang zu. Momentan bin ich echt ned in der Stimmung, mich mit fremden Bühnenbauern anzufreunden.

Ein Blick in den Spiegel genügt, um zu wissen, dass heut alle Restaurierungsarbeiten erfolglos bleiben werden. Ich brauch doppelt so lang wie sonst, um wenigstens ned so auszuschauen, als wär ich nächtens mit einem Bus kollidiert.

In der Küche staubt der Chef scho total hektisch umeinander. Er is so aufgedreht, als hätt er irgendwelche geheimnisvollen Substanzen intus. Im Maschinengewehr-Stakkato redet er derart fieberhaft auf mich ein, dass ich um ein Haar einen Schluck aus der Tasse mit dem Bratfett trink statt aus meinem Kaffeehaferl. Mir persönlich sind ja Menschen am liebsten, die in der Früh ganz leis Guten Morgen sagen und danach des Maul halten. Mein Chef gehört ned zu dieser Spezies, leider. Er will wissen, ob ich mir Gedanken zu der Strippertorte gemacht hab, und wenn ja, welche, und ob der Zander auch wirklich frisch is, wenn er doch gefroren war. Außerdem weist er mich darauf hin, dass die Orangenmöhrchen ned zu hart, aber auch keinesfalls zu matschig sein dürfen. Gut, dass wir des jetzt scho geklärt haben, denk ich, sonst hätt ich beim Karottenkochen glatt alles falsch gemacht. Schön langsam krieg ich enorme Stimmungsschwankungen, die sich ausprägungstechnisch zwischen minimal angesäuert und maximal angepisst bewegen.

»Graf Karl-Gustav«, raunz ich jetzt meinerseits und muss mich schwer zsammreißen, dass ich ned ausfällig werd, »möchten Sie vielleicht widder amol bei mir vorbeischaua, wenn Sie ned gar so viel Zeit ham?«

»Sie können es mir ruhig offen sagen, wenn ich störe, Dora«, erwidert er und schiebt beleidigt ab. Manchmal kapiert er erstaunlich schnell.

Wie ich auf der Suche nach der Mona einen Blick in die Wirtsstub werf, seh ich, wie der Nagler die Sofie an die Wand presst, rechts und links neben ihrem Kopf einen Arm abstützt und seinen Unterbau an ihrem reibt. Die Sofie will ihn wegschieben, aber er rührt sich ned von der Stelle.

»Hey, was geht denn hier ab?«, schrei ich und stürz auf die zwei zu.

Sofort nimmt der Nagler seine Arme runter und macht einen Schritt zurück.

»Hat der Auftragskiller danebengeschossen, oder warum lungerst du immer noch da bei uns rum, du Bimbalaswicht? Wenn der Chef mitkriegt, dass du der Sofie an die Wäsch gehst, kannst dir gleich deine Kündigung abholen, des geht ruckzuck.«

»Ach Gott, die Klößdesignerin. Ich hab scho gedacht, es is wer Wichtiges. Hast du da herin aa was zu melden, oder bläst dich einfach so a bisserla auf? Die Sofie und ich ham uns bloß nett unterhalten, gell, Sofie-Schatz? Mir kennen uns noch aus der Schul, aber des kann so a vertrocknete Kröten wie du ja ned wissen, weil des war ungefähr dreißig oder vierzig Jahr nach deiner Schulzeit.«

Er grinst mir frech ins Gesicht, zieht eine Kippe hinter dem Ohr hervor und fragt: »Stört's die Damen, wenn ich rauch?«

»Mich tät's ned amol stören, wenn du brennst«, fahr ich ihm

übers Maul. »Aber im Wirtshaus herin wird ned geraucht, bloß, damit du Bescheid weißt. Los, Abmarsch, du Kleingeld-Stenz, bevor ich den Chef hol.«

»Steig auf deinen Besen und zisch ab an deinen Herd, du Wetterhex«, geifert er noch amol zu mir her, trabt dann aber zügig davon.

Eine Sekunde später hab ich die Sofie am Hals hängen.

»Dank dir, Dora. Des war Rettung in letzter Sekunde. Der Dreckskerl hod mich abgepasst, wie ich nach der Mona schauen wollt. Wenn du ned gekommen wärst, ich weiß ned, was der mit mir ang'stellt hätt. Ganz ehrlich, ich hab Angst vor dem Kerl.«

»Brauchst ned, Sofie. Solang die Mona und ich um dich rum sind, g'schieht dir nix. Trotzdem musst du endlich amol lernen, dich zu wehren. Hau ihm des nächste Mol so eine Trummfotzn nei, dass ihm die restlichen Zähne auch noch rausfallen, dann lässt er in Zukunft bestimmt die Finger von dir. Darfst halt ned immer so eine Zimperliesl sein.«

»Ich wär aa gern so taff wie du und die Mona, aber ich kann's einfach ned. Ich bin und bleib a Warmduscher«, greint sie.

Ich nehm die Sofie am Arm, und wir gehen in die Küche hinüber, wo die Mona grad die Baumwollenen Klöß fürs Personalmittagessen im siedenden Wasser badet.

»Was war denn da draußen los?«, forscht sie gleich nach. »Hab ich was verpasst?«

Ich erzähl ihr, wie der Nagler unsere Sofie belästigt hat.

»Bei mir hat er es auch schon mal probiert«, teilt uns des Beilagenmadla ungerührt mit. »Aber da hat er sich bös geschnitten, unser Provinz-Playboy. Wie ich ihn mit der scharfzackigen Spaghettizange durch seine schicke Armani-Seidenhose am Schniedel gepackt hab, ist ihm die Lust aufs Nageln auf der Stelle vergangen. Seitdem macht er einen großen Bogen um mich. Du darfst dir nicht alles gefallen lassen, Sofie. Ich sag dir aus Erfahrung: Mit einem blutenden Würmchen in der Hose vergeht jedem Kerl der Appetit auf eine schnelle Nummer.«

Wir drei schauen uns an, dann grölen wir los. Die Mona hat außer einem zupackenden auch noch ein humorvolles Naturell.

Der Sauerbraten gelingt mir heut besonders gut, und die Baumwollenen Klöß sehen so flaumig und seidenweich aus, dass man auf der Stell hineinbeißen möcht. Der Beitrag unserer Salatschnecke zum heutigen Mittagstisch is ein herrlich knackiger Endiviensalat mit winzigen Speckbröckerla und einem süßsauren Dressing, ein Gedicht.

Kaum hat die Mona des letzte Klöß in die Schüssel gelegt, da streckt der Alex seinen Kopf durch die Tür.

»Ist das Essen fürs Personal fertig, Dora? Die warten scho alle.«

Die, das sind der Bierdümpfel, des neue Hausmadla, die Engel Silvie, der Böhner Sebbi, der Nagler und er selbst. Das Personal isst immer gegen elf Uhr, vor dem Mittagsrun. Die Mona, die Sofie, die Edith und ich essen meistens in der Küche, einfach, weil's für uns bequemer is und wir uns so des dumme Gaffen vom Bierdümpfel ersparen. Er zählt uns nämlich jeden Bissen bis in den Magen hinunter, ganz so, als müsst er unser Essen aus eigener Tasche bezahlen.

Der Gabler Alex schnappt sich des Tablett mit den von der Mona gut gefüllten Tellern und schiebt ab. Aber es dauert nur einen Augenblick, dann steht er wieder in der Küche, einen Teller in der Hand und eine Beschwerde auf den Lippen.

»Der Herr Biergärtner lässt ausrichten, die Soß wär kalt und du sollst sie aufwärmen, Dora.«

Einen Moment lang überleg ich, ob ich hier und jetzt einen Anfall kriegen soll, aber dann schnapp ich mir den Teller und geh hinüber zum Spülstein. Die Edith hat vor einer Minute dreckige Teller eingeweicht, des Spülwasser is noch kochend heiß. Großzügig geb ich einen Löffel voll davon über die Soß vom Bierdümpfel, rühr es gut unter und drück dem Alex den Teller wieder in die Hand.

»So, jetzt is die Soß heiß genug.« Ich grins übers ganze Gesicht, und auch die anderen biegen sich vor Lachen. Geschieht ihm gscheit recht, dem Bierdümpfel. Immer hat er was zu goschen, nie passt ihm des, was ich koch.

Kaum hab ich den letzten Bissen verdrückt, schlender ich

hinüber in die Wirtsstube, wo der Bierdümpfel und die anderen noch beieinandersitzen.

»Na also, Fräun Dora, warum ned glei aso«, sagt der. »Des konn doch ned so schwer sein, a Soß heiß auf den Tisch zu bringa.«

»Freilich, Herr Biergärtner, do ham Sa vollkommen recht«, schnurr ich scheinheilig. »Hat's wenigstens g'schmeckt, hat alles gepasst?«

»Is scho ganga, bloß die Soß wor arg dünn«, mault er und glotzt blöd, weil ich ihn so freundlich anlach, dass alle anderen am Tisch verwundert die Augen aufreißen.

»Also, mei Soß hat gebassd«, stellt der Sebbi schüchtern fest.

Sonst bin ich ja immer so grantig wie dem Gabler Schorsch sein Rottweiler, sobald der Bierdümpfel bloß in meine Nähe kommt, aber heut tu ich so, wie wenn er mein bester Freund wär. Eigentlich müsst er ja deswegen gleich misstrauisch werden, aber er is noch damit beschäftigt, die letzten Reste von der Soß zsammzukratzen und sie sich in den Rachen zu schieben. Guten Appetit, Herr Biergärtner, denk ich. Wie ich seh, mundet Ihnen unser Spülwasser. Als Köchin hat man hundert Gelegenheiten, einem elenden Kriechviech wie dem Biergärtner in die Suppe zu spucken, und des mein ich in dem speziellen Fall wortwörtlich. Wenn er ned gar so damisch wär, könnt er sich des eigentlich selbst denken. Aber weil er ja den größten Teil von seinem Erbsenhirn versoffen hat, reicht's halt so weit dann doch nimmer.

Wie ich mich am Tisch so umschau, fällt mir auf, wie die Engel Silvie, die auf der Eckbank hockt, den Nagler anschmachtet. Dabei strahlt sie übers ganze Gesicht wie ein Kind im Süßwarenladen. Die Kleine werkelt erst seit ein paar Wochen drüben im Schloss rum und wedelt jetzt anstell von der Sofie den gräflichen Staub von den Antiquitäten. Aber so ein optisches Highlight wie unser Gemüsmadla is sie halt bei Weitem ned. Wahrscheinlich wird sie deswegen vom Nagler auch konsequent ignoriert. Er steht wohl ned auf Frauen, die beim Laufen klappern, weil sie gar so dürr sind, und auf abgenagte Fingernägel sicher auch ned. So eine wie die Mona tät ihm wohl eher schmecken. Die schaut nämlich in jeder Lebenslage aus, wie wenn sie grad vom Laufsteg gefallen wär. Sogar in verdreckten Kochklamotten sabbern ihr die Kerle noch hinterher. Und des Gleiche gilt für die Sofie. Die is wie ein selbst gemachtes Sahnetörtla, rundherum zum Anbeißen.

»Magst vielleicht meinen Salat, Boris?«, haucht in dem Moment des Hausmadla, rollt verliebt die Augen und will ihm den eigenen Teller hinschieben.

»Naa, dein Salat kannst selbst fressen«, erwidert der grob und steht auf. Dabei funkelt er mich so bösartig an, dass ich mich fürchten tät, wenn ich ein ängstlicher Typ wär. Bin ich aber ned. Drum weich ich keinen Schritt zurück, wie er sich an mir vorbeischiebt. Aber ich merk's mir und überleg scho amol pro forma, was ich dem Saukerl demnächst in sein Essen misch. Eine saftige Portion Abführmittel tät ihm sicher gut, vielleicht müsst er dann nimmer gar so verkniffen aus seinem Bagutta-Hemd glotzen. Teure Klamotten hat er an, der Lauenburger Frauenflüsterer, fällt mir auf, und ich kenn mich mit so was aus.

Wie ich auf den Schlosshof komm, wird grad ein riesiges Gerät von einem Kleinlaster abgeladen. Obwohl ich ned besonders neugierig bin, wie ja mittlerweile bestimmt alle wissen, trab ich hin, stell mich neben den Capo und frag: »Was wird denn des?«

»A Grillstation für den Bonzengeburtstag, des siehst doch, Madla.«

»Grillstation?«, frag ich leicht verwirrt.

»Herrgott, stell di halt ned dümmer, als wie du bist. Du wirst doch scho amol a Grillstation g'säng hom in deim Leben? Do komma Spanferkel grillen, Lammbrodn, Steaks, Brathähnla, Brodwerscht und Kalbshaxen. Des hod die Gnädige aus München oogschafft, und mir baua des etzad auf.«

»Aha«, is alles, was mir dazu einfällt. Des wird wohl eher ein Volksfest als wie eine Geburtstagsfeier. Vielleicht kommt gleich einer ums Eck, der wo ein Kettenkarussell oder eine

Schiffschaukel dabeihat. Gut, dass der Schlosshof riesengroß is, weil der ganze Krempel sonst gar keinen Platz hätt.

Während unseres Gesprächs tanzt so ein spuchtliger Kerl mit einer Kamera um den Capo und mich herum und fotografiert uns und die Aufbauarbeiten von allen Seiten.

»Was soll denn des?«, fahr ich ihn an. »Sie hör'n jetzt sofort auf, mich zu fotografieren. Des dürfen Sie nämlich gar ned. Datenschutz und so!«

»Keine Aufregung, junge Frau.« Er zieht eine Visitenkarte aus seinem Jackett. »Ich bin von der ›Nürnberger Morgenpost‹ und soll die Geburtstagsvorbereitungen für die Schauspielerin Nadja von Schönthal im Bild festhalten. Es hat alles seine Richtigkeit und ist mit Graf Lauenfels abgesprochen. Sie sehen übrigens ausgesprochen dekorativ aus in Ihrer schicken Kochjacke. Als Bildunterschrift hab ich mir gedacht: ›Die Küchenchefin persönlich überwacht den Aufbau der Grillstation‹, was meinen Sie?«

»Ich mein, dass du einen Abflug machst, Bürschla, und zwar superpronto. Ich will kein Foto von mir in deiner Zeitung seh'n, hosd mi, du Hanswurscht?«, schnauz ich ihn an. »Schleich di, bevor ich richtich sauer werd.«

Er zuckt mit den Schultern, murmelt: »Dann eben nicht«, und schiebt ab, um den Bühnenbauern den letzten Nerv zu rauben.

»Gut, dass ich Sie treffe, Dora!« Des is jetzt der Chef, der einen älteren Mann in Jeans und Krawatte im Schlepptau hat. »Darf ich vorstellen? Das ist Herr Frisch von Frische-Catering aus Nürnberg, der das Servicepersonal zur Verfügung stellt.«

Der Herr Frisch macht ned bloß einen sympathischen, sondern obendrein noch einen durch und durch kompetenten Eindruck, finde ich. Gleich verwickelt er mich in ein Fachgespräch über mögliche Gerichte für das Büfett. Der Mann kennt sich definitiv aus und hat einen Haufen guter Tipps im Gepäck. Die kann ich brauchen, weil ich im »Eppelein« noch ned so viel Erfahrung mit Büfetts gesammelt hab.

»Wenn ich Ihnen einen Rat geben darf: Bieten Sie nur ein

paar kalte Kleinigkeiten wie Hummerkrabbencocktail mit Mango, Hechttatar, Vitello Tonnato, geräucherte Entenbrust auf Apfel-Sellerie-Salat und Räucherlachsvariationen an. Und dazu eine kleine, aber feine Käseauswahl. Mit der Grillstation, die ein ausreichend großes Angebot an warmen Speisen liefert, sollte das doch selbst höchsten Ansprüchen genügen. Konzentrieren Sie sich am besten auf Seafood und Käse«, meint der Fachmann. »Und wenn tatsächlich noch Canapés serviert werden sollen, kümmert sich gerne unser Lieferservice darum.«

Weil mir eh schon der Kopf qualmt, klingt sein Vorschlag in meinen Ohren wie Musik, denn ich weiß ehrlich ned, wie wir des alles schaffen sollen: Salate, kalte Platten, Canapés, die Geburtstagstorte und dazu noch die Kuchen und Desserts.

»Könnten Sie des ned komplett übernehmen, die Canapés und des ganze andere Zeug, und des, wenn's geht, meinem Chef auf die freundliche Tour vermitteln? Der glaubt nämlich, dass ich sechs Paar Händ und zwanzig Helfer hab und alles in Eigenregie schaff.« Ich schau den Herrn Frisch verzweifelt an, weil mir bewusst wird, was für ein Wahnsinnsaufwand des wird. So hab ich mir die Feier ganz und gar ned vorgestellt.

Der stimmt sofort zu, geht zum Chef hinüber, den der Foto-heini grad am Wickel hat, und redet mit Händen und Füßen auf ihn ein. Wahrscheinlich macht er dem Grafen ein Angebot, des der ned ablehnen kann, weil er nach ein paar Minuten mit den Vorschlägen vom Caterer einverstanden zu sein scheint. Die zwei besiegeln den Deal per Handschlag. Selbst wenn der Caterer die Salate, kalten Platten und Canapés liefert, bleiben für mich und mein Team immer noch die Desserts, das Gebäck und die Strippertorte. Jede Menge Arbeit für uns.

»Sie da in der Kochjacke, sind Sie hier zuständig?«, hör ich plötzlich hinter mir und fahr genervt herum. Vor mir steht einer mit einer Sackkarre mit einem Riesenkarton drauf.

»Eigentlich ned, aber –«

»Dann passt's ja«, werd ich unterbrochen. »Unterschreiben Sie den Lieferschein hier unten rechts.« Er hält mir einen Papierfetzen vor die Nase.

»Was is 'n des für ein Zeug?«, will ich wissen und schieb seinen Arm beiseite.

»Himmelslaternen«, informiert er mich.

»Was für Laternen?« Vor Verwunderung fällt mir der Unterkiefer runter. »Wer hat die denn bestellt – und vor allem: wozu?«

»Eine Frau von Schönthal aus München. Also, was ist jetzt mit der Unterschrift, ha? Das sind zweihundert Stück, wie bestellt. Und kassieren soll ich auch gleich, hat mir der Boss aufgetragen. Das macht dann vierhundertachtzehn Euronen inklusive Lieferung, wenn ich bitten darf.«

»Graf Karl-Gustav!«, schrei ich hilflos, weil ich weder was von irgendwelchen Laternen weiß, noch, woher ich hier im Schlosshof vierhundertachtzehn Euro nehmen soll.

»Was gibt es denn jetzt schon wieder?«, schnauft der Chef, kommt zu mir her und reißt mir den Lieferschein aus der Hand. »Himmelslaternen? Ja, ist die Nadja eigentlich noch bei Trost? Weiß sie denn nicht, dass die mittlerweile verboten sind? Will sie uns den Wald in Brand setzen?« Er wendet sich an den Lieferanten. »Nehmen Sie die wieder mit, so was können wir nicht gebrauchen.«

»Das kommt gar nicht in Frage, die sind bestellt«, wehrt der sich. »Ich krieg jetzt auf der Stelle vierhundertachtzehn Euro, oder Sie kriegen eine Anzeige von meinem Boss. Für den Fall, dass Sie Schwierigkeiten machen, soll ich Ihnen das ausrichten, hat er mir aufgetragen.«

Ich seh dem Grafen an, dass er kurz vor einem Herzinfarkt steht. Sein Gesicht glüht so rot wie eine heiße Herdplatte, und er zerrt sich hektisch die Krawatte vom Hals. »Los, dann kommen Sie halt mit«, stößt er schließlich aus.

Mit dem Mann im Schlepptau dackelt er hinüber ins »Eppelein«. Vielleicht dämmert es ihm so langsam, worauf er sich mit der Geburtstagsfeier seiner unverschämten Cousine eingelassen hat.

Ich verbring heut auf jeden Fall meine Mittagspause mit der Gabler Hanni, weil wir besprechen müssen, wie wir des Trumm von einer Geburtstagtorte backen. Aber grad, wie ich mich Richtung Küche aus dem Staub machen will, schreit jemand: »Hallo, sind Sie hier die Chefin?«

Diesmal is es eine aufgerüschte Madame, gefolgt von zwei Hiwis, die wo mit einer Unmenge riesiger Einkaufstüten beladen sind. »Kann ich die Goodie Bags bei Ihnen abgeben?«

»Goodie Bags? Was denn für Goodie Bags?«, will ich wissen. Aber eigentlich wundert mich mittlerweile scho gar nix mehr. Selbst wenn jetzt einer ums Eck käme, der ein Riesenrad aufstellen wollte, würd ich ihn einfach machen lassen. Den hätte dann bestimmt auch des Fräulein von und zu beauftragt.

»Na, die, die Frau von Schönthal für ihre Geburtstagsfeier in Auftrag gegeben hat. Fünfundsiebzig Stück für Damen und fünfundsiebzig Stück für Herren für jeweils fünfundzwanzig Euro. Macht zusammen dreitausendsiebenhundertfünfzig Euro netto. Ich müsste den Betrag sofort kassieren, an wen kann ich mich da wenden?«

»Am besten gehen Sie da hinüber, bitt schön, in die Schlosswirtschaft. Fragen Sie nach Graf Lauenfels, der freut sich sicher, dass Sie da sind«, weis ich Königin Goodie Bag mitsamt ihren Lakaien den Weg.

Allmählich reicht es mir mit den Extravaganzen von dem durchgeknallten Adelsspross, also schau ich zu, dass ich mich im Eiltempo vom Acker mach.

In der Küche wartet scho die Gabler Hanni auf mich. Sie hat sich im Vorfeld Gedanken gemacht, wie wir die Riesentorte am besten in Angriff nehmen. Weil sie die begnadetste Küchlasbäckerin weit und breit is und auch sonst backtechnisch mordsmäßig was auf dem Kasten hat, schauen ihre Entwürfe recht gut aus. Wir tüfteln grad noch a weng dran herum, wie Graf Karl-Gustav hereingeschneit kommt.

»Dora, eine kleine Änderung im Programm. Meine Cousine reist bereits morgen Abend an, weil sie vor dem Fest ein wenig mehr Zeit mit mir und meiner Frau verbringen möchte und sich vom Stress ihres letzten Drehs erholen will. Die Arme ist ja so erschöpft. Das bedeutet, dass ab morgen Abend Frau Schmälzich das Kommando in der Wirtshausküche übernimmt und Sie uns drüben im Schloss bekochen. Herr Nagler wird morgen Abend das Essen im Grünen Salon servieren, für drei Personen ist es dort gemütlicher als im großen Esszimmer. Was hatte sich Nadja noch einmal gewünscht?« Er hält kurz inne. »Ach ja«, fällt es ihm wieder ein, »Omelette mit Perigord-Trüffeln. Wie wäre es mit einer Erdbeergrütze auf Zabaione als Dessert? Das kriegen Sie doch sicher hin, oder?«

Weil mir dazu nix mehr einfällt, nick ich bloß.

»Ach ja, und den Zander dann übermorgen zum Mittagessen«, sagt der Graf noch, »und danach eine Crème brûlée.«

Ich schau hinüber zur Mona, die alles mitgehört hat und entnervt die Augen verdreht. So ein Geschiss hat es noch nie gegeben, seit des »Eppelein« eröffnet wurde, dabei hab ich mit meinem Team scho etliche größere Feiern gestemmt, mit denen immer alle hochzufrieden waren. Ich glaube, schön langsam, aber sicher dreht er durch, unser Chef.

Wie ich endlich spätabends heimkomm, weil wir noch so lang über den Plänen für die Strippertorte gebrütet haben, liegt ein Sträußchen Waldmeister vor meiner Haustür. Super, denk ich, damit werd ich irgendwann eine richtig geile Maibowle brauen, nach der sich die Mona, die Sofie, die Edith und ich die Finger lecken werden. Ein echtes Weibergesöff halt, ich freu mich jetzt schon drauf.

Sauerbraten

Zutaten für die Marinade:
½ EL Salz
1 EL Zucker
1 Prise Zimt
2 grob gewürfelte Zwiebeln
2 Lorbeerblätter
2 Nelken
5 Wacholderbeeren
5 Pfefferkörner
1 TL Senfkörner
200 ml Rotweinessig

Zutaten für den Braten:
1 kg mageres Rindfleisch
Butterschmalz
Salz
Pfeffer
200 ml Sahne
1 Pck. PEMA-Soßenkuchen

Zubereitung:
Alle Zutaten für die Marinade in einen Topf geben, circa 1,5 l
Wasser hinzufügen, gut umrühren, das Fleisch hineinlegen und
den Topf abdecken. 1–2 Tage an einem kühlen Ort ziehen lassen.
Fleisch herausnehmen und abtupfen. Butterschmalz erhitzen
und das Fleisch von allen Seiten gut anbraten, salzen und pfeffern.
Die Marinade separat anwärmen. Den Braten mit einem Drit-
tel der Marinade inklusive aller Gewürze aufgießen und bei
mäßiger Hitze schmoren lassen. Deckel nicht ganz schließen,
damit nichts überkocht. Das Fleisch ab und zu wenden und
bei Bedarf Marinade nachgießen.

Nach 90 min die Sahne über das Fleisch gießen. Auf kleiner Hitze weiterköcheln lassen.

Nach 30 min den Soßenkuchen zerbröckeln und dazugeben. Bei Bedarf immer wieder Marinade nachgießen.

Noch einmal 30 min köcheln lassen.

Das Fleisch herausnehmen, ruhen lassen, die Soße durch ein Sieb passieren und abschmecken. Falls sie zu sauer ist, noch etwas Sahne einrühren.

Dazu gibt's gekochte Baumwollene Klöß und Endiviensalat.

Maibowle

Zutaten:
1 Bund frischer Waldmeister
30 g Zucker bzw. nach Geschmack süßen
1 Flasche trockener Weißwein
400 ml trockener Sekt

Zubereitung:
Die Stiele vom Waldmeister entfernen, die Blätter putzen, gründlich waschen und trocken schütteln. In ein hohes Gefäß geben, den Zucker darüberstreuen, mit einer halben Flasche Weißwein auffüllen und mindestens 2 h zugedeckt kalt stellen. Danach in ein Bowlegefäß abseihen, mit dem restlichen Wein und dem gut gekühlten Sekt aufgießen und sofort kalt servieren.

4

Warum fehlt mir eigentlich am nächsten Früh ganz und gar die Lust zu arbeiten? Wahrscheinlich, weil ich weiß, dass uns am Abend die Drama Queen mit ihrer Entourage heimsuchen wird. Aber es hilft ja alles nix, drum spring ich nach der Dusche in die Kochklamotten und schlapp lustlos zum Schauplatz meiner früheren kulinarischen und kriminalistischen Heldentaten hinüber, nämlich in die Schlossküche.

Die Schlossküche war der Dreh- und Angelpunkt für die Kriminaler und des Hauspersonal nach dem Mord am alten Grafen. Sie gehört zwar zu den gräflichen Wohnungen auf der Beletage, is aber wegen eventuell auftretender Geruchsbelästigungen vorsichtshalber im Erdgeschoss untergebracht. So bleiben empfindliche Adelsnasen von ordinären Küchendünsten verschont. Ich will gleich die Einkaufsliste für den Sebbi schreiben, damit der Bub sich auf den Weg zum Lebensmittelshoppen nach Nürnberg machen kann.

Wie ich die Küchentür aufreiß, prall ich zurück, weil ich ned damit gerechnet hab, dass scho wer vor mir da is und umeinanderwerkelt. Aber am Fenster steht die Engel Silvie mit einem silbernen Gießkännchen und bewässert hingebungsvoll die Orchideen. Für einen Moment verschlägt's mir die Sprache, und des kommt bei mir ned oft vor, des dürfen Sie mir ruhig glauben.

»Was tust'n du da?«, frag ich entgeistert, nachdem ich mich vom ersten Schrecken erholt hab.

»Nach was schaut's denn aus?«

Erstaunt runzel ich die Stirn. Für so schlagfertig hätt ich des Lauenburger Mauerblümchen gar ned gehalten.

»Ich kümmer mich drum, dass die Orchideen weiterhin so schön blüh'n«, sagt die Engel Silvie zufrieden. »Des macht ja kaaner außer mir.«

»Sag amol, hosd du aan an der Waffel? Ham sie dich als Kind

zu oft von der Wickelkommode g'schubst? Des sind meine Seidenblumen. Waaßt du eigentlich, wie sauteuer die war'n?« kreisch ich hysterisch, feg hinüber zum Fenster und reiß ihr die Blumentöpfe aus der Hand. Sofort tropft ein unappetitlicher grünlicher Schleim auf meine nagelneuen roten Birkenstock-Schlappen mit den Glitzersternen, nach denen ich wochenlang im Netz gefahndet hab. Ich muss mich tierisch zsammreißen, dass ich der Engel Silvie ned den aufgeweichten Batz mitsamt den ruinierten Seidenblumen über ihre mausbraunen Schnitt-lauchlocken stülp.

»Seidenblumen? Wieso denn Seidenblumen?« Sie glotzt mich an wie die Kuh, wenn's blitzt.

»Du bist wärklich zu bleed, um aus dem Bus zu schaua«, fahr ich sie an, bevor ich die ramponierten Kunstwerke zum Abtropfen in den Spülstein stell. »Die hob ich extra für da herinnen bei einer Nürnberger Seidenfloristin anfertigen lassen. Und Seidenblumen deswegen, weil es für natürliche Pflanzen in der Küche zu finster is. Ich glaub's ja ned. Hosd du echt noch nie was von Seidenblumen g'hört? Aus welcher Odelgruben haben sie dich denn rausgezogen?«

»Der Boris hod scho recht, du bist wärklich eine ganz hundsgemeine Person, eine ekelhafte!«, heult die Engel Silvie da in ohrenbetäubender Lautstärke los. »Des erzähl ich dem Herrn Grafen.«

»Is scho recht. Mach des, aber am besten gleich auf der Stell, ned dass du's noch vergisst. Und wennst scho so gnadenlos dumm bist, dann sei es wenigstens leis. Dein Geplärr geht mir nämlich auf den Enddarm. So, und jetzt schleich di und lass dich bloß nimmer bei mir blicken, hosd mich verstand'n?« Rabiat schumber ich sie zur Tür naus, die ich mit einem lauten Batscher zuknall, damit des Hasenhirn auch wirklich draußen bleibt. Ganz ehrlich, da hab ich doch lieber ein paar Kilo zu viel auf den Rippen als ein paar Gehirnzellen zu wenig im Schädel.

Ich hock mich an den Tisch und schnauf tief durch. Heut bin ich aber überoptimal in den Arbeitstag gestartet, denk ich und freu mich, dass es in den nächsten Stunden eigentlich bloß besser werden kann.

Wie ich dem Sebbi, der grad in die Küche gekommen is, die Einkaufszettel hinschieb, fegt auch noch der Chef herein. Obwohl es noch ziemlich früh is, macht er den Eindruck, als hätt er schon einen Sechzehn-Stunden-Tag hinter sich, so fertig schaut er aus.

»Guten Morgen, Dora, hätten Sie wohl einen Kaffee für mich? Einen extrastarken?«, will er wissen und sackt auf die Eckbank.

Einen Moment später steht vor jedem von uns beiden eine Tasse mit dampfendem Kaffee.

»Obendrauf gäb's auch noch Erdbeerkuchen mit Schlagsahne, den ich vor den Kuchenjunkies aus der Wirtshausküche gerettet hab. Möchten Sie vielleicht ein Stückla?«, animier ich ihn, weil so ein feiner Kaffee ohne ein ordentliches Stück Kuchen doch is wie ein Sonntagsessen ohne Klöß.

Er nickt, und ich hol die letzten zwei Stücke aus ihrem Versteck, leg sie auf zwei Teller und schieb dem Chef einen davon über den Tisch.

»Es betrifft die Arbeitszeiten«, fängt er nach dem ersten Bissen an. »In den nächsten Tagen bis nach der Party wird es für Sie und Ihr Team nur wenig Freizeit geben. Selbstverständlich werde ich unseren Mitarbeitern alle Überstunden vergüten. Da es ein solches Fest im Schloss so rasch nicht wieder geben wird, wäre ich froh und dankbar, wenn Sie die Küchencrew zu Höchstleistungen anspornen könnten. Wenn alles klappt, bin ich bei der Bezahlung nicht knausrig, das verspreche ich Ihnen.«

So kenn ich ihn, den Chef, immer großzügig. Drum is er bei allen Angestellten sehr geschätzt, und wir arbeiten gern für die Grafenfamilie, auch wenn wir manchmal ganz schön zupacken müssen.

»Is scho recht, Graf Karl-Gustav. Sie wissen doch, dass sich ein jeder von uns ins Zeug legen wird, damit Ihre Feier a echter

Erfolg wird. Ich glaub ja, dass ganz Bayern über des Event sprechen wird.«

»Ach was, ganz Bayern«, lacht er. »Ganz Deutschland. Aber es muss sich auch irgendwie rechnen, denn die Ausgaben übersteigen jetzt schon meine und Nadjas Finanzplanung bei Weitem. Sie haben es ja gestern auf dem Schlosshof selbst miterlebt. Ich hoffe nur, dass Nadja über die nötigen finanziellen Mittel verfügt, um für die Himmelslaternen aufzukommen. Und die Goodie Bags. Und die Champagnerbar. Und die Band. Und die Strippergruppe. Und die Grillstation. Und, und, und … Ich darf gar nicht daran denken.« Aber er denkt eben doch dran, und deshalb vergeht ihm des Lachen, und zwar gründlich. Ja, des hoff ich auch, dass die Nadja des bezahlen kann, aber irgendwie hab ich da so meine Zweifel.

»Also, heute Abend gibt es dann wie besprochen die Trüffelomeletten«, fährt er fort. »Für das Mittagessen morgen hätte ich die Bitte, dass der Zander in einer Kasserolle im Ofen gebacken und im Ganzen serviert wird. Ich möchte ihn eigenhändig bei Tisch filetieren. Die Damen sind jedes Mal wieder beeindruckt, wenn der Hausherr so ein Prachtexemplar von Fisch zerlegt, und eine kleine Showeinlage gehört schließlich dazu.« Irgendwie bringt er sogar ein schiefes Lächeln zustande.

»Kein Problem, ganz wie Sie wollen«, sag ich.

»Und noch etwas, Dora. Ich weiß, dass Nadja, vorsichtig formuliert, manchmal etwas schwierig sein kann. Aber könnten Sie Sorge tragen, dass es während ihres Aufenthalts auf Lauenfels zu keinen unschönen Zwischenfällen kommt? Zu keinem Zank mit Frau Schmälzich und zu keinen lautstarken Diskussionen mit Ihnen?«

Weil ich ned lügen will, ohne mit der Wimper zu zucken, zuck ich stattdessen mit den Schultern und nick einfach. Gelogen nickt gut, denk ich.

»Und noch eine kleine Bitte: Ich weiß, dass es Ihnen schwerfällt, aber seien Sie nachsichtig mit unserem neuen Hausmädchen. Sie ist erst neunzehn, und das hier ist ihre erste Anstellung. Sie ist ein wenig, nun ja, unerfahren, aber meine Frau hält sie für überaus fleißig und lernwillig. Wir haben doch alle einmal bei null angefangen, nicht wahr, Dora?« Er schaut mich bittend an.

»Bassd scho, kein Problem. Aber Sie kennen mich, ich bin halt sehr impulsiv und schnell oben draußen, wenn mir was gegen den Strich geht«, erklär ich mein Verhalten. Hat sie mich doch tatsächlich beim Chef verpetzt, die Kröte. Kein guter Charakterzug. Des werd ich mir für die Zukunft merken, dass sie dem Grafen einen jeden Huster zuträgt. Ein zweiter Biergärtner gewissermaßen, nur in jung, weiblich und ohne Alkoholfahne. Eine Radfahrerin wie die hat uns grad noch gefehlt.

»Ich weiß schon, Dora. Sie sind ein durch und durch gutmütiger Mensch, nur gelegentlich ein wenig ruppig. Aber wer Sie kennt, nimmt Ihnen Ihre Direktheit nicht übel. Geben Sie Frau Engel eine Chance, sich zu bewähren.« Er tätschelt mir die Hand. »Was halten Sie davon, bei Ihrer nächsten Fahrt nach Nürnberg zwei neue Seidenorchideen zu bestellen und die Rechnung an mich schicken zu lassen? Wären Sie dann mit dem nassen Tod Ihrer Kunstpflanzen versöhnt?«

Er is halt ein Guter, der Graf Karl-Gustav, und total harmoniesüchtig, denk ich und muss lächeln. Ärger und Streit kann er ned ertragen, ned amol bei seinem Personal. Und der angebotene Neukauf der Seidenblumen is eine schöne Geste, über die ich mich riesig freu.

Ich will eben zu einer Danksagung ansetzen, da scheppert des Haustelefon.

»Du, Dora, do bei uns steht aaner, der will Champagner und Wein abliefern, den wo der Chef bestellt hod. Waaßt du do wos drüber?«, schreit die Sofie in den Hörer.

»Ich komm gleich. Der soll aweil warten.«

Ich verabschied mich vom Grafen und flitz, so schnell es meine neuen Sterne-Schlappen erlauben, hinüber ins »Eppelein«. Des muss die Getränkelieferung für die Schönthal sein, der sauteure Champagner und der mallorquinische Wein.

»Ah, ich hab ned gewusst, dass Sie heut scho liefern. Kommen Sie mit, des Zeug muss alles hinüber in die Schlossküche«, begrüß ich den Weinlieferanten. Dann geh ich voraus, den Fahrer mit den Kartons auf einer Sackkarre im Schlepptau. Bloß gut, dass wir genügend Kühlschränke und -truhen haben, sonst tät es echt eng werden mit dem ganzen Luxuskrempel, der nur für den verwöhnten Adelsfratz angeschafft wird.

Kaum hab ich die letzte Pulle Schampus im Weinkühlschrank verstaut, da rappelt des mistige Haustelefon schon wieder. Ruh is bei uns da herin ein Fremdwort.

»Dora?« Dieses Mal is es die Mona. »Der Sebbi wäre jetzt da mit den Lebensmitteln. Kannst du herkommen, damit wir die Sachen auseinanderfieseln? Ich hab doch keine Ahnung, was du drüben in deiner Puppenküche haben willst.«

Sofort renn ich wieder los. Vielleicht haben meine Sterne-Latschen ja einen unsichtbar eingebauten Raketenantrieb, denk ich. Sonst beweg ich mich nämlich eher gemächlich, aber heute hängt mir vom dauernden Hin- und Hersausen allmählich die Zunge aus dem Hals.

»Servus, Dora«, empfängt mich in der Wirtshausküche auch noch die Gabler Hanni und hält ihre selbst gebastelten Tortenformen für die mehretagige Strippertorte hoch. »Ich fang scho amol mit dera Geburtstagstorten an. Is dir des recht?«

Mir is alles recht, auch ein Betonguss, solang ich mich ned mit der damischen Torte befassen muss. Mittlerweile is die ganze Belegschaft am Durchdrehen, alle wuseln wie die Wilden durcheinander, jeder is mit ungefähr zehn Aufgaben gleichzeitig beschäftigt. Kaum zu glauben, was für ein Stress so ein Promibesuch verursacht. Ich möcht nur noch eins, nämlich weg.

Abends so gegen neun is es dann so weit, Ihre Majestät, die Königin der deutschen Herzschmerzserien, gibt sich die Ehre. Vom Schlossküchenfenster aus beobacht ich, wie ein Range Rover, ein Mercedes 600 und ein Kastenwagen drüben vor die Wirtschaft rollen. Obwohl ich ja bekanntlich kein bisserla neugierig bin, reiß ich mir auf der Stelle die Kochjacke vom Leib und spreißel hinüber ins »Eppelein«, weil ich den Empfang auf keinen Fall verpassen will.

Tatsächlich haben sich unsere Leut in Reih und Glied aufgestellt, als tät sich grad eben die Queen höchstpersönlich an der Hand eines rappeldürren Kerls mit abstehenden Ohren aus dem Mercedes herausschälen. Hat sie sich sogar ihren eigenen Prinz Charles mitgebracht?, wunder ich mich. Einen derartigen Begrüßungszirkus kenn ich ja bloß aus »Downton Abbey«, wo sich des Hauspersonal in Livree und Häubchen vor dem Schloss aufbaut, wenn die millionenschwere und todkranke Erbtante zu Besuch kommt.

Ich seh genau, dass der Nagler sogar eine stilechte Verbeugung raushaut, wie die Schmierenkomödiantin an ihm vorbeitänzelt, weil ich auf der Treppe direkt hinter ihm steh. Sie lächelt ihm wohlwollend zu. Dass sie auf Mannsbilder steht, die wo vor ihr im Dreck kriechen, hätt ich mir eigentlich denken können. Ich hätt ja die allergrößte Lust, dem devoten Deppen vor mir einen solchen Arschtritt zu verpassen, dass er seine Nase amol in echt in den Schotter taucht. In der richtigen Position für die Aktion steh ich ja scho. Aber ob des dem Grafen taugen tät? Ich glaub's ja fast ned, drum halt ich die Füß still, und des is in diesem Fall wörtlich gemeint.

Danach beglotzen wir alle gespannt des Schauspiel, des sich uns bietet. Vor dem Range Rover steht der Segelohren-Kerl mit einem Haarknödel auf dem Schädel und einer Hose, die ausschaut, als hätt er sie sich auf die Beine gepinselt, so eng is die. Hinter ihm hievt ein Koffersklave, also der Chauffeur, vier wuchtige Ledertaschen aus dem Kofferraum und folgt ihm damit ins Haus. Den beiden läuft ein junges Madla im Blümchenkleid mit einem Beautycase so groß wie ein kleiner Schrankkoffer hinterher. Aber der Hammer is der Inhalt von dem Kastenwagen. Zwei Bodybuildertypen entladen sage und schreibe sechs Louis-Vuitton-Koffer in allen erwerbbaren Größen. Und ich kenn mich mit kostspieligem Gepäck aus, weil ich jahrelang auf einem Luxusdampfer durch die Karibik geschippert bin. Als Köchin wohlgemerkt, ned als Passagier.

Wenn ich mir die Kofferberge so anschau, überfällt mich die gruselige Befürchtung, dass die Schönthal bei ihrem Cousin einziehen will. Auf jeden Fall will sie deutlich länger als bloß bis zum Fest bleiben, des seh ich auf Anhieb. Des wird vor allem die Gräfin freuen, weil die ja bekanntlich die Schwiegercousine so unglaublich sympathisch findet.

»Jetzt aber, nicht herumstehen und schauen, sondern hopp-hopp an die Arbeit!« Der Chef, der ebenfalls auf den Hof ge-kommen is, wedelt mit den Armen wie eine hyperaktive Wind-mühle.

Aber wir haben's auch so verstanden und schlurfen zurück an unsere Arbeitsplätze.

Schad eigentlich, dass ich weitab vom Schuss in meiner Schlossküche rumwerkeln muss, weil ich außer dem schrillen Gelächter, des aus dem »Eppelein« zu mir herüberschallt, so gar nix mitkrieg. Also konzentrier ich mich auf die Erdbeer-grütze und die Zabaione und hab damit genug zu tun.

Allerdings bleib ich ned lang von unserem hohen Besuch verschont.

Ein lautes Klirren, Gelächter und Stimmen vor dem Küchen-fenster lassen mich herumfahren.

»Ups, jetzt ist mir doch das Glas runtergefallen. Schade um den Champagner. Aber es gibt ja hoffentlich noch mehr, da, wo der herkommt. Hier war ich ja noch nie. Was is 'n das da für ein Eingang, Gugu? Sind das die Sklavenquartiere? Wer-den hier nachts deine Dienstboten eingesperrt?« Erneut affiges Gekicher von der Schauspielerin und kurz darauf die Stimme vom Chef. Dann wird die Tür so heftig aufgerissen, dass sie mit einem fetten Klatscher an die Wand kracht.

»Haaalloooo!« Aha, der angesoffene Filmstar in voller Größe und Lautstärke. In meiner Küche. So eine Freud!

Die Schönthal mustert mich einen Moment lang mit zu-sammengekniffenen Augen. Wahrscheinlich is sie kurzsichtig und hat ihre Brille vergessen. Blöd, weil des ätzend tiefe Falten um die Augen rum macht. Am liebsten tät ich ihr des sofort mitteilen, beherrsch mich aber grad noch so.

»Ja, wen haben wir denn da? Die Visage kommt mir doch irgendwie bekannt vor.« Sie tritt näher, bleibt vor mir stehen und starrt mir penetrant ins Gesicht. Dann dreht sie sich zu ihrem Cousin um. »Sag einmal, mein Lieber, kannst du dir immer noch keinen richtigen Koch leisten? Oder aus welchem Grund sonst beschäftigst du noch diesen Bäckerlehrling?«

Ein Blick zu ihm genügt, und ich weiß, dass der Graf richtig panisch wird.

»Lass uns gehen, Nadja, damit Frau Dotterweich in Ruhe weiterarbeiten kann.« Er versucht, sie wieder zur Tür hinauszuschieben, aber sie will partout ned naus und klammert sich am Türrahmen fest.

»Hoffentlich sind Sie wenigstens in der Lage, eine einigermaßen vernünftige Omelette zustande zu bringen. Kennen Sie das überhaupt, O-m-e-l-e-t-t-e? Hier in Fränkisch-Sibirien kommen sicher eher Sachen wie Schafshirn und Pansen auf den Tisch. Gugu, wollen wir nicht lieber nach Nürnberg zum Abendessen fahren? Ich glaube, ich möchte nicht wirklich die Kochkünste deiner Küchenschabe testen.«

Ich merk, wie mir am ganzen Körper die Hitz ausbricht und ich kurz vor einem Anfall der allerschlimmsten Art steh. Wie ich noch überleg, ob ich ihr mit dem Schöpflöffel einen gezielten Schwinger verpassen soll, packt sie der Chef bei den Schultern und schiebt sie gewaltsam aus der Küche.

»Weißt du, Gugu, was ich meinen Mädels in München immer sag? ›Wer sich nicht wehrt, endet am Herd‹«, hör ich sie noch vor der Tür lallen.

»Kannst froh sein, wenn ich dir keine zerquetschten Maden in deine Scheißomelette hineinback!«, brüll ich wutentbrannt hinter der Filmschnalle her, dann pfeffer ich die Schöpfkelle quer durch die Küche. Sie prallt an dem kupfernen Kochgeschirr über dem Herd ab, und der ganze Mist fliegt unter lautem Scheppern zu Boden. Super, jetzt kann ich auch noch auf allen vieren rumkrabbeln und den ganzen Scheiß zsammsammeln.

Wie ich grad unter dem Tisch vorkriech, stürzt Graf Karl-

Gustav herein. Sein Gesicht is vor lauter Verlegenheit so flammendrot wie der Feuerlöscher neben dem Herd.

»Dora, verzeihen Sie, meine Cousine benimmt sich manchmal wie eine vorlaute Straßengöre. Bitte nehmen Sie es nicht persönlich. Ich werde darauf bestehen, dass sie sich gleich morgen bei Ihnen entschuldigt. Sie wissen doch, wie sehr ich Sie als Person und Küchenchefin schätze.«

»Jaja, bassd scho«, murmel ich, rappel mich auf und putz mir die Knie ab.

»Sie sind doch nicht böse?«, fragt er und schaut mich prüfend an. »Und das mit den Maden, das war doch sicher nur ein kleiner Scherz, nicht wahr? So etwas würden Sie doch nie tun?«

Ich schüttel den Kopf. »Naa, des tät ich nie machen. Sie kennen mich doch.«

»Eben drum. Bitte, Dora, wir waren uns doch einig, dass wir diese wenigen Tage in Ruhe und Frieden hinter uns bringen wollen«, fleht er.

Wir waren uns einig? *Er* vielleicht. *Ich* ned.

»Können wir dann in zwanzig Minuten essen?«

Ich nick.

»Gut, dann gehen wir jetzt hinauf in die Wohnung und nehmen noch einen kleinen Aperitif. Obwohl, Nadja sollte vielleicht lieber Wasser trinken. Stellen Sie das Essen einfach in den Aufzug, dann nimmt Herr Nagler es oben in Empfang und serviert.«

Des hab ich ja noch gar ned erzählt, dass wir hier so einen ganz geschmeidigen Speisenaufzug haben, der wo das Essen, abgedeckt mit silbernen Hauben, hinauf ins gräfliche Esszimmer schafft. Früher, also ganz lang vor meiner Zeit, da mussten es die Hausmädchen durchs eiskalte Treppenhaus in die Wohnung schleppen. Bis sie die zwei Stockwerke hinaufgeschnauft waren, war es meist bloß noch lauwarm, drum hat der Großvater vom jetzigen Grafen den Speisenaufzug einbauen lassen. Mittlerweile benutzen wir ihn nur noch selten, weil's halt für den Chef und seine Frau bequemer is, drüben im »Eppelein«

zu essen. Da können sie dann von der Tageskarte wählen, und außerdem schmeckt's in Gesellschaft halt immer besser, wie wenn man sein Essen so ganz allein in sich hineinschaufeln muss.

Aber weil's mich halt schon brennend interessiert, was sich da oben tut, widersetz ich mich der Anordnung vom Chef und trag alles eigenhändig auf einem riesigen Tablett in den zweiten Stock hinauf. Ned dass jetzt wer denkt, ich wär besonders neugierig, aber als Köchin soll man sich halt ab und zu davon überzeugen, dass des Essen auch wirklich schmeckt.

Oben steht der Nagler scho vor dem Speisenaufzug und tänzelt ungeduldig von einem Fuß auf den anderen. Wie er mich kommen sieht, hält er mir ned etwa höflich die Tür zum Grünen Salon auf, sondern fragt bloß saublöd: »Is wohl der Aufzug kaputt, oder warum schleppst du deine drei Zentner mitsamt dem beladenen Tablett die Treppen nauf?«

»Pass bloß auf, du damischer Johrgang, und rüttel ned am Watschnbaum, sonst fällt er um, so schnell schaust du ned.« Ich knall ihm des Tablett vor die Brust. »Da, nimm!«

Dann verschränk ich die Arme und schau genüsslich zu, wie er des schwere Trumm vor sich her balanciert und die Tür zum Salon mit dem Ellbogen aufstößt. Ich rühr keinen Finger, um ihm zu helfen. Stattdessen seh ich, wie sie um den runden Eichentisch herumsitzen, der Graf, die Gräfin und des freche Weibsbild. Weil die Tür einen Spaltbreit aufbleibt, kann ich dabei zuschauen, wie der Nagler um die Schönthal rumtanzt wie der Haubentaucher um die Haubentaucherin.

»Darf ich nachschenken, gnädige Frau?« Er hält ihr die Weinflasche vor die Nase, haut gleich wieder einen Bückling raus bis hinunter auf den Boden und schüttet Wein nach.

Genau, weil sie den Kanal noch ned voll hat, braucht sie ein paar Gläser Wein obendrauf, denk ich zynisch. Aber is des normal, wie die ihn anschaut? Als tät er ihr gefallen, der Globulilutscher. Und wie die dabei grinst! Wahrscheinlich denkt sie, des wär sexy, aber meiner Meinung nach schaut des eher so aus, als tät sie unter einer akuten Gesichtslähmung leiden. Aber der Nagler himmelt sie trotzdem an, wie wenn sie die Angelina Jolie persönlich wär. Und des, obwohl sie bloß in so damischen Schnulzenserien irgendwelche schwindligen Arschabputzer-Nebenrollen spielt. Allerdings frag ich mich langsam ernsthaft, warum so ein abgeschleckter Maulaff wie der Nagler so einen Wahnsinnsschlag bei den Weibern hat. Bei vielen jedenfalls. Die Engel Silvie is ja auch ganz narrisch wegen ihm. Muss ich des verstehen?

Wie ich in meine Küche hineinwill, prall ich mit dem Biergärtner zsamm. Insgeheim heiße ich ihn ja bloß den Bierdümpfel, weil er immer so dermaßen nach Bier stinkt, dass es einen schier umhaut. Einfach grausig, der Kerl. Er is und bleibt mein Lieblingsfeind da heroben auf dem Schloss. Früher, also noch beim alten Grafen, da hat er ständig umeinandergeschnüffelt, jede zu lange Pause, jeden noch so kurzen Ratsch registriert und jedes noch so winzige Vergehen sofort dem Alten hingetragen. Des hat uns so manchen derben Rüffler von dem eingebracht, deswegen kann den Bierdümpfel auch keiner leiden. Beim jungen Grafen gibt's so was ned, weil er kein Austragen duldet – und vor allem, weil er den Bierdümpfel gefressen hat wie zwei Pfund Schmierseife.

»Do drübm im Wirtshaus hockt aaner«, brummt er, und ich kann riechen, dass er seine Nase heut scho in ein oder zwei Maß Bier versenkt hat. »Der frogt nach Ihnan.«

»Ich komm gleich«, teil ich ihm mit, zieh meine Kochjacke aus und fahr mir ein paarmal mit den Händen durch die Haare, die mir bestimmt wieder so dermaßen vom Kopf abstehen, als hätt ich aus Versehen in eine Steckdose gelangt.

Im Lokal schau ich mich suchend um, bis ich seh, dass einer, der scho an einem Tisch sitzt, zu mir herwinkt.

»Servus, Kon... äh, Herr Zeitler«, begrüß ich ihn. »Des freut mich jetzt aber, dass Sie amol bei uns einkehren.«

Der Förster steht vom Stuhl auf und streckt mir seine Hand hin. Auf dem Tisch stehen leer gegessene Teller.

»Grüß Gott, Frau Dotterweich«, sagt er und lacht mich an.

»Eigentlich wollt ich mich ja von Ihnen persönlich verwöhnen lassen, natürlich rein kulinarisch, versteht sich.« Er läuft so rot an wie meine Gartentomaten in der Sommersonne. »Aber der Gabler Alex hat mir schon erzählt, dass Sie heut Abend gar nicht im ›Eppelein‹, sondern drüben im Schloss kochen. Wirklich schade, ich hätt ja gern einmal Ihren Sauerbraten mit Klößen und Blaukraut probiert. Aber dafür muss ich wahrscheinlich ein andermal wiederkommen, wenn Sie selber am Herd stehen. Ach«, er wendet sich zu der alten Dame neben ihm, »kennen Sie meine Großmutter, die Frau Zeitler? Oma, das ist die Frau Dotterweich, von der ich dir schon so viel erzählt hab.«

»Schehr verfreid«, nuschelt die Frau in meine Richtung.

»Grüß Gott, Frau Zeitler«, begrüß ich sie, »ich hoff, dass es Ihnen trotzdem geschmeckt hat, auch wenn ich heut ned selber gekocht hab. Aber meine Vertretung, die Frau Schmälzich, die kocht genauso gut wie ich, gell?«

»Hodd schö alls bagssd«, erwidert sie, und ich frag mich, ob sie vielleicht einen Sprachfehler hat. »Henn bluus Summ g'essen.«

»Möchten Sie vielleicht einen kleinen Obstbrand zur Verdauung? Kommen Sie doch hinüber zu unserem Schnapswagen und suchen Sie sich was Feines aus«, lad ich unseren Förster mit einer Handbewegung ein.

Der steht auf und folgt mir brav hinüber in die Ecke, wo der Spirituosenkarren geparkt is.

»Deine Oma versteht man aber schlecht«, wispere ich, wie ich zwei Gläser Kirschbrand einschenk. »Was für einen Dialekt spricht sie denn?«

Der Konni, wie ich ihn ganz privat nenn, lacht in sich hinein. »Gar keinen. Sie hat in der Eile nur ihr Gebiss daheim vergessen. Aber das ist ihr erst aufgefallen, wie wir schon auf dem Weg zum Schloss waren, darum hat sie heute auch bloß eine Suppe gegessen. Was meinst, wie die sich geärgert hat, weil sie sich doch schon so auf ein resches Schäufele gefreut hat.«

Jetzt verrat ich Ihnen was, aber erzählen Sie's bloß keinem weiter. Der Zeitler Konni und ich, also, wir haben uns nach einem Vorfall im Fuchswäldla, der zu einer anderen Geschichte gehört, a bisserla näher kennengelernt. Wenn wer dabei is, sagen wir Sie zueinander, bloß wenn uns keiner hört, sind wir per Du. Weil, wenn die Lauenburger Wind davon kriegen, dann sind wir tratschmäßig nächste Woche verheiratet, und die Woche drauf komm ich mit Drillingen nieder. Und weil ich so ein Gwaaf überhaupts gar ned brauchen kann, deswegen schleichen wir so gschamig umeinander rum, wenn wer dabei is. Total kindisch, ich weiß, aber über mich wird scho von jeher immer zu viel getratscht, und noch schlimmer is es seit der Mordgeschichte im letzten Jahr. Drum bin ich ned unbedingt scharf drauf, dass sich die Dörfler jetzt wieder des Maul über mich zerreißen.

»Danke übrigens für die Weidenkätzchen und die Schlüsselblumen und den Waldmeister. Die waren doch von dir, oder? Ich hab mich wahnsinnig drüber gefreut, des kannst mir glauben«, sag ich und streichel ihm wie zufällig über die Hand, die wo des Schnapsglas hält.

»Hast du denn noch mehr Verehrer, die dir Geschenke vor die Haustür legen, dass du mich fragen musst?«, lacht er. »Brauchst es mir bloß zu sagen, die erschieß ich auf der Stell.«

Wieder am Tisch, verabschied ich mich höflich mit Handschlag von ihm und seiner Oma.

Wie ich auf dem Heimweg bin, seh ich, dass drüben in der Schlossküche noch Licht brennt. Hilft alles nix, denk ich, dann muss ich halt noch amol nübergehen und es ausschalten.

Klack, des Licht is aus, ich steht im Finstern im Küchenflur und will mich grad auf den Heimweg machen, da hör ich im Hof Stimmen. Ganz leis zwar nur, aber ich stell meine Lauscher auf Empfang und drück mich nah an die halb offene Tür hin.

»Da, des is für dich, Prinzessin. Hab ich dir mitgebracht.« Des is der Nagler, ich hör's genau.

»Du bist so süß, Boris. Wie schön, dass wir uns kennengelernt haben.« Ein glitschiger Schmatzer – und noch amol die Stimme von der Schönthal. »Dann treffen wir uns also morgen?«

»Ja, aber ned da heroben. Beim ›Henry‹ in Forchheim, wie ausg'macht. Da im Schloss ham die Wänd Ohren, des kannst mir glauben. Und pass bloß auf wegen der Bratpfannenschnalln, der Dotterweich. Des is eine elende Schnüfflerin, die hat ihre Augen und Ohren überall dort, wo sie nix verloren ham.«

Stimmt, Nagler, denk ich, damit hast wenigstens ein einziges Mal recht. Es geht halt nix über eine ausgefeilte Informationstechnik.

Dann is es eine Zeit lang ganz ruhig. Was treiben die denn? Knutschen die vielleicht? Zu gern tät ich ums Eck linsen, aber ich trau mich ned. Dann Schritte auf dem Kies, dann wieder Stille. Ich wart noch einen Moment, bevor ich mich auf den Schlosshof hinauswag.

Keiner mehr da. Wie ich mich umdreh und die Tür zusperr, seh ich grad noch einen Schatten drüben am Rosenspalier entlanghuschen. Wer des wohl war? Auf jeden Fall hat diese Person die zwei genauso belauscht wie ich.

Fränkischer Erdbeerkuchen

Zutaten:
3 Eier
50 ml Milch
250 g Zucker
100 g Mehl
50 g Speisestärke
2 TL Backpulver
6 Blatt Gelatine
500 g Magerquark
150 ml Eierlikör
250 ml Schlagsahne
150 g Erdbeermarmelade
500 g Erdbeeren aus der Fränkischen Schweiz
1 Pck. roter Tortenguss
3 EL gehackte Mandeln

Zubereitung:
Die Eier mit der Milch mischen und schaumig rühren. Die Hälfte des Zuckers einrieseln lassen und verrühren. Mehl, Stärke und Backpulver vermischen und zum Ei-Zucker-Gemisch geben.
Eine Springform mit Backpapier auskleiden und den Teig einfüllen. Bei 175 °C 20–25 min backen. Den Kuchenboden aus der Form stürzen und auskühlen lassen.
Die Gelatine einweichen, den Quark mit dem Eierlikör und dem restlichen Zucker glatt rühren. Dann die aufgelöste Gelatine unter den Eierlikörquark heben.
Die Hälfte der Sahne steif schlagen und, sobald die Quarkmasse fest ist, die geschlagene Sahne darunterheben.
Den Biskuitboden quer durchschneiden, mit Marmelade bestreichen und den Tortenring rundherum setzen. 2/3 der Quarkcreme auf dem ersten Boden verteilen, danach den zwei-

ten Boden daraufsetzen und mit der restlichen Quarkcreme bestreichen. Im Kühlschrank kalt stellen.

Vor dem Servieren die Erdbeeren gut waschen, putzen, halbieren und anschließend auf der Torte verteilen. Den Tortenguss laut Angabe auf dem Päckchen mit Wasser und Zucker aufkochen, leicht abkühlen lassen und über die Erdbeeren gießen. Den Kuchen kühl stellen.

Die restliche Schlagsahne steif schlagen, die Torte rundum damit bestreichen und verzieren, dann mit den gehackten Mandeln bestreuen.

5

Des Erste, was ich am nächsten Morgen in der Schlossküche entdeck, is ein Zettel, auf dem steht: »Frau von Schönthal ist tagsüber nicht im Haus. Sie brauchen – außer einem Frühstück – nichts für sie vorzubereiten.«

Eh klar, denk ich, die Dame hat ja nachher ein Date mit Boris, dem Frauenversteher vom Lauenfels.

Also richt ich ein Tablett mit Kaffee, Croissants, Weggla, Toast, Butter, Marmelade, Honig, Schinken, Käse und einem gekochten Ei, stell es in den Speisenaufzug und trab in den zweiten Stock hinauf, weil vom Haussklaven Nagler weit und breit nix zu sehen is. Dann servier ich dem Fräulein von und zu des Frühstück halt selber, beschließ ich und bin ziemlich gespannt, ob sie sich tatsächlich bei mir für ihre gestrigen Beleidigungen entschuldigen wird.

Wie ich mit dem Tablett zum Esszimmer geh, seh ich, dass die Tür zum Gästezimmer einen Spaltbreit offen steht, und wanz mich lautlos so nah wie möglich hin.

Drinnen kreischt die Gnädigste gerade los: »Scheiße, Peer, ich sehe ja aus wie eine Drogentote. Soll ich so etwa vor die Tür gehen? Bist du wahnsinnig? Der Heroin-Chic ist seit Jahrzehnten out, falls es dir noch keiner erzählt hat. Wisch mir sofort diese Schmierage ab und mach mir ein vernünftiges Make-up, sonst bist du die längste Zeit mein Visagist gewesen. Und diese Gretchenfrisur kannst du auch vergessen. Glaubst du vielleicht, ich will heute jodelnd die Kühe auf die Alm treiben? Von einem Schwulen hätte ich wirklich einen besseren Geschmack erwartet. Aber wenn ich's mir recht überlege, fällt dir schon lange nichts Originelles mehr ein, immer nur der gleiche alte Mist. Was denkst du dir eigentlich? Dass du bei mir eine Beamtenstellung auf Lebenszeit hast und dir deshalb keine Mühe mehr geben musst? Da hast du dich aber sauber geschnitten, mein Lieber! Drittklassige Friseurtunten wie dich finde ich noch an jeder Ecke, und sogar im Dutzend billiger.«

Der ausgezehrte Haarknödel murmelt eine Entschuldigung, aber seine Chefin tobt weiter: »Fuck, jetzt reiß mir halt nicht auch noch die letzten Haare aus. Du bist wirklich ein Totalausfall, eine absolute Nullnummer! Gib die Bürste her, ich mach das selbst. Und wo ist eigentlich diese Schlaftablette von Assistentin? He, Eichbaum, beweg deinen fetten, faulen Arsch hierher, sonst war das heute dein letzter Arbeitstag bei mir!«

Mit dem Fuß stoß ich die Tür auf, stolzier mit meinem Tablett ins Zimmer und knall es, ohne zu fragen oder zu grüßen, auf den Schminktisch.

Das Adelsmonster fährt erbost zu mir herum: »Ach, der Küchen-T-Rex.« Sie inspiziert des Tablett. »Was soll das denn sein? Ein Frühstück? Wo ist der Schampus? Und der Lachs, der frische Smoothie, das Müsli? Und eine Obstauswahl fehlt auch. Aber was kann man von einer Dorfkneipenköchin schon erwarten? Den Abfall können Sie an die Säue verfüttern! Los, los, besorgen Sie mir etwas Ordentliches zu essen, sonst beschwere ich mich bei meinem Cousin über seinen Bauerntrampel von Köchin.«

Okay, des war's dann. Nur weil ich es dem Chef versprochen hab, pack ich des arrogante Weibsbild nicht bei seinem dürren Hühnerhals und schüttel es eine Runde ordentlich durch, sondern dreh mich auf dem Absatz um und spazier hoch erhobenen Hauptes hinaus. Des Tablett lass ich stehen. Mit der erwarteten Entschuldigung is dann wohl auch Essig, aber des war ja eigentlich so klar wie Klößbrüh.

Weil ich heut in der Schlossküche nix zu erledigen hab, stürm ich gleich hinüber ins »Eppelein«. Vor meinen Augen drehen sich rot blinkende Wutspiralen, und ich schnapp nach Luft wie der Weihnachtskarpfen in der trockenen Badewanne. Es braucht zwei Caffè Coretto und viel gutes Zureden von den mitfühlenden Kolleginnen, damit ich nicht aus der Kochjacke fahr und sie dem Chef mitsamt meiner sofortigen Kündigung vor die Füße schmeiß. So eine Mordsaggression hab ich scho lang nimmer verspürt. Die Schönthal treibt mich wirklich zur Weißglut.

Zum Glück seh ich sie eine halbe Stunde später in den Range Rover steigen und davonbrausen. Normalerweise wünsch ich ja keinem was Schlechtes, aber so ein kleiner Flug ins Aufseßtal hinunter tät dieser ekelhaften Bissgurrn sicher gut. Wie die den armen Kerl von Friseur und ihre Assistentin zur Sau gemacht hat, des glaubt doch kein Mensch. Die zwei tun mir echt leid.

Um uns rum is die gesamte Mannschaft ohne Pause mit den Geburtstagsvorbereitungen beschäftigt. Nach dem Erlebnis von heut Morgen fehlt mir allerdings jegliche Motivation, drum unterstütz ich die Gabler Hanni eher lustlos beim Ausformen der Strippertorte.

Wie der Chef sich blicken lässt, wart ich drauf, dass er mich zu sich winkt, um mich wegen dem Theater heut in der Früh zsammzufalten. Aber des Einzige, was er zu mir sagt, is: »Den Zander gibt's dann also erst morgen zum Mittagessen, Dora.«

Scho recht.

Bevor wir spätabends nach einem zwölfstündigen Arbeitstag Feierabend machen, hol ich den gefrorenen Zander aus der Eiskammer neben der Schlossküche und leg ihn in den Kühlschrank, damit er über Nacht in aller Ruhe auftauen kann. Des is ein ganz schön fetter Brocken mit seinen gut und gern zweieinhalb Kilo. Den werd ich morgen Vormittag rechtzeitig in den Ofen schieben müssen, damit er ned halbgar auf den Tisch kommt und des Prinzickchen wieder was zu goschen hat.

Daheim brau ich mir erst amol einen Melissentee mit Honig für mein ramponiertes Nervenkostüm und schalt des Radio ein. Mit der dampfenden Tasse in der Hand stell ich mich dann ans Fenster, horch mir die Elf-Uhr-Nachrichten an und starr in die Nacht hinaus. In meinem Kopf fahren derweil die Gedanken Achterbahn, und in jedem Wagen hocken bitterböse kleine Einfälle, was ich meiner neuesten Lieblingsfeindin antun könnt, ohne dass wer was merkt. Ich hab ja gewusst, dass die Cousine vom Chef ein granatenmäßiges Miststück is, aber gleich in einer solchen Größenordnung? Da kann ich bloß hoffen, dass die nächsten Tage ohne mittelschwere Katastrophen vorbeigehen. Schließlich hab ich Graf Karl-Gustav doch zugesagt, dass ich mich zsammreißen will.

Wie ich so in die Nacht hinausschau, prescht ein Auto mit heulendem Motor auf den Hof, gleich darauf knallen zwei Türen zu, und ich hör Stimmen und Gekicher. Aha, die Schönthal und Boris, der Ladykiller. Bevor ich im Finstern irgendwas erkennen kann, sind sie auch scho verschwunden. Wahrscheinlich legt des Freifräulein keinen gesteigerten Wert darauf, sich dabei beobachten zu lassen, wie sie der Bezirksbesamer von Kopf bis Fuß einspeichelt. Obwohl … Ich hab ja ned wirklich was erkennen können, also is es bis jetzt nur so ein vager Verdacht, dass die zwei was am Laufen haben. Was wohl wäre, wenn der Graf spitzkriegen tät, dass sich seine hochwohlgeborene Cousine mit einem unserer Kellner herumtreibt? Der würde zwar toben, denk ich, aber die freche Matz würde sich von ihrem lieben Gugu bestimmt nix verbieten lassen.

6

In der Früh schlepp ich mich todmüd zur Schlossküche hinüber, weil ich eine schlaflose Nacht hinter mir hab. In meinem Kopfkino hat ein Thriller nach dem anderen Premiere gefeiert; ständig sind mir neue raffinierte Gemeinheiten eingefallen, mit denen ich mich gegen der Schönthal ihre Schikanen wehren könnt. Weil wir da heroben normalerweise recht friedlich miteinander umgehen, bin ich total unsicher, wie ich auf so dermaßen viel Boshaftigkeit reagieren soll. Mit dem Bierdümpfel gerat ich ja auch öfter amol aneinander, aber des is nie was Ernstes und nach fünf Minuten wieder vergessen. Und bis jetzt hab ich ihm noch nie was Schlimmeres angetan als wie Spülwasser in seine Bratensoß gekippt, großes Indianerinnenehrenwort.

In der Schlossküche is es still, in der Luft hängt ein ganz leichter Geruch nach Essigreiniger. Wer hat denn so früh am Tag hier schon umeinandergewienert?, frag ich mich. Des kann eigentlich bloß die Engel Silvie gewesen sein. Obwohl Küchenputzen ned zu ihren Aufgaben gehört, des fällt in meinen Bereich. Aber is ja auch wurscht, denk ich und brüh mir erst amol einen gscheiten Kaffee mit einer kleinen Prise Zimt und Salz auf, weil ohne Morgenkaffee der ganze Tag für die Tonne is. Ich lausch dem schönsten Geräusch in der Früh, wenn die braune Flüssigkeit in die Kanne tröpfelt und dabei des feine Kaffeearoma durch die Küche zieht.

Wie ich mich mit der Glaskanne in der Hand umdreh, bleibt mir um ein Haar des Herz stehen; ich lass die Kanne fallen, die mit einem Donnerschlag vor mir auf den Steinboden knallt. Des Glas zerspringt, der kochend heiße Kaffee spritzt mir über Füß und Beine. Kruzitürken, des tut so weh, dass ich augenblicklich wieder alle Sinne beieinanderhab.

Was is in dem Schloss eigentlich los? Na ja, da brauch ich ned lang zu fragen, weil, des seh ich ja. Direkt vor dem Kühlschrank liegt einer batschbraad hingestreckt. Des is meiner

Aufmerksamkeit entgangen, weil nämlich der riesige Küchentisch genau zwischen Kaffeemaschine und Kühlschrank steht und somit die Sicht blockiert hat. Indem ich vorsichtig über Kaffeepfütze und Glasscherben steig, wanz ich mich ein Stückla näher und schau genauer hin. Aha. Aber eigentlich hätt ich es mir ja denken können: Die Schönthal schläft in der Schlossküche auf dem Fußboden ihren Rausch aus.

»He, Sie, aufsteh'n! Da herinnen in meiner Küche könna Sa Ihren Suras ned ausschlaf'n. Ich muss jetzt was arbeiten. Los, hoch mit Ihnan!« Ich stoß sie unsanft mit dem Fuß an; wobei, wenn ich's recht bedenk, geb ich ihr mehr so einen mittelschweren Tritt. Sie rührt sich trotzdem ned. Rotzbesoffen, die Hochwohlgeborene. Wer weiß, wie viel Promille die noch hat.

Langsam drück ich mich Zentimeter für Zentimeter an ihr vorbei, und dann seh ich es. Vor Schreck schrei ich auf, stolper rückwärts und kann mich grad noch so am Tisch festhalten, bevor ich umkipp. In der Schönthal ihrem Kopf klafft nämlich ein ziemlich großes Loch, und mit dem Gesicht liegt sie in einer Blutlache. Ob sie im Suff gestürzt is und sich dabei den Kopf aufgehauen hat? Lebt sie noch, oder is sie bloß bewusstlos? Ich durchwühl meine Hosentaschen. Und wo is des elende Handy, wenn ich's amol brauch? Natürlich, fällt es mir ein, daheim bei mir auf dem Sofa. Panisch geh ich zum Haustelefon, reiß den Hörer runter und tipp mit zittrigen Fingern die Nummer von der Grafenwohnung.

»Dora, was gibt es denn?« Dem Chef seine Stimme klingt so früh am Morgen definitiv not amused.

»Ich glaub, es wär gut, wenn Sie gleich amol in die Küchen runterkommen täten«, stotter ich. »Und noch besser wär's, wenn Sie vorher den Notarzt verständigen täten.«

»Ich hoffe nur für Sie, dass Ihr Anliegen wirklich wichtig ist, Dora«, knurrt der Chef genervt, bevor er auflegt.

Es dauert höchstens zwei Minuten, dann stürzt er zur Tür herein. Er hat sich ned amol die Zeit genommen, sich zu kämmen oder anzuziehen, sondern bloß einen blauseidenen Morgenmantel über den Pyjama geschmissen und is in die Haus-schlappen gesprungen. Die Haare stehen ihm wild nach allen Seiten zu Berge.

»Was gibt es denn?«, will er wissen.

Vor lauter Grausen bring ich kein Wort raus, drum deut ich stumm auf den reglosen Körper vor dem Kühlschrank.

»Um Himmels willen, das ist ja Nadja!« Er sinkt neben seiner hingestreckten Cousine auf die Knie. »Was fehlt ihr, Dora?«

»Sie rührt sich ned. Ich glaub, sie is tot«, press ich schließlich raus.

Auf der Stell fällt ihm die Farbe aus dem Gesicht, und sogar seine Lippen werden bleich.

»Was? Wie bitte? Das kann doch nicht sein.« Vorsichtig schüttelt er seine Cousine an der Schulter. »Nadja, Liebes, hörst du mich? Steh doch bitte auf. Hier kannst du nicht liegen blei-ben.« Wie er die Hand zurückzieht, sieht er, dass sie voller Blut is. Er schluckt ein paarmal heftig, bevor er mich fassungslos anschaut und fragt: »Was ist hier vorgefallen, Dora? Haben Sie Nadja geschlagen? Ist sie daraufhin gestürzt? Sie erzählen mir jetzt auf der Stelle, was hier geschehen ist!«

»Um Gottes willen, Graf Lauenfels, ich hab ihr nix getan, ich schwör's!« Ich bin so geschockt, dass ich ihn mit Titel und Familiennamen ansprech, was ich sonst nie mach. »Ich hab sie doch bloß gefunden, wie ich heut früh reingekommen bin. Sie glauben doch ned im Ernst, dass ich Ihre Verwandtschaft um-bringen mich tät! So was würd ich doch niemals machen, ned amol so jemanden wie Ihre Cousine.«

»Der Notarzt ist bereits unterwegs. Ich habe ihn sofort be-nachrichtigt. Vielleicht ist sie ja nur ohnmächtig?« Er legt ihr behutsam die Hand an den Hals. »Aber ich spüre keinen Puls.« Er beugt sich noch tiefer zu ihr hinunter. »Nadja, so wach doch auf! Schau mich an!«

Keine Reaktion.

»Karl-Gustav, was machst du hier?« Die Gräfin steht in der Tür, direkt hinter ihr des Hausmadla, die Engel Silvie. »Ach herrje! Was fehlt denn der Nadja? Ist sie hingefallen? Hat sie sich verletzt? Geht es ihr gut?«

»Wonach sieht es denn aus, Freya? Macht sie auf dich den Eindruck, als ginge es ihr gut?«, faucht ihr Mann sie an.

Ich weich zurück. So kenn ich den Chef gar ned. Sonst is er immer die Ruhe in Person, sozusagen unser Lauenfels in der Brandung.

»Und woher soll ich wissen, was ihr fehlt?«, schnauzt er weiter seine Frau an. »Bin ich etwa der Notarzt?« Er hockt neben seiner Cousine, schaut hilflos und weiß offensichtlich ned, was in so einer Situation zu tun is.

»Jemand muss im Schlosshof den Arzt in Empfang nehmen und ihn hierher in die Küche bringen«, rafft er sich nach ein paar Minuten endlich zu einer Anweisung auf.

»Des mach ich.« Die Engel Silvie schiebt sich an der Gräfin vorbei und starrt die leblose Gestalt zu unseren Füßen an. Besonders scheint sie der Vorfall ned zu erschüttern. Vielleicht war sie auch kein Fan von den speziellen Umgangsformen der Grafen-Cousine. Möglich, dass die unser Hausmadla genauso angeschnauzt und beleidigt hat wie alle anderen. Des Freifräulein hatte ja ihre ganz eigenen, effektiven Methoden, sich unheimlich schnell unheimlich unbeliebt zu machen. Dann verlässt die Engel Silvie die Küche.

Nach zwanzig Minuten tauchen drei Leute in der Küche auf. Zwei schleppen eine Trage, der Dritte einen riesigen Rucksack über der rechten Schulter, und auf seinem Jackenrücken steht groß und breit »Notarzt«. Hinter den dreien schlappt die Engel Silvie herein, um live und in Farbe zu begaffen, was passiert.

Sofort schmeißt sich der Doktor neben die Schönthal auf den Boden, fühlt nach dem Puls, zieht ein Unterlid herunter, um ihr mit einer kleinen Lampe ins Auge zu leuchten, fingert an ihrem Hals umeinander, horcht mit dem Stethoskop auf ihrem Brustkorb herum und beäugt schließlich die Kopfwunde.

»Tja, da ist nichts mehr zu machen«, meint er schließlich. »Exitus. Jungs, bringt die Trage raus und sagt dem Bestatter Bescheid, dass es Arbeit für ihn gibt. Ich rufe in der Zwischenzeit die Polizei.« Er zieht sein Handy aus der Jackentasche, wählt und wispert ein paar Worte hinein.

Wie er aufgelegt hat, schaut er uns der Reihe nach an: »So, Herrschaften, hier drin wird jetzt nichts mehr angerührt, damit nicht noch mehr Spuren vernichtet werden. Wie es aussieht, sind ja offenbar schon alle Bewohner fleißig hier rumgetrampelt, da wird die Spusi ihre helle Freude haben.«

Alle starren schuldbewusst vor sich hin. Mist, da hat er fei recht, denk ich.

»Und sie ist tatsächlich tot? Sind Sie sicher?«, flüstert der Chef kraftlos.

»Guter Mann, glauben Sie vielleicht, ich hätte mein Physikum an der Baumschule absolviert?«, entgegnet der Doc achselzuckend. »Natürlich ist sie das. Toter geht es nicht. Jeder Medizinstudent im ersten Semester könnte das diagnostizieren. Also, jetzt geh ma! Bitte warten Sie draußen, bis die Polizei eintrifft.«

Dass des ewig dauern kann, wissen alle, die scho länger im Schloss angestellt sind, aus Erfahrung. Also, wie dem Chef sein Vater damals im Folterkeller … Aber die Geschichte lass ich jetzt lieber. Jedenfalls liegt Schloss Lauenfels weitab von jeglichen urbanen Einrichtungen, also von stylischen Clubs, hippen Shoppingcentern, ärztlicher Versorgung und vor allem von Polizeirevieren mit kompetentem Personal. Die zwei Dorfkasper, also der Karl und sein Kumpan, gehen für mich ned als kompetente Polizisten durch, weil sie nix weiter können, als wie armen Autofahrern auflauern, um ihnen die sauer verdienten Euronen abzuknöpfen. Wer sich am Telefon mit »Polizeistation Schnalzlreuth« melden muss, is halt nix anderes als wie ein unterbezahltes Polizistendouble.

Weil wir immer noch in der Küche umeinanderstehen wie bestellt und ned abgeholt und dem Notarzt schön langsam der Kamm schwillt, setzen wir uns schleunigst in Bewegung und watscheln im Gänsemarsch hinaus, der Graf, die Gräfin, die Engel Silvie und ich. Beim Hinausgehen denk ich noch, dass ich der Schönthal zwar alles Mögliche an den Hals gewünscht hab, aber bestimmt ned, dass sie tot in einer Blutlache auf dem Küchenfußboden liegt. Keiner hat verdient, so elend ums Leben zu kommen, und wenn er noch so bösartig war.

Am Venusbrunnen bleiben wir stehen.

»Was machen wir jetzt, Karl-Gustav?«, will die Gräfin wissen. »Ganz bestimmt werde ich nicht im Hof herumstehen, bis es der Polizei nach Stunden einfällt, hier endlich aufzutauchen.« Sie dreht sich zum Hausmadla und zu mir um und beschließt, ohne die Antwort von ihrem Mann abzuwarten: »Kommen Sie, meine Damen. Wir gehen hinüber in die Wirtsstube. Ich glaube, wir können jetzt alle einen starken Kaffee vertragen.«

Mit großen Schritten geht sie voraus, und wir zwei Weibsleut wackeln zügig hinter ihr her. Ob es die Aussicht auf einen gscheiten Kaffee is oder der Wunsch, so schnell und so weit wie möglich von der Leiche und dem blutverschmierten Tatort wegzukommen, was die Chefin so ein hohes Tempo an den Tag legen lässt, kann ich ned sagen. Bei mir trifft jedenfalls beides zu.

Kaum steht vor uns allen ein dampfender Kaffeebecher, schneit auch der Chef herein und setzt sich zu uns. Er is immer noch ganz käsig im Gesicht und zittert derart, als hätt er die letzten paar Stunden ned in seinem warmen Bett, sondern im Kühlraum von der »Eppelein«-Küche gelegen.

»Dora, erzählen Sie doch noch einmal, wie Sie Nadja gefunden haben«, fordert er mich auf, wie ich ihm seinen Kaffee hinstell. Er is total durch den Wind, des merk ich gleich, also erzähl ich die Geschichte noch amol in all ihren grauenvollen Einzelheiten.

»Vielleicht ist sie ja auf den Steinfliesen ausgerutscht und hingefallen«, mutmaßt er und rauft sich dabei die Haare. Ohne seinen Kaffee angerührt zu haben, springt er auf und fängt an, wie eine kopflose Henne hin und her zu sausen. Dabei schaut er immer wieder so misstrauisch zu mir her, wie wenn ich gleich mein Tranchiermesser aus der Hosentasche ziehen wollt, um alle Anwesenden niederzumetzeln.

»Oder sie ist volltrunken in ihren High Heels gestolpert

und gestürzt und hat sich dabei am Kopf verletzt.« Die Gräfin zeigt bei Weitem ned so eine große Anteilnahme wie ihr Mann. Da merkt man gleich, dass sie sich ned besonders viel aus der gräflichen Verwandtschaft gemacht hat. »Wundern würde es mich nicht. Sie hat ja schon frühmorgens angefangen zu trinken, hat sich offenbar ungefragt an unseren Vorräten im Salon bedient und kam heute Morgen schon mit gut gefülltem Glas aus ihrem Zimmer.«

»Was redest du denn da, Freya?«, herrscht ihr Mann sie an. »Ein Gläschen Champagner am Morgen, das fällt ja wohl kaum unter ›angefangen zu trinken‹.«

»Ich finde schon«, entgegnet die Gräfin kühl. »Außerdem war es nicht nur ein Glas, sondern drei oder sogar vier. Nadjas Alkoholkonsum erschien mir durchaus besorgniserregend. Bei solchen Mengen kann man schon einmal ins Straucheln geraten und zu Fall kommen.«

Der Chef lässt die Feststellung kommentarlos an sich abprallen. Reglos steht er jetzt am Fenster und starrt angestrengt hinaus. »Wo bleibt denn nur die Polizei?« Nervös schaut er auf seine Armbanduhr, bevor er wieder mit dem Herumgerenne anfängt. »Wir warten jetzt schon seit einer geschlagenen Stunde. Wie lang kann es denn dauern, die paar Kilometer von Bamberg nach Lauenburg zu fahren?«

»Beruhige dich, mein Lieber, Nadja läuft der Kriminalpolizei schon nicht davon.« Wo sie recht hat, hat sie recht, die Chefin.

Aber von ihrem Mann fängt sie sich für diese zugegebenermaßen ned sehr taktvolle Bemerkung einen bitterbösen Blick ein. »Es reicht, Freya. Ich weiß nur allzu gut, dass du meine Cousine nicht besonders gemocht hast, trotzdem wäre es nett, wenn du in Zukunft solche Anzüglichkeiten unterlassen würdest. Eine mir nahestehende Verwandte ist unter ungeklärten Umständen in meinem Haus ums Leben gekommen. Kannst du dir vorstellen, wie ich mich fühle? Ein erneuter Todesfall in der Familie, so kurz nach dem tragischen Ableben meines Vaters. Ein wenig mehr Respekt, wenn ich bitten darf«, fordert der Chef scharf.

Dass die Schönthal der Gräfin von Herzen zuwider war, des wissen alle, und dass sie über ihren Tod ned sonderlich traurig is, des merkt auch ein jeder. Aber hätte ihre Abneigung für eine derart radikale Problemlösung gereicht?, überleg ich. Unsere Chefin is nämlich eher ein Feingeist, der sich in der Freizeit mit Ballett, Opern und Konzerten abgibt. Mord wird da eher ned auf ihrem Kulturprogramm stehen.

Dass ned nur mir, sondern auch dem Hausmadla der verbale Schlagabtausch unseres Chefs mit seiner Gattin ziemlich unangenehm is, des merk ich ihr an. Unruhig rutscht die Engel Silvie auf ihrem Stuhl umeinander, wippt mit den Füßen und dreht ihren Kaffeebecher in den Händen hin und her. Auch ich wär jetzt lieber woanders, nur ned am Tisch mit den zwei Streithähnen. Auf dem Planeten Melmac beispielsweise oder auf Alpha Centauri.

Nach dem gräflichen Anschiss halten alle erst amol brav des Maul und hängen ihren eigenen Gedanken nach. Ich etwa überleg angestrengt, wer außer mir noch einen Hass auf die Grafen-Cousine geschoben hat. Neben der Gräfin Freya, der des Theater um die Geburtstagsfeier tierisch auf den Zwirn gegangen is, fallen mir noch der Haarknödel und des Blumenkleidchen ein, die beide für die Tote gearbeitet haben und bestimmt auch ned besonders gut auf sie zu sprechen waren, so beschissen, wie die Schönthal sie behandelt hat. Oder hat der Nagler was mit dem Tod von seiner Angebeteten zu tun? Immerhin war er ja gestern ganz schön lang mit ihr unterwegs und hatte sich sogar den Abend freigenommen, damit er mit der Schauspielerin um die Häuser ziehen konnte. Vielleicht hätt er sie gern genagelt, aber sie wollt ned? Könnt des ein Motiv sein? Und wie sieht's mit Graf Karl-Gustav selbst aus? Hat ihm seine Cousine vielleicht eröffnet, dass sie die aufwendige Feier gar ned bezahlen kann? Damit wär er ganz schön angeschmiert gewesen, ihr lieber Gugu, weil er auf den horrenden Kosten hocken geblieben wär. Und last, but not least wird die Kripo auch mich verdächtigen, weil die Tote und ich ja ned grad die allerbesten Freundinnen waren – und weil ausgerechnet ich sie an meinem Arbeitsplatz tot aufgefunden hab! Wenn des ned ein saublöder Zufall der Extraklasse is. Ich bin noch mitten in meinen Überlegungen, da öffnet sich die Wirtshaustür.

»Moin.«

Vor Schreck krieg ich sofort einen Schluckauf und setz mich kerzengrad hin.

Der Graf stürzt den beiden Männern in Lederjacke und Jeans entgegen und reicht ihnen die Hand.

»Das ist aber mal eine echte Überraschung, ne.«

Ach ja, den Hamburger Dialekt kenn ich nur zu gut.

»Erzählen Sie mir nicht, dass es schon wieder einen dubiosen Todesfall auf Ihrem Schloss gegeben hat, Graf Lauenfels. Das wird ja langsam zur schlechten Gewohnheit.«

»Grüß Gott, Hauptkommissar Janzen, Kommissar Maunzer«, begrüßt der Graf die Beamten. »Am besten überzeugen Sie sich selbst davon, was passiert ist. Ich bin nämlich sicher –«

Aber der Hauptkommissar hört ihm gar nicht zu. Seine Augen wandern scho zu unserem Tisch hinüber und bleiben an mir kleben. »Ach nee, die Frau Dotterweich«, sagt er und klingt gar nicht erfreut über unser Wiedersehen. »Warum wundert mich das jetzt nicht, Sie hier zu treffen? Sie lassen sich wohl kein Verbrechen auf Schloss Lauenfels entgehen, was? Ich kann nur hoffen, dass Sie bis gerade eben Urlaub hatten, auswärts übernachtet haben oder vor zehn Minuten vom Einkaufen aus Nürnberg zurückgekommen sind.« Mit verschränkten Armen stellt sich Hauptkommissar Janzen vor mich hin und mustert mich von oben herab. »Andernfalls müsste ich Sie nämlich mit Handschellen an Ihren Herd ketten und die Küchentür absperren, damit Sie uns nicht wieder ständig ins Handwerk pfuschen, so wie vor gar nicht allzu langer Zeit.«

»Grüß Gott, Herr Janzen«, murmel ich und konzentrier mich ganz auf meine Gesundheitsschlappen. »Ich freu mich auch sehr, dass ich Sie wieder amol seh.«

Als Reaktion schnaubt er bloß wie ein angriffslustiger Stier, bevor er der Gräfin die Hand drückt und der Engel Silvie zunickt.

»Ja, grüß Gott, Frau Dotterweich.« Die Begrüßung von Kommissar Maunzer fällt da scho um einiges herzlicher aus. Er schüttelt mir so ausdauernd die Hand, dass mir fast der Arm abfällt, und es fehlt ned viel, dass er mich auch noch umarmen und mir vor lauter Freud einen Schmatzer aufdrücken tät. Er is halt ein warmherziger Oberfranke, der Kommissar Maunzer, ned so ein eiskalter Fischkopf wie sein Vorgesetzter. Kennengelernt hab ich die zwei, wie sie nach dem Mord vom Graf Lauenfels senior des ganze Schloss inklusive Bewohner auf den Kopf gestellt haben. Im Gegensatz zu dem Hauptkommissar, der ursprünglich aus Hamburg kommt, hat sich der Bamberger Maunzer bei uns so wohlgefühlt wie daheim auf seiner Chaiselongue. Am liebsten wär er ganz dageblieben, nachdem der Mord aufgeklärt war, so gut hat's ihm bei uns gefallen. Ich will ja ned protzen, aber vor allem hat des an meinem Essen gelegen, weil der Maunzer auf nix so sehr steht als wie auf die bodenständige fränkische Küche.

»Jetzt lassen Sie mal die Köchin wieder los, Maunzer, und widmen sich gefälligst Ihrem Job«, schnauzt der Hauptkommissar seinen Mitarbeiter auch gleich an. »Die Leiche liegt in der Schlossküche, sagten Sie, Graf Lauenfels? Nu aber hopphopp, Maunzer, bewegen Sie Ihren platten Mors und kommen Sie in die Gänge. Sobald wir uns die Leiche angesehen haben, untersuchen Sie die Räume, die Frau von Schönthal im Schloss bewohnt hat. Der Graf wird sie Ihnen zeigen. Stellen Sie ihr Handy, Laptop und alle weiteren elektronischen Geräte sicher, fordern Sie die Verbindungsnachweise ihres Münchner Festnetzanschlusses und der Mobilgeräte an und überprüfen Sie dann die Nummernlisten und den E-Mail-Verkehr, aber zackig.« Er dreht sich zu uns um. »Sie alle warten hier, bis wir zurückkommen, verstanden? Graf Lauenfels, Sie begleiten meinen Mitarbeiter und mich zum Tatort.«

Sein Ton is noch genauso herrisch wie damals, nach dem Mord an dem gräflichen Busengrapscher, stell ich fest. Der Hamburger is zwar ein arroganter Sack, aber wenigstens schaut er dabei gut aus, mit der silbernen Strähne, die ihm immer in die Stirn fällt, und den eisblauen Augen. Beim Maunzer hab ich hingegen immer den Verdacht, dass für ihn ein Posaunenengel Modell gestanden hat, mit den großen braunen Kinderaugen hinter den Brillengläsern, den Pausbacken und dem kleinen Klößfriedhof über dem Gürtel. Seine Igelfrisur vom letzten Jahr is passé, jetzt trägt er einen Undercut mit langen Ponyfransen. Er is ein durch und durch guter Kerl, der mir gern gelegentlich die eine oder andere Information über den Ermittlungsstand als Dank für ein Stück Kuchen zukommen lassen wird. Des hoff ich jedenfalls.

Die Minuten vertropfen so zäh wie eingetrockneter Nagellack, wie wir auf die Rückkehr vom Janzen warten. Die Gräfin klimpert gelangweilt mit ihren dünnen goldenen Armreifen, und die Engel Silvie rührt so lang und penetrant mit dem Löffel in ihrer leeren Tasse umeinander, bis ich ihn ihr aus der Hand reiß und beiseiteleg. Der Chef, der mittlerweile aus der gräflichen Wohnung zurückgekommen is, tigert wieder ruhelos von einem Ende der Wirtsstube zum anderen. Alle stehen unter Hochspannung. Keiner sagt was. Es is so still, dass wir die Mucken an den Fenstern brummen hören.

»Guten Morgen, was ist denn hier los? Hat es einen Unfall gegeben?« Die Mona taucht mit erschrockenem Gesicht aus der Küche auf. »Warum steht denn der ganze Hof voller Polizeiautos? Und was hat der Leichenwagen bei uns zu suchen?«

»Frau Schmälzich.« Der Chef is gleich bei ihr. »Es gab einen … Zwischenfall. Das ›Eppelein‹ bleibt vorerst zu. Bitte hängen Sie ein ›Vorübergehend geschlossen‹-Schild an die Tür, damit unsere Gäste Bescheid wissen. Danach können Sie nach Hause gehen. Ich melde mich bei Ihnen, sobald es Neuigkeiten gibt.«

Sie nickt fassungslos, linst aber mit einem Auge zu mir her. Mit dem kleinen Finger und dem Daumen formt sie einen Telefonhörer, den sie sich ans Ohr hält. Ich hab verstanden. Wir müssen reden. Dringend.

»Das mit dem Schild geht in Ordnung, aber wäre es nicht besser, wenn ich hierbleiben und mich um das Essen kümmern würde? Oder hat jemand von Ihnen heute schon etwas gegessen? Nein? Sehen Sie, dann werd ich jetzt erst einmal das Mittagessen vorbereiten. Wenn du willst, Dora, kannst du mir gern dabei helfen.«

Und bevor der Chef noch seinen Senf dazugeben kann, is sie in der Küche verschwunden. Ich bleib noch kurz auf meinem Platz sitzen, weil ich das Okay vom Grafen haben will, um mich zu verzupfen.

Aber der wird nur immer ungeduldiger. »Warum dauert das denn so lange? Wo bleiben denn diese Kriminalbeamten?«, stöhnt er.

In dem Moment geht die Tür auf, und wie gerufen erscheint der Janzen auf der Bildfläche. »Wer hat die Leiche gefunden?«, will er wissen und mustert scharf einen nach dem anderen.

»Des war ich«, gesteh ich kleinlaut.

»Wer sonst? Warum frage ich eigentlich?«, seufzt er und rollt genervt mit den Augen. »Darf ich dann alle bis auf Frau Dotterweich bitten, den Raum zu verlassen?«

Alle traben hinaus; aber ned, bevor mir der Chef noch schnell einen vorwurfsvollen Blick hingeschmissen hat. Der glaubt doch ned immer noch allen Ernstes, dass ich für den Tod seiner Cousine verantwortlich bin? Oder?

Mit seinem Hamburger Knackarsch lehnt sich der Hauptkommissar mir gegenüber an den Tresen und taxiert mich wie die Schlange des Kaninchen. Sagen tut er nix, er starrt bloß. Bestimmt will er mich verunsichern; des kenn ich doch aus dem »Tatort«. Eine spezielle Verhörmethode, um den Verdächtigen weichzukochen. Aber weil ich ja ned verdächtig bin, is mir seine spezielle Verhörmethode total wurscht. Und wenn bei uns da im Schloss eine was weich kocht, dann bin des ich, die Köchin. Na ja, und vielleicht noch die Mona.

Wie er mich lang genug angeglotzt hat, holt er auf amol ein buntes Tütla aus der Jackentasche und hält es mir vor die Nase: »Honig-Salbei-Klömpkes aus Ostfriesland. Bedienen Sie sich.«

»Bei Ihnen hätt ich eher auf Krabben-Hering-Geschmack getippt«, antwort ich frostig und schüttel den Kopf.

Drei Sekunden lang is es totenstill im Gastraum, und er funkelt mich bös an. Dann knurrt er: »Witzig!«

Wieder sagt ganz lang keiner was.

»Dann erzählen Sie doch mal: Wann und wie haben Sie die Tote aufgefunden?«, will er nach der Schweigeminute wissen.

Also leier ich zum dritten Mal meine Horrorstory vom Auffinden der toten Nadja von Schönthal herunter. Der Janzen horcht ganz gespannt zu, macht sich aber keine Notizen. Vielleicht, weil er so große Hirnkapazitäten hat, dass er sich alles merken kann.

»Wie haben Sie sich mit Frau von Schönthal verstanden? Mochten Sie die Cousine Ihres Chefs?«

»Mögen? Naa, des kann ich wärklich ned behaupten. Sie war … unangenehm. Unhöflich. Unfreundlich.«

»Das sind ja eine Menge negative Attribute. Eine positive Eigenschaft von Frau von Schönthal fällt Ihnen nicht ein?«, hakt er nach.

Ich vernein energisch: »Ned eine einzige.«

»Wen halten Sie denn für verdächtig?«

»Einen jeden, der wo die Schönthal gekannt hat. Ohne Ausnahme. Die war kein Mensch zum Mögen. Außer vielleicht«, ich überleg ganz kurz, »den Nagler Boris. Ich glaub, dem hat die Schönthal ganz gut gefallen. Und er ihr auch.«

»Aha, interessant.« Der Janzen runzelt die Stirn. »Allerdings soll es gestern Morgen zwischen Ihnen und dem Opfer ordentlich gekracht haben. Die Dame hat Sie grob angefahren, weil ihr das von Ihnen zubereitete Frühstück nicht gepasst hat. Sie hat Ihnen vor ihrem Personal eine Beleidigung nach der anderen an den Kopf geworfen, und danach sind Sie wutentbrannt aus dem Zimmer gestürmt. So war es doch, nicht wahr?«

Ich frag mich, woher er des alles scho weiß. Hat er so schnell mit der Schönthal ihren Haussklaven gesprochen? Oder wer sonst hat ihm den Streit gesteckt?

»Des kann scho sein, ich hab ihr aber trotzdem nix getan«, antwort ich störrisch. »Des können Sie mir glauben oder ned.«

»Komisch nur, dass ausgerechnet Sie es sind, die wenige

Stunden nach dieser Auseinandersetzung Frau von Schönthal mausetot an Ihrem Arbeitsplatz aufgefunden hat. Damit, Frau Dotterweich«, er stützt beide Arme auf den Wirtshaustisch und kommt mit seinem Gesicht ganz schön nah an meines hin, »zählen Sie automatisch zu den Tatverdächtigen. In diesem speziellen Fall sind Sie wegen Ihrer so offensichtlich zur Schau getragenen Antipathie gegenüber der Dame und der vorausgegangenen Differenzen sogar die Hauptverdächtige.«

»Auch wenn ich Ihnan noch so gut als Mörderin in den Kram pass'n tät, Herr Hauptkommissar, ich war's trotzdem ned«, entgegne ich. »Ich hab die Schönthal ned angerührt, verstehen Sie, was ich sage?«

»Eigentlich müsste ich Sie jetzt über Ihre Rechte informieren und anschließend in die U-Haft nach Bamberg bringen lassen.« Er wischt sich die Silberlocke aus der Stirn und seufzt. »Aber Graf Lauenfels verbürgt sich für Sie. Er hat versprochen, dafür zu sorgen, dass Sie jederzeit für unsere Befragungen zur Verfügung stehen und sich in den nächsten Tagen nicht aus dem Schloss entfernen werden. Vorläufig können Sie also hierbleiben. Aber keine Ermittlungen auf eigene Faust, kein Herumschnüffeln, kein Detektivspielen so wie beim letzten Mord, haben wir uns verstanden?« Er schaut mich ganz ernst an. »Wenn Sie mir auch nur ein einziges Mal in die Quere kommen, beziehen Sie auf der Stelle eine Zelle in der U-Haft, daran wird dann selbst die Fürsprache Ihres Chefs nichts ändern.«

»Des hab ich verstanden«, versicher ich schnell.

»Das hoffe ich für Sie«, murmelt er.

Auf dem Weg zur Tür dreht er sich plötzlich um und fragt: »Wo waren Sie eigentlich zur Tatzeit?«

Ich schluck erschrocken, weil meine Kehle auf amol staubtrocken is. »Wenn Sie mir verrat'n, wann die Tatzeit war, könnt ich Ihnan vielleicht Auskunft geben«, würg ich raus. Er meint wohl, dass ich komplett deppert bin und auf den ältesten Kriminalertrick der Welt reinfall.

»Sagen Sie mir einfach, wo Sie zwischen dreiundzwanzig und ein Uhr gestern Nacht waren.«

»Dahaam in meinem Bett, wo sonst! Wo sind Sie denn normalerweise mitten in der Nacht, Herr Hauptkommissar?«, gift ich, weil mich die arrogante Art von dem Fischkopf fuchst ohne Ende. Außerdem geht's ihn einen feuchten Kehricht an, dass ich in Wirklichkeit ausschnüffeln wollt, was da läuft zwischen der Adelsschnepfen und dem Nagelkünstler.

»Gibt es dafür Zeugen? Jemanden vom Personal? Frau Schmälzich oder Sofie Burger? Hatten Sie gestern Abend Besuch? Hat Sie jemand auf Ihrem Festnetzanschluss angerufen? Waren Sie online? Haben Sie in der fraglichen Zeit mit jemandem gechattet?«

Ich schüttel den Kopf. »Naa, ich hab weder gechattet, noch hat mich wer geseh'n. Im Bett brauch ich normalerweis kaa Publikum. Aber hätt ich gewusst, dass Sie sich für mich und mein Bett interessier'n, hätt ich mir natürlich einen strammen Bauernburschen hineingelegt.«

»Keine schlechte Idee«, erwidert er, ohne mit der Wimper zu zucken. »Dann wären Sie vielleicht nicht so eine misanthropische Miesmuschel. Ohne Publikum oder Bauernburschen bleiben Sie jedenfalls vorläufig unsere Hauptverdächtige. Ach ja, noch etwas: Sie haben nicht – rein zufällig natürlich – die Tatwaffe entsorgt?«

Misanthropische Miesmuschel? Wer? Ich? Spinnt der? Ich versuche, ganz tief und ruhig durchzuatmen. Des war doch eine echte Beleidigung, oder? Des muss ich erst amol verarbeiten. »Naa, ich hab nix entsorgt, weder zufällig noch anders«, raunz ich ihn missmutig an.

»War ja klar.«

Damit is er draußen, und die Tür fällt hinter ihm zu.

Auf amol fühl ich mich gar ned gut. Mein Herz rast bis zum Hals hinauf, in meinem Kopf dreht sich alles, und der Schweiß tropft mir aus jeder Pore. Hauptverdächtige, des hört sich echt scheiße an. Und ich glaub der Silberlocke aufs Wort, dass sie mich bei der erstbesten Gelegenheit festnehmen lässt. Auf so eine Gelegenheit hat der Janzen doch scho lang gewartet. Die Dotterweich einzusperren und den Schlüssel wegzuschmeißen, des wär für den bestimmt des Größte. Mit wackligen Knien stemm ich mich vom Tisch hoch und torkel in die Küche, wo die Mona steht und grad den Zander ausnimmt.

Einen Moment lang überleg ich, dann frag ich erstaunt: »Wo kommt denn der Fisch her?«

»Aus dem Kühlschrank, du Blitzbirne. Oder meinst du vielleicht, ich war heut früh schon angeln?«, antwortet sie, ohne sich bei der Arbeit stören zu lassen.

»Aus unserem Kühlschrank da?«, frag ich erstaunt und zeig mit dem Finger drauf.

»Freilich. Von daheim hab ich das Vieh nicht mitgebracht.«

»Des versteh ich jetzt aber ned. Ich hab ihn doch gestern Abend zum Auftauen drüben in der Schlossküche in den Kühlschrank gelegt.«

»Na und? Jetzt liegt er eben hier. Oder wäre es dir lieber, er würde im Schlossküchenkühlschrank vergammeln? Aber der Wanderzander sollte momentan eigentlich dein kleinstes Problem sein. Ganz ehrlich, Dora, sei froh, dass dich der schnucklige Hauptkommissar nicht verhaftet hat.«

Hat meine durchtriebene Kollegin also wieder ihre Elefantenohren an die Tür gedrückt, damit ihr ja kein Wort entgeht, denke ich und fahr sie wütend an: »Glaubst du am Ende ebba aa, dass ich die Adelsschnalln niedergeknüppelt hob? Bloß, weil ihr mein Frühstück ned geschmeckt hod? Bist du mit dem Klammerbeutel gepudert word'n? Wenn ich so schnell ausrasten tät, hätt's in meiner Berufslaufbahn scho mehrere Massenmorde gegeben, des sag ich dir.«

»Bullshit! Ich weiß doch, dass du niemandem etwas antun kannst, auch wenn du gelegentlich noch so laut geiferst.« Mit Schwung schiebt die Mona die Kasserolle mit dem Fisch in die Röhre. »Aber wissen das die Kriminaler auch? – Übrigens gibt's dazu nachher Salzkartoffeln und Rahmkohlrabi.«

Da fällt mir was ein: »Du, Mona, ich waaß, dass die Schönthal gestern Nachmittag und abends mit dem Nagler unterwegs war. Die wollten sich in Forchheim bei einem gewissen Henry treffen, damit kaaner da bei uns heroben schnallt, was zwischen denen zwei läuft. Vielleicht wollt ja der Boris des Freifräulein in aller Ruh bei einem Kumpel dahaam nageln? Du kennst ned zufällig einen Henry aus Forchheim?«

»Nein, aber das könnte doch auch eine neue Kneipe sein. Oder eine Absteige.« Während sie Kohlrabi schnippelt, überlegt sie mit gerunzelter Stirn. »Auf jeden Fall sollten wir nach Forchheim fahren und ein bisschen herumfragen. Vielleicht finden wir dabei ja etwas Interessantes heraus, das dich entlastet.«

Wir? Sind wir zwei jetzt wohl ein Schnüffler-Team, die Mona und ich? So wie Miss Marple und Mr. Stringer? Oder mein Idol Adolf Kottan, der mit Wiener Schmäh und selbst geträllerter musikalischer Untermalung zusammen mit seinem Assi Schrammel die schrägsten Fälle gelöst hat? Die Mona und ich, zwei Undercover-Köchinnen in geheimer Mission? Ach, warum eigentlich ned? Meine Kollegin is nämlich ein ganz helles Köpfchen, zusammen sind wir clever und smart, sozusagen.

Weil ich von dem ganzen Angstschweiß inzwischen vor mich hin ranzel wie ein Iltis, sag ich: »Erst amol geh ich jetzt duschen und zieh mich um. Wenn wer was will: In einer Viertelstund bin ich wieder da.«

Auf dem Schlosshof drängeln sich Massen an Autos, die hier eigentlich nicht hingehören. Auch der Wagen vom Bestatter und der silberfarbene VW-Bus von der KTU sind darunter. Wie ich stehen bleib und mich umschau, kommt die Frau Teufel, die Chefin von der Spurensicherung, in ihrem obligatorischen Ganzkörperkondom aus der Schlossküche, bewaffnet mit einem Alukoffer. Wie sie mich sieht, nickt sie mir zu. Wir kennen uns noch von den Ermittlungen im Mordfall Graf Lauenfels senior. Ich grüß zurück. Der Janzen hat also des große Besteck auffahren lassen. Des is aber auch notwendig, weil hinter dem polizeilichen Absperrband scho die Reporter-Hyänen auf Opfer lauern, die sie nach blutigen Details ausquetschen können. Von mir werden die nix erfahren, des is sicher. Und hinter der Absperrung sorgen drei Polizisten eh dafür, dass uns von den Medienheinis keiner zu nah auf den Pelz rücken kann.

Wie ich die Tür von meinem Pförtnerhäusla aufreiß, fällt

mir vor Schreck glatt der Unterkiefer auf den Busen. Auf der Couch lümmelt mein Vater und blättert in einer Zeitung. Meine Mutter entdecke ich an der Küchenzeile, wie sie Kaffeepulver in die Espressokanne schaufelt.

»Wie kommt denn ihr in mein Haus?«, is alles, was mir spontan zu diesem Szenario einfällt, nachdem sich die erste Schockstarre gelöst hat.

»Muckl, da bist ja endlich! Mir ham's uns scho amol bequem g'macht. Setz di nieder, der Espresso is glei fertig.« Meine Mutter strahlt über alle vier Backen.

»Wenn du aa dei Haustür ned absperrst, Madla. Da konn ja a jeder nei- und nausspazieren, wie's ihm bassd«, brummt mein Vater.

»Ja, ihr zwaa zum Beispiel. Sonst macht des nämlich kaaner«, bemerk ich fassungslos.

»Jetzt erscht amol grüß Gott, Muckl-Kind.« Meine Mutter drückt mich und busselt mich hüben wie drüben auf die Wangen. »Is des schee, dich zu sähng.«

Weil's mir vor lauter Unbehagen grad a bisserla schwummerig wird, sink ich in einen Sessel.

»Wieso habt ihr denn ned angerufen und Bescheid g'sagt, dass ihr kommt?«, frag ich. »Ich hätt euch doch vom Flughafen abholen könna.« Dann wär ich auch ned im Schloss gewesen und ein anderer Doldi wär über die verflixte Leich gestolpert.

Meine Mutter lacht. »Des mit dem Flug hod sich ganz plötzlich ergeben. Und wenn mir dir vorher Bescheid g'socht hätten, dann wär's ja gar kaa Überraschung g'wesen.«

Und die hat ja echt ganz toll geklappt.

»Der Babba und ich ham uns denkt, dass mir amol an klaan Urlaub brauch'n, gell, Babba?«, erzählt meine Mutter. »Und dann ham mir uns denkt, dass a Urlaub in der Fränkischen Schweiz genau des Richtige für uns wär. Und weil du ja a ganzes Haus für dich hosd, könna mir doch bestimmt bei dir wohna, oder ebba ned?«

Ich muss amol kurz aufstöhnen. Mir bleibt auch wirklich nix erspart. »Ihr habt aber scho geseh'n, dass des ganze Haus bloß aus zwaa klaane Zimmer besteht, dem Schlafzimmer und dem Wohnzimmer mit der integrierten Küchenzeile? Maant ihr ned, dass des mit drei Leut arg eng wird?«, versuch ich, dem Unvermeidlichen noch zu entgehen.

»Ach, des geht scho. Mir bleiben ja ned lang. Höchstens a poor Wochen, aber der Rückflug is noch ned gebucht«, meint mein Vater gelassen. »Mir ziehen in die Schlafstuben, dann kannst du des Sofa nehmen, des is doch a gude Lösung.«

Für ihn vielleicht, weil ich mir auf der durchgesessenen Couch die Wirbelsäule verbiegen muss. Und ein paar Wochen? Ich muss schlucken.

»Also, ich waaß ned so recht …«, protestiere ich noch einmal schwach.

»So, Muckl, du trinkst jetzt erst amol einen Espresso mit uns, bevorst widder auf dei Arbeit gehst«, fordert mich meine Mutter auf. »Sag amol, wos is denn do draußen eigentlich los? Is wohl wer g'storben?«

»A Unfall, ned der Rede wert«, wink ich ab, weil ich den Mord an der Schönthal jetzt ned in allen Einzelheiten vor meinen Eltern ausbreiten will. »Eigentlich wollt ich ja bloß schnell duschen und dann gleich widder in die Küche hinüber. Wir ham derzeit nämlich total viel Arbeit«, fällt mir schlagartig ein.

»Aber schau wenigstens her, wos ich dir mitgebracht hob aus Gran Canaria.« Begeistert hält mir meine Mutter eine neongrüne Leggins für Unterernährte und ein Zwergen-T-Shirt hin, auf dem »supersüß & supersexy« steht. Und wer soll des bitt schön sein? Also, ich bestimmt ned!

»Was is jetzt des?«, frag ich entgeistert. »In des Hemdla passt ja grad amol mein Oberarm.«

»Ich hob halt g'meint, du hätt'st a weng abg'nomma, seit mir uns des letzte Mol g'sähng ham.«

»Und wenn ich bloß noch dreißig Kilo wiegen tät, würd ich so was im Leben ned anziehen, Mama! Ned amol im Fasching.«

Hastig spring ich erst unter die Dusche und anschließend in frische Kochklamotten, bevor ich mich eilig von meinen Eltern verabschiede.

»Bis nochher!«, winken sie mir fröhlich hinterher.

Zurück an meinem Arbeitsplatz, berichte ich der Mona und der Sofie, die mittlerweile auch eingetroffen is, haarklein von der neuen Katastrophe.

»Die haben sich scho häuslich bei mir eing'nistet. Und wenn ihr meine Mutter besser kennen tät, wüsstet ihr, dass es scho einen ausg'wachsenen Tsunami braucht, um sie jetzt noch zu vertreiben«, jammer ich.

»Auf an Tsunami werst hier in Franken lang warten müssen«, meint die Sofie, für meinen Geschmack einen Tick zu schadenfroh.

»Wenn dir die elterliche Fürsorge zu viel wird, kannst ja bei mir Asyl beantragen«, grinst die Mona. »Es steht alles bereit. Brauchst bloß deine Klamotten und Bettwäsche mitzubringen.«

»Ach, Mona, ich weiß ned so recht. Der Janzen hat doch g'sagt, dass ich mich ned aus dem Schloss wegbewegen darf, da kann ich doch ned einfach zu dir nach Lauenburg ziehen.«

»Niemand zwingt dich. Es war nur ein Angebot«, sagt sie, aber klingt nicht gerade freundlich.

Wie des Essen fertig ist, portioniert die Mona geschickt den Zander und arrangiert die Filets appetitlich auf einer Silberplatte. Punkt elf stürzen alle in die Wirtsstube – voran der Bierdümpfel, gefolgt vom Maunzer – und können es gar ned erwarten, sich den Bauch vollzuschlagen. Weil heut im ganzen Schloss Ausnahmezustand herrscht, hock ich des eine Mal mit meinem Team am Personaltisch in der Wirtsstube. Sogar der Chef hat sich zu uns gesellt. Der Mord scheint keinem den Appetit verdorben zu haben, weil alle reinschieben wie die Schaufelbagger. Bloß die Engel Silvie und ich stochern auf unseren Tellern herum, obwohl der Zander auf der Zunge zergeht, so zart und saftig is der. Den hat sie gut hingekriegt, die Mona. Und trotzdem bring ich einfach keinen Bissen hinunter.

Wie der Maunzer sich noch ein drittes Stück auflegt, funkelt ihn sein Chef grantig an, aber des stört den Jungspund überhaupt ned. Im Gegenteil, er baut noch einen Berg aus Kartoffeln daneben.

»Herr Graf, ich fühl mich gar ned wohl. Könnt ich heut Nachmittag freinehmen?«, frag ich zaghaft, weil ich weiß, dass ich eigentlich meinen Arbeitsplatz putzen und die Küche aufräumen müsst.

Nach einem Blick auf den Janzen nickt mein Chef: »Machen Sie das, Dora. Sie sehen in der Tat sehr mitgenommen aus.«

Wundert ihn des jetzt? An die häufigen Leichenfunde im Schloss muss ich mich halt erst amol gewöhnen.

Ich verabschied mich hastig und mach, dass ich fortkomm. Noch nie hab ich die paar Meter vom Wirtshaus zum Pförtnerhäusla in einer solchen Geschwindigkeit zurückgelegt.

Den restlichen Nachmittag verbring ich mit reichlich Kaffee und mehreren Portionen Apfelstrudel, den meine Mutter im Kühlfach gefunden hat, auf der Couch, auf der ich nach kurzer Zeit, trotz einer massiven Überdosis Koffein und übermächtiger Elternpräsenz, erschöpft wegdös.

Gebratener Zander aus dem Ofen

Zutaten:
1 ganzer Zander
Salz
Pfeffer
Petersilie, gewaschen, geputzt und gehackt
6–7 EL Butter
2–3 EL Zitronensaft
Zitronenscheiben

Zubereitung:
Den Zander schuppen, die Innereien herausnehmen, den Fisch waschen und trocken tupfen. Innen und außen mit Salz und Pfeffer würzen und mit Petersilie füllen.
In einer Bratreine 2–3 EL Butter zerlassen, den Fisch hineinlegen, mit Zitronensaft beträufeln. In den auf 200 °C vorgeheizten Ofen schieben, die Temperatur nach 15 min auf 175 °C reduzieren. Zwischendurch den Zander immer wieder mit heißer Butter und Bratflüssigkeit begießen.
Wenn sich – je nach Gewicht und Größe – nach 45–60 min die Flossen leicht herausziehen lassen, ist der Zander gar.
Mit Zitronenscheiben garniert servieren.
Dazu passen Orangenmöhrchen und Fenchelgemüse oder Salzkartoffeln und Rahmkohlrabi.

Apfelstrudel

Zutaten für den Teig:
30 g Butter
350 g Mehl
1 Prise Salz
1 EL Rapsöl
100 ml lauwarmes Wasser
Mehl zum Ausrollen
Butter fürs Blech

Zutaten für die Füllung:
60 g Butter
½ Zitrone
1½ kg säuerliche Äpfel
100 g Rosinen
75 g Zucker
50 g gehackte Walnüsse
1 TL Zimt
200 g Schmand
100 g Semmelbrösel

Außerdem:
Puderzucker zum Bestäuben

Zubereitung:
Für den Teig 20 g Butter schmelzen und etwas abkühlen lassen.
Mehl, Salz, Rapsöl und Wasser zu einer glatten Kugel kneten
und mit der geschmolzenen Butter bestreichen. Mit einem
scharfen Messer kreuzweise einschneiden. In Folie einwickeln
und 2 h an einem warmen Ort ruhen lassen.
Für die Füllung 60 g Butter schmelzen und abkühlen lassen.
Die Zitronenhälfte auspressen. Die Äpfel schälen, vierteln, ent-
kernen und in feine Scheiben schneiden. Mit dem Zitronen-

saft beträufeln, damit sie nicht braun werden, dann die Apfelscheiben mit Rosinen, Zucker, Walnussstückchen, Zimt und Schmand vermischen.

Den Teig auf einem bemehlten Küchentuch dünn ausrollen, dicke Teigränder abschneiden und die dünne Teigplatte mit den restlichen 10 g geschmolzener Butter dünn bestreichen. Den Backofen auf 200 °C vorheizen. Den ausgerollten Teig mit den Semmelbröseln bestreuen, dabei einen circa 1 cm breiten Rand frei lassen.

Die Füllung auf der Teigplatte verteilen, die Teigränder einschlagen, sodass die Füllung nicht herausfallen kann, und den Strudel mit Hilfe des Küchentuchs vorsichtig aufrollen. Die Strudelrolle auf ein mit Backpapier belegtes Blech legen und großzügig mit der restlichen Butter bestreichen.

Auf der mittleren Schiene 30–35 min backen. Vor dem Servieren einige Minuten ruhen und etwas abkühlen lassen, erst danach mit Puderzucker bestäuben.

Den Apfelstrudel noch warm mit Vanilleeis und Schlagsahne servieren.

7

Um fünf in der Früh wach ich mit steifem Genick und Brumm-
schädel auf. Komisch, denk ich, dabei hab ich doch gestern ned
einen Schluck Alkohol getrunken. Wahrscheinlich is daran bloß
dieser Mörderstress schuld, und des is wortwörtlich gemeint.
Ich schlurf ins Bad und stell mich minutenlang in den eiskalten
Massagestrahl meiner Dusche.

Wie ich aus der Badezimmertür komm, erstarr ich zur Salz-
säule.

»Babba, um Gottes willen, zieh dir was an! So kannst doch
da ned umeinanderlauf'n. Wenn dich wer sieht!«

Mein Vater trägt beim Kaffeekochen nur einen getigerten
Stringtanga, bei dem der offenherzigste Stripper schamrot werden tät. Wenn ich noch länger draufstarr, krieg ich Augenkrebs,
also wende ich mich ab.

»Wos regst dich denn so auf?«, beschwert sich mein Vater
prompt. »Host du no nie an Nackerten g'sähng?«

»Freilich, aber ned grad dich.« Ich verdreh die Augen.
Noch ned amol halb sechs, und ich bin scho mit den Nerven
am End.

In meinem Schlafzimmer prall ich dann mit dem herabschau-
enden Hund zsamm. Den meine Mutter in einem hautengen
Trikot, des keine Fragen offen lässt, vor meinem Bett auf einer
Yogamatte praktiziert.

»Ich brauch meine Kochklamotten, weil ich in die Küche
hinübermuss, um des Frühstück zu machen«, erklär ich ihr.
»Kann dein Hund vielleicht im Wohnzimmer auf den Boden
glotzen?« Ich will nur noch eins: so schnell, wie's geht, hier
raus! Der Mona ihr Asylangebot blinkt plötzlich in immer
verlockenderen Neonfarben vor meinem inneren Auge. Wenn
ich des Schloss doch bloß verlassen könnt.

Wie ich in die Kochjacke schlüpf, hämmert es an der Tür.
Sind denn heut alle scho zu nachtschlafender Zeit unterwegs?

»Moment!«, schrei ich und knöpf mich noch schnell zu, bevor ich die Tür aufreiß.

»Aan wunderschönen guten Morgen, Frau Dotterweich«, begrüßt mich Kommissar Maunzer, während er versucht, über meine Schulter in meine Wohnküche zu linsen. Weil dort mein Vater immer noch zu neunundneunzig Prozent nackert herumtanzt, tret ich schnell ins Freie und schmeiß die Tür hinter mir zu.

»Herr Maunzer, es is noch ned amol ganz sechsa. Was gibt's denn in aller Herrgottsfrüh?«, knurr ich.

»Der Herr Janzen will Sie dringend sprechen«, teilt er mir wichtigtuerisch mit.

»Ja, wenn des so is, dann konn des Gespräch freilich ned bis zum Frühstück warten«, raunz ich gereizt.

Wir tappen hinüber ins »Eppelein«, aber wie wir hineingehen wollen, hält mich der Maunzer am Arm fest. »Frau Dotterweich«, druckst er umeinander, »ich hätt da amol a Frag.«

»Aha, und welche?«

»Wiss'n Sie vielleicht, wos Mandelkracher sin?«

Mandelkracher? Was soll des denn sein? Wahrscheinlich eine altfränkische Foltermethode aus dem frühen Mittelalter.

Ich schüttel den Kopf.

»Mei Oma hod die nämlich imma für mich geback'n, wie ich a Kind wor. Aber etzad, wo sa unter der Erden is, kennt kaana mehr des Rezept, ned amol mei Mudda.«

»Da muss ich mich erst amol schlaumachen. Wenn ich in meiner Rezeptsammlung was find, sag ich Ihnan Bescheid«, versicher ich ihm.

»Des wär echt subba!«, strahlt er.

Bei uns auf dem Schloss is ein Meuchelmord passiert, und der Maunzer denkt an Mandelkracher. Innerlich kann ich mir bloß noch fassungslos an die Stirn tippen. Meuchelmord und Mandelkracher, klingt des ned wie der perfekte Titel für einen Franken-Krimi?

Im »Eppelein« wartet schon ein hyperaktiver und total übellauniger Hauptkommissar auf mich.

»Hinsetzen!«, bellt er.

Vielleicht hat er auch grad den herabschauenden Hund geübt?, frag ich mich. Aber höchstwahrscheinlich praktiziert er kein Yoga, so unentspannt, wie der aus seinem Rohseidenjäckla rausschaut.

Ich hock mich hin und betracht ihn erwartungsvoll.

»Ich muss Sie noch einmal fragen: Wo ist die Tatwaffe?« Die letzten vier Worte spricht er in Großbuchstaben.

»Woher soll ich des wissen?« Ich zuck mit den Schultern.

»Also gut, dann helfe ich Ihnen mal auf die Sprünge. Die Tote hat eine Schlagverletzung am Oberkopf, entstanden durch einen stumpfen Gegenstand. Vielleicht verursacht durch eine Ihrer silbernen Schöpfkellen, einen Fleischklopfer oder etwas in der Art. Na, klingelt's?«

»Ich hör nix«, murr ich einsilbig.

»Dann überlegen Sie einmal ganz scharf. Vielleicht fehlt ja einer dieser Gegenstände in Ihrer Schlossküche?«

»Und woher soll ich des wiss'n? Ich schau zwar manchmal durch drei Paar Hosen, aber die Schlossmauern sind sogar für mich a bisserla zu dick, weil ich von da aus ned sehen kann, ob in der Schlossküche was fehlt«, maul ich ihn an.

»Na schön, dann gehen wir jetzt gemeinsam hinüber zu Ihrem ehemaligen Arbeitsplatz, und Sie kontrollieren, ob alle Küchenutensilien vollständig sind. Kommen Sie.« Er setzt sich in Bewegung, und ich dackel ihm gehorsam durch Grillstation und Showbühne hinterher, weil des ganze Gerümpel immer noch im Schlosshof umeinandersteht.

An der Küchentür klebt ein amtliches Siegel, das er mit einem Ruck abreißt.

Drinnen schaut noch alles genauso aus wie gestern in der Früh, sogar die Blutlache vor dem Kühlschrank is noch da. Viele der Oberflächen sind mit dunklen Schlieren versaut, wo die Spurensicherung Fingerabdrücke genommen hat.

»Soll ich ned vielleicht erst amol des Blut zsammwischen?«, frag ich angeekelt. »Des is ja widerlich.«

»Später. Erst überprüfen Sie, ob eines Ihrer Küchenwerkzeuge fehlt. Eines, mit dem man eine tödliche Schlagverletzung herbeiführen könnte.«

Ich zieh eine Schublade nach der anderen auf, zähl die Schöpflöffel und -kellen, die Fleischklopfer, Gusseisenpfannen und -töpfe. Alles komplett, es fehlt kein Stück. Des teil ich dem Hauptkommissar auch so mit.

»Und Sie sind sich ganz sicher? Es wurde wirklich nichts entwendet? Alles liegt ordnungsgemäß an seinem Platz?«

»Wenn ich's Ihnan doch sag. Denken Sie vielleicht, ich tät ned merken, wenn was fehlt? Ich hab mehr wie zwei Jahr lang jeden Tag da herin gekocht. Da tät es mir doch gleich auffallen, wenn was weggekommen wär. Is es aber ned.«

»Vielleicht hat der Täter die Tatwaffe ja selbst mitgebracht und nach dem Mord wieder mitgenommen«, fängt er an zu überlegen. »Oder er hat eines der hier vorhandenen Werkzeuge benutzt, hinterher gesäubert und wieder an seinen Platz zurückgelegt. Anders ist es nicht zu erklären, dass wir bisher trotz intensiver Suche nichts gefunden haben. Es hilft nichts, die KTU muss alle in Frage kommenden Utensilien einsammeln und im Labor auf Blutspuren untersuchen. Es wird eine Ewigkeit dauern, bis wir die Ergebnisse haben«, seufzt er und streicht sich die Haare aus der Stirn.

Sechs Uhr in der Früh, denk ich, und der Janzen schaut aus wie gestriegelt: des Hemd faltenlos, die Hose gebügelt, des Seidenjackett tipptopp. Wie geht so was eigentlich?

»Kann ich jetzt geh'n? Ich müsst nämlich langsam des Frühstück für die Grafenfamilie und des Personal herrichten. Möchten Sie vielleicht mitessen?«, will ich wissen.

»Nee, lassen Sie mal.« Er schüttelt den Kopf. »Aber bevor Sie gehen, habe ich noch eine gute Nachricht für Sie. Sie haben ein Alibi für die Tatzeit. Und nicht nur von einer Person, sondern gleich von zweien.«

»Wärklich? Des gibt's doch gar ned.« Ich kann mein Glück kaum fassen.

»Doch.« Des Nordlicht nickt so grätig, wie wenn's ihm gewaltig stinken tät, dass ich nimmer seine Hauptverdächtige bin. »Anscheinend schon. Graf Lauenfels hat ausgesagt – wenn auch ein wenig widerwillig, wie ich zugeben muss –, dass er auf die Rückkehr seiner Cousine gewartet und dabei mehrmals für längere Zeit am Fenster gestanden hat. Von seinem Salon aus kann er direkt in Ihr Wohnzimmer blicken. Und da Sie das Licht eingeschaltet hatten, waren Sie gut zu erkennen. Sie sind unruhig mit einer Tasse in der Hand auf und ab gegangen. Schlaflos auf Schloss Lauenfels, könnte man meinen.« Er zwinkert – aber nur fast. »In der ersten Schrecksekunde hat er Sie zwar verdächtigt, seine Verwandte niedergeschlagen zu haben, aber dann ist ihm eingefallen, Sie während der fraglichen Zeit mehrmals gesehen zu haben. Aus der Ferne zwar, aber doch einigermaßen deutlich. Genauso wie Frau Engel. Eine Freundin hat sie um kurz vor dreiundzwanzig Uhr mit dem Auto abgeholt. Die beiden haben im ›Grünen Kranz‹ ein Feierabendbier getrunken, und Frau Engel wurde kurz vor ein Uhr zurückgebracht. Sie sagt aus, dass in Ihrem Haus Licht brannte und sie sowohl beim Verlassen des Schlosses als auch bei ihrer Rückkehr durchs Fenster sehen konnte, dass Sie zu Hause waren.«

Ach so, denk ich, dann waren des vielleicht gar ned die Schönthal und der Nagler, die da so spät nachts heimgekommen sind, sondern die Engel Silvie mit ihrer Freundin.

»Sie hatten also während der Tatzeit sehr wohl Publikum«, fährt der Janzen fort, »auch wenn es kein strammer Bauernbursche war und Sie nicht in Ihrem Bett lagen, wie Sie gestern behauptet haben.«

Mit einem Freudenjauchzer fall ich der Silberlocke um den Hals und drück ihm einen Schmatzer auf die Wange.

»Na, nu aber!« Erschrocken schiebt er mich ein Stückla zurück. Ein ziemlich großes Stückla sogar. Mindestabstand von einer Armlänge bei sexuell motivierten Annäherungsversuchen, des hat er sich wohl gemerkt.

Wie der Blitz saus ich anschließend hinüber ins »Eppelein«. Vor lauter Erleichterung tät ich am liebsten Luftsprüng machen, aber mein Gewicht verleiht mir die nötige Bodenhaftung.

Weil ich plötzlich so richtig in Feierlaune bin, fahr ich zum Frühstück alles auf, was Kühlschrank, Speisekammer und Küchenherd hergeben: selbst gekochte Marmelade, Honig von hauseigenen Bienen, Wurst, Käse und Eier in allen Varianten, hauchdünn geschnittenen Lachs, Naschtomaten, Apfel- und Birnenkompott, krosse Buttercroissants und frische Weggla, die der Sebbi jeden Früh vom Dorfbäcker mitbringt, selbst gemachte Nuss-Nougat-Creme, Buttermilch-Pancakes mit Ahornsirup und Obstsalat. Ich richt ein schnuckliges kleines Büfett her, und grad wie ich die letzten knusprigen Baconscheiben dekorativ aufeinanderstapel, schneit der Chef herein. Wie er des Frühstück für Anspruchsvolle sieht, entgleisen ihm für einen Moment die Gesichtszüge.

»Da haben Sie sich aber nicht lumpen lassen, Dora. Mir scheint entfallen zu sein, dass es einen Anlass zum Feiern gibt«, murrt er schmallippig.

»Aber, Chef, freilich gibt's einen«, strahl ich ihn an. »Sie haben mir doch selber des Alibi gegeben, und jetzt bin ich nimmer dem Hauptkommissar seine Hauptverdächtige in dem Mordfall. Also, für mich is des fei scho ein Grund zum Feiern.«

»Schön für Sie. Und Vorräte dürften derzeit ja auch mehr als genug vorhanden sein. Wenn ich an die unzähligen Lebensmittellieferungen und die dafür anfallenden Kosten denke, vergeht mir allerdings der Appetit, das können Sie mir glauben. Bringen Sie mir doch bitte nur einen Kaffee, schwarz und extrastark.«

Ich beeil mich, ihm den Wunsch zu erfüllen. In der Zwischenzeit trudeln nach und nach die anderen ein: die Gräfin, der Nagler, der Alex, die Engel Silvie, der Sebbi, die Mona, die Sofie, die Edith, der Bierdümpfel und ganz zum Schluss der Visagist und die Assistentin der so tragisch Verschiedenen, die zwei Letzten mit Gesichtern so weiß wie Ziebelaskäs. Der Ermordeten ihre Angestellten dürfen noch ned abreisen, falls der Fischkopf noch Fragen an sie haben sollte, hat mir die Mona vorhin zugeflüstert. Nur den Maunzer vermiss ich irgendwie. Wahrscheinlich hat sein Chef ihm verboten, sich auf Kosten des Hauses vollzufressen.

»Guten Morgen«, murmelt der dürre Haarknödel, der heut wieder Hosen anhat wie aufgemalt. Oder näht ihn jeden Morgen die Assistentin in die Dinger ein? Wie sonst schafft er es, seine Spinnenbeine ohne Hautabschürfungen in die Röhren für Magersüchtige zu zwängen? »Dürfen wir uns dazusetzen?«

Die anderen rucken bereitwillig zusammen, um Platz für die Neuankömmlinge zu schaffen.

»Wir haben uns noch gar nicht vorgestellt«, sagt der Haarknödel. »Mein Name ist Peer Hövel. Ich bin ... war der Friseur und Visagist von Frau von Schönthal. Und das«, er deutet auf die Wachsweiße an seiner Seite, »ist Saskia Eichbaum, ihre Assistentin.«

Alle nicken. Ein paar Sekunden lang halten sie andächtig des Maul, aber dann fangen sie wie auf Kommando an, so wild durcheinanderzugackern, dass man sein eigenes Wort nimmer versteht.

»... und da wollt der Hauptkommissar doch tatsächlich von mir wissen.«

»... so a grantiger Mistkerl, so a bleeder.«

»Ich konnt mich fei gar ned erinnern ...«

Die Satzfetzen schnapp ich beim Pancake-Servieren auf und bemerk, dass die Assistentin sich ned an den Gesprächen beteiligt. In ihrem schwarz-weißen Millefleurs-Kleidchen schaut sie arg mitgenommen aus, ganz so, als wär sie vor lauter Trauer total am Boden. Ihr angebissenes Honigweggla schiebt sie ohne Appetit auf dem Teller hin und her. Auch ihr Kollege Hövel bringt keinen Bissen hinunter, schüttet sich aber einen Kaffee nach dem anderen in den Schlund.

»Schmeckt's Ihnan ned, oder mögen Sie was anderes? A Müsli vielleicht?«, schlag ich der Saskia Eichbaum teilnahmsvoll vor, weil sie gar so käsig ausschaut.

»Nein, nein, machen Sie sich wegen mir keine Mühe. Mir ... Es geht mir momentan einfach nicht besonders gut, darum habe ich keinen Hunger.«

»Dann vielleicht einen Kamillentee? Aus selbst gepflückten

und getrockneten Blüten? Schmeckt gut, tut gut«, versprech ich.

»Oh ja, sehr gerne«, stimmt sie zu.

Wie ich ihr zwei Minuten später die dampfende Tasse hinstell, greift sie danach, als wär's ein Rettungsring. Der Hövel stupst sie mit dem Ellbogen an und raunt ihr was ins Ohr. Da wird sie noch blasser wie eh schon und stiert nur noch stumm auf ihren Teller.

Wie sich endlich alle nach und nach aus dem Gastraum vom »Eppelein« verdrücken, signalisier ich der Mona, dass sie sich mit dem Alex ums Abräumen kümmern soll, weil ich was anderes vorhab.

Schnell saus ich hinüber in den Ostflügel, dahin, wo der Bierdümpfel haust und sich die Dienstbotenzimmer befinden, und treff im Gang mit der Toten ihrer Assistentin zsamm, rein zufällig natürlich.

»Frau Eichbaum«, sag ich, »geht's denn wieder einigermaßen?«

»Ja, danke«, haucht sie und will sich an mir vorbeischieben.

Aber ich pflanz mich vor ihr auf wie ein Pottensteiner Dolomitbrocken und rühr mich ned von der Stell.

»Wie war sie eigentlich so, Ihre Chefin? Wissen Sie, ich war nämlich ein ganz großer Fan von der Nadja von Schönthal. Hab mir alle ihre Serien ang'schaut«, lüg ich dreist. »Da interessiert's mich halt, was sie privat für ein Mensch war.«

Weil die Assistentin merkt, dass sie an mir ned vorbeikommt, lehnt sie sich an den Fenstersims und schaut hinüber zur Kleinen Kappl.

»Wie sie war, die Freifrau von Schönthal? Eine Zumutung für ihre Mitmenschen, das war sie. Unhöflich, egoistisch, unberechenbar, intrigant, geizig und vollkommen skrupellos. Extrem launisch. In der einen Sekunde himmelhoch jauchzend, in der nächsten zu Tode betrübt. Manchmal unglaublich überdreht, dann wieder tagelang depressiv. Peer und mich hat sie behandelt wie ihre Leibeigenen, war uns gegenüber ungerecht und überheblich. In ihren ganz schlechten Phasen konnte sie jähzornig und sehr verletzend sein.« Sie hält kurz inne, seufzt. »Hoffentlich sind Sie jetzt nicht allzu enttäuscht, weil ich keine Lobeshymnen auf die von Ihnen verehrte Schauspielerin singe.«

»Naa, gar ned. Bloß überrascht. Ich hab halt gedacht, dass Sie um Ihre Chefin trauern, weil es Ihnan gar so schlecht geht.«

»Ihnen ginge es auch schlecht, wenn noch fünf Monatsgehälter ausstehen würden, die nun keiner mehr bezahlen wird. Außerdem habe ich ab sofort kein Dach mehr über dem Kopf, weil ich ein Zimmer im Haus meiner Chefin bewohnt habe, genauso wie Peer. Wie soll ich denn ohne Geld und ohne Arbeit auch nur eine Einzimmerwohnung in München finden?« Sie schluckt, dann laufen ihr die Tränen wie Sturzbäche übers Gesicht.

»Fünf ausstehende Monatsgehälter? Wie is denn des passiert?«, staun ich.

»Das kann ich auch nicht erklären. Ich weiß nur, dass Frau von Schönthal das Geld nur so durch die Finger geronnen ist. Dauernd war sie pleite, jeden hat sie angepumpt. Ich glaube, es gibt in München niemanden aus der Filmbranche, dem sie nicht mehr oder weniger große Summen schuldet. Ihrem Agenten beispielsweise einen Betrag im fünfstelligen Bereich, mit dem sie die Miete fürs Haus in den letzten sechs Monaten gezahlt hat. Nicht zu vergessen den Schönheitschirurgen Professor Dr. Dr. Munk, der sein Honorar für zwei OPs eingeklagt hat.«

»DER Professor Munk? Der Titten-Michelangelo von München?« Ich bin angemessen beeindruckt.

»Genau der. Bei ihm hat sie sich die Brüste aufpumpen und die Nase verkleinern lassen, ohne dass er dafür einen Cent gesehen hat. Aber sie hat ja immer wieder einen Dummen gefunden, der sie eine Zeit lang alimentiert hat. Normalerweise Männer natürlich. Sogar von Peer hat sie sich Geld geliehen, obwohl der seit Monaten von seinem Gesparten lebt und mit dem weiblichen Geschlecht normalerweise nichts am Hut hat. Sogar die Frau ihres Agenten hat ihr ständig Geld gegeben.

Kleinere Beträge zwar, aber immerhin. Über die Zeit ist so eine ganz erhebliche Summe zusammengekommen.«

Ich nick. Genau so haben die Mona und ich die Cousine vom Chef kennengelernt. Keinen Euro auf der Naht, aber in sauteuren Louboutins auf dem Grab vom alten Grafen tanzen. »Des tut mir echt leid für Sie und Ihren Kollegen«, sag ich. »Haben Sie scho amol mit dem Grafen darüber gesprochen? Vielleicht kann der Ihnan ja irgendwie helfen.«

Wenn auch nur mit gutem Rat, denk ich, aber bestimmt ned mit Geld. Weil es finanziell bei ihm jetzt richtig eng werden dürfte. Wenn ich nur dran denk, was für horrende Beträge er scho für die Geburtstagsfete hingeblättert hat und welche noch ausstehen. Und jeder einzelne Euro war für die Katz. Ob ihm scho länger klar war, dass seine chronisch blanke Cousine ihm nicht einen Hosenknopf zurückgezahlt hätte? Dass er auf den gesamten Kosten für diese Wahnsinnsfeier sitzen geblieben wäre – auch wenn sie noch leben würde? Ich zuck innerlich zsamm. Das wär ja ein Mordmotiv wie aus dem Bilderbuch. Mord im Affekt, nachdem Graf Karl-Gustav klar war, dass seine geliebte Cousine ihn gelinkt hat. Oder wäre es möglich, dass ein Außenstehender, einer ihrer Gläubiger, ihr aus Wut im Schloss aufgelauert, sie erschlagen und sich dann unbemerkt davongestohlen hat? Ihr Agent zum Beispiel? Der hat doch sicher gewusst, dass sie bei ihrem Cousin auf Schloss Lauenfels war? Fragen über Fragen.

Die Eichbaum verabschiedet sich und schleicht mit gesenktem Kopf davon. Auch sie hätte – neben einer Vielzahl anderer – allen Grund gehabt, ihrer Chefin eins über den Nischl zu hauen, ganz nach dem Motto: Stellen Sie sich hinten an, jetzt bin erst ich an der Reihe. Andererseits: Damit hätt sie ihr Gehalt ein für alle Mal vergessen können. Und das Gleiche gilt für den spinnenbeinigen Duttträger Hövel. Hätten die zwei sie ermordet, hätten sie ja quasi ihre Milchkuh geschlachtet. Wobei deren Milchbar scho längst ausgetrocknet war.

Aber ein Mord im Affekt wär durchaus denkbar. Provozieren konnte die Nadja von Schönthal ja wie keine Zweite.

Vielleicht is wirklich jemandem einfach nur die Hand mitsamt einem Schlagwerkzeug ausgerutscht.

Jetzt muss ich aber aufhören, in den Tag hineinzuspekulieren und stattdessen schauen, dass ich in meine Küche hinüberkomm, denk ich und mach mich auf den Weg.

Im »Eppelein« wartet schon die Mona auf mich.

»Hör mal, sollen wir vielleicht nachher nach Forchheim fahren? Ich hab gegoogelt und rausgefunden, dass das ›Henry‹ eine Kaffee-Cocktailbar im Zentrum ist. Und heute bleibt das Wirtshaus doch geschlossen, weil die Kripobeamten immer noch ihre Befragungen durchführen, aber morgen will der Chef wieder öffnen. Dann bleibt uns keine Zeit mehr zum Rumschnüffeln.«

»Und du denkst wärklich, wir sollen uns da einmischen? Der Janzen hat mir doch –«

»Ach, pfeif auf den Janzen. Seit wann interessiert's dich, was der sagt? Willst du nicht wissen, wer die Madame Schönthal ums Eck gebracht hat?«, fragt die Mona aufmüpfig und wirft mir einen scheelen Blick zu. »Früher warst du nicht so fad.«

Ich und fad? Naa, bestimmt ned. Drum nick ich: »Auf geht's, pack ma's. Worauf wartest denn noch?«

»Der Graf weiß schon Bescheid, dass wir heute Nachmittag nicht im Haus sind.« Sie lächelt. »Jetzt bin ich aber froh. Ich hatte schon befürchtet, dass du lieber etwas mit deinen Eltern unternehmen möchtest. Oder hier rumhängen, bis dein Freund Janzen dich zum x-ten Mal verhören will.«

Darauf kriegt die Mona keine Antwort, aber ich helf ihr schnell beim Aufräumen der Küche. Die Sofie und die Edith haben sich nach der Befragung durch den Janzen scho aus dem Staub gemacht. Ich glaube, momentan dreht der Fischkopf den Biergärtner durch die Mangel. Soll er ruhig!

Schlag zwei Uhr schmeißen wir nach dem Mittagessen unsere Kochjacken auf die Seiten. Nix wie weg hier! Wir springen in der Mona ihren MINI und zischen ab Richtung Forchheim. Im Auto krieg die Mona noch ein Update von meinem Gespräch mit der Assistentin.

Dank Navi finden wir des »Henry« auf Anhieb, parken in einer Seitenstraße und schlendern auf unser Ziel zu. »Henrys Bar – Kaffee – Cocktails – Kombucha«, steht über dem Eingang.

Drinnen is es ziemlich finster, nur des Mobiliar leuchtet in poppigen Farben. Hinter dem Tresen steht ein Endvierziger mit perlgrauem Pferdeschwanz bis zum Hintern.

Wir schwingen uns auf zwei dottergelbe Barhocker genau vor ihm.

»Was darf ich den Damen bringen?«, erkundigt sich der Barkeeper.

Wir bestellen Cappuccino und Kombucha.

Kaum hat er uns die Getränke hingestellt, fang ich ein Gespräch mit ihm an: »Eine Freundin hat uns Ihre Bar empfohlen.«

»Is des so?« Gelangweilt zieht er die rechte Augenbraue fast bis zum Haaransatz hinauf.

»Ja, das ist so«, bekräftigt die Mona. »Bester Kaffee und bester Kombucha weit und breit, das hat sie gesagt.«

»Des kommt wahrscheinlich daher, dass in ganz Forchheim keiner außer mir Kombucha auf der Karte hat«, entgegnet der Barheini trocken, wird dann aber trotzdem gesprächig. »Wer is denn die Freundin? Kenn ich die vielleicht?«

»Die war vorgestern Nachmittag da. Is Ihnan bestimmt aufgefallen. Lange rotblonde Mähne, Topfigur, teure Designerklamotten«, helf ich ihm auf die Sprüng.

»Und mit einem sonnenbankgegrillten Fitnessbubi im Schlepptau?«, fragt er. »Athletisch, affig und so stenzmäßig gegeltes Haar?«

Synchrones Nicken unsererseits.

»Ich erinner mich, die zwei haben da drüben gehockt.« Er deutet mit dem Kinn auf eine besonders düstere Ecke. »Ihr scheinen meine Cocktails recht g'schmeckt zu haben, weil sie sich gleich drei davon reingekippt hat. Er hat bloß Kaffee getrunken – Kombucha hat keiner von beiden probiert.« Er sieht uns misstrauisch an.

»Und worüber haben die so geratscht?« Ich weiß, dass des

jetzt ganz schön neugierig klingt, aber ich kann halt ned aus meiner Haut.

»Also, anfangs hab ich ja gedacht, des wär ein Liebespärchen, so wie die rumgeschäkert haben«, beginnt der Barmann tatsächlich zu erzählen. »Aber dann is es, scheint's, ums Geschäft gegangen, weil sie wissen wollt, wie viel genau da finanziell für sie rausspringen tät. Wie ich des gehört hab, hab ich meine Ohren ein bisschen weiter aufgesperrt. Und wie er dann gesagt hat, dass es sich auf alle Fäll ordentlich für sie lohnen tät, is sie von ihrem Stuhl gehupft und hat des Tanzen angefangen, nachmittags, mitten im Lokal. Bei mir da herin tanzt normalerweise keiner, nicht mal nachts, und weil ich ned wollt, dass des die anneren Gäst stört, bin ich zu ihr hin und hab gesagt, sie soll sich widder auf ihren knackigen Hintern hocken. Des hat sie dann auch g'macht, vollkommen stressfrei.«

Wir horchen ihm so andächtig zu wie die Kinder dem Märchenonkel.

»Aber dann hat sie angefangen, ständig so hysterisch-laut zu lachen, dass alle anderen Gäst zu ihr hingeschaut haben.«

Wir schauen auch, aber zum Barkeeper hin, der jetzt nebenbei seine Gläser poliert.

»Wenn des wärklich eure Freundin is, dann tät ich an eurer Stell a bisserla auf sie aufpassen«, erklärt er uns schließlich.

»Und warum?«, will ich wissen.

»Weil sie drauf is, eure Freundin, und zwar richtig. Auf dem kolumbianischen Marschierpulver.«

»Auf was?«, frag ich. Manchmal bin ich a weng langsam mit dem Denken.

»Koks halt«, antwortet er kopfschüttelnd. »Die war so zu, die hat kaum noch gewusst, wo oben und unten is.«

»Im Ernst?«, kommt es von uns in Stereo.

»Des könnt ihr mir schon glauben. Ich erkenn einen Junkie, wenn ich einen seh.«

»Aha«, staunen wir unisono. »Koks, ha?«

Des hat keine von uns geahnt. Aber wir haben halt auch überhaupt keine Erfahrung mit Drogen und so.

»Warum wollt 'n ihr des alles überhaupt wissen? Seid ihr vielleicht Bullen?«

»Also, wenn schon, dann Kühe, keine Bullen«, stellt die Mona fest und stupst mich an. »Komm, wir gehen.«

Sie schmeißt einen Schein auf den Tresen, und wir machen uns aus dem Staub, bevor sich der nette Barkeeper besinnt und unfreundlich wird.

»Was sagst du jetzt dazu?«, will ich von der Mona auf dem Weg zum Parkplatz wissen.

»Glaubst du ihm das mit dem Koks?«, fragt sie zurück.

»Warum denn ned? Warum sollt er uns einen solchernen Schmarrn aufs Aug drücken? Dazu hat er doch gar keinen Grund ned. Und wenn's so ist, dann könnt des Mordmotiv auch ein ganz anneres sein. Eines, des mir bisher gar ned auf dem Zettel gehabt haben«, mutmaß ich. »Ned unbedingt Hass oder Schulden, sondern Drogen. Vielleicht hat die schöne Nadja ned bloß konsumiert, sondern auch gedealt.«

»Denkst du, der Nagler hat was mit Drogen zu schaffen? Ich weiß ja, dass er ein ziemlicher Saukerl ist, aber ein Drogendealer?« Die Mona wirkt total verunsichert, hat aber sofort einen Vorschlag. »Wir könnten uns ja bei der Dorfjugend umhören. Ich kenne die meisten und kann aus denen sicher die eine oder andere Geheiminformation rauskitzeln. Wenn der Nagler tatsächlich mit dem Dreck handelt, brauchen wir nicht lang zu suchen. Dann sitzen seine Kunden in Lauenburg und Umgebung.«

Weil wir uns darin einig sind, horchen wir uns also in Kürze bei den Burschen und Madla um, die jeden Tag am Dorfbrunnen oder im »Grünen Kranz« abhängen. Vielleicht haben die Kids Informationen über den Nagel-Weltmeister, die wir bisher noch ned kennen.

Wie die Mona am späten Nachmittag wieder vor meinem Pförtnerhäusla bremst, staunen wir ned schlecht. Im Venusbrunnen stehen zwei Kerle, bis obenhin in wasserdichte Pampers verpackt, und stochern mit langen Stecken im Morast umeinander.

»He, Sie, was treiben Sie denn da im Brunnen?« Ich stell mich an den Beckenrand und beobacht sie neugierig beim Herumwühlen.

»Lachsfischen im Jemen vielleicht? Was denken Sie denn? Wir suchen natürlich nach der Tatwaffe«, giftet der Gummibehoste mit dem Bart Typ Pelzamärtel. Der is ja total schlecht drauf, denk ich, wie er noch amol nachlegt: »In der Dreckbrühe kann man von außen ja nichts erkennen, darum der ganze Aufwand.«

Und damit hat er scho recht, denn der Venusbrunnen is voller vermoderter Blätter, Moos und Algen. Eigentlich is es die Aufgabe vom Bierdümpfel, ihn sauber zu halten, aber den faulen Hund kümmert nix anderes als wie die ewig sprudelnde Bierquelle im »Eppelein«. Dem sollt der Chef amol richtig auf die Füß steigen, damit er endlich was arbeitet, denk ich. Seit der Sebbi im Haus is, is es mit dem Bierdümpfel sogar noch schlimmer geworden. Die Saufnase liegt bloß noch komatös in der geistigen Hängematte und hievt seinen Hängehintern ausschließlich zum Seidlastemmen hoch. Eine Sauerei is des, dem Buben die ganze Arbeit aufs Aug zu drücken.

Weil die Mona noch zum Einkaufen weitergefahren is, schieb ich allein ab Richtung heimatliche Couch.

Scho in der Tür frag ich mich erschrocken, ob ich mich vielleicht im Haus geirrt hab.

Die paar Stunden, die ich unterwegs war, hat meine Mutter genutzt, um die Zimmer so geschmacklos wie irgend möglich umzudekorieren.

An den Wohnzimmerfenstern hängen bonbonrosafarbene Vorhänge mit Glitzerherzchen drauf. Des Sofa steht jetzt mitten im Zimmer, und auf dem neuen pinken Überwurf sitzt ein fast lebensgroßer rosaroter Stoffpanther neben rosafarbenen Herzkissen. Sogar die Stehlampe is mit einem rosafarbenen Tuch abgedeckt. Hat sie den ganzen Plunder etwa aus Gran Canaria hergeflogen? Des Sideboard steht jetzt unter dem Fenster, mit rosafarbenen Häkeldeckchen drauf, des Regal an der gegenüberliegenden Wand genau vor meinen liebevoll gestalteten Fotocollagen. Nicht ein Möbelstück befindet sich an seinem angestammten Platz. Ich trau mich gar ned, ins Schlafzimmer zu schauen. Wahrscheinlich liegen mein Bett und der Kleiderschrank längst auf dem Sperrmüll, weil meine Mutter Platz für ihre rosafarbenen Yogamatten gebraucht hat. Die Hausbesetzer scheinen sich jedenfalls in weiser Voraussicht verdrückt zu haben, um ja nix von meinem bevorstehenden Tobsuchtsanfall mitzukriegen.

Hektisch kram ich nach meinem Handy und erreich die Mona im Auto.

»Wann kann ich bei dir einziehen? Jetzt gleich?«, frag ich und lausch. »Ja, bassd«, antwort ich erleichtert. »Ich such bloß schnell des Nötigste zsamm, dann start ich durch. In einer Stund bin ich bei dir.«

In aller Eile stopf ich meinen Krempel in die Reisetasche: Kochklamotten, Jeans, T-Shirts, Schuh und Kosmetika. Und Bettwäsch, des hat die Mona ausdrücklich gesagt.

Auf dem Tisch lass ich einen Zettel liegen, auf den ich geschrieben hab: »Willkommen bei Barbie daheim. Nette Umgestaltung, bloß nicht mein Geschmack. Außerdem ertrag ich weder pinkfarbene Accessoires noch nackte Hintern vor dem Frühstück. Bin bei der Mona. Bis bald.«

Wie ich zu meinem Hyundai geh, klettern die Gummihosen grad aus dem Venusbrunnen.

»Und? Ham Sie was g'funden?«, schrei ich zu ihnen hin.

»Nein, Sherlöckchen. Nichts außer einem gebrauchten Kondom. Aber vielleicht möchten Sie mal Ihr Glück versuchen? Ich lass Ihnen gern die Gummihose da.« Der Pelzamärtelbart is noch genauso mies drauf wie vorhin.

Ich will ihm eben eine schlagfertige Bemerkung um die Ohren hauen, da rattert mein Handy.

»Dora, hätten Sie kurz Zeit, mir eine kleine Mahlzeit zuzubereiten? Ich habe seit gestern Mittag nichts Richtiges mehr gegessen«, jammert der Chef.

Mist, eigentlich wollt ich ja …

»Is scho recht. Ich komm gleich«, versprech ich und nehm eine Richtungsänderung vor.

Wie ich ins »Eppelein« spazier, sitzt er auf seinem Stammplatz. Zum ersten Mal erkenn ich, was damit gemeint is, wenn es heißt, dass einer in kurzer Zeit um Jahre gealtert is. Zsammgesunken hockt der Graf mit hängenden Schultern am Tisch, des Gesicht aschgrau mit dunkelbraunen Ringen unter den Augen. In zwei Tagen zehn Jahre älter geworden. Mindestens.

Im Kühlschrank find ich einen Topf Schnitzla, eine Gemüsesuppe nach Eingeborenenart. Ich muss sie nur aufwärmen, dann ergibt des mit ein paar Scheiben Kartoffelbrot und Butter ein kräftiges Essen. Dazu passt ein frisch gezapftes Bier.

Wie ich des beladene Tablett vor meinem Chef abstell, greift er als Erstes nach dem Bierglas. Ein paar tiefe Schlucke, dann is es auch scho leer. Ich steh auf und zapf ihm ein neues, derweil er lustlos in seinem Suppennapf umeinanderrührt.

»Schmeckt's Ihnan ned? Woll'n Sie was anderes? Einen Grupften vielleicht? Oder einen Wurschtsalat mit Käs?«, frag ich besorgt, weil er gar so schlecht ausschaut.

»Nein danke, Dora. Die Suppe ist gut, aber obwohl mir der Magen knurrt, bekomme ich keinen Bissen hinunter. Es fällt mir einfach schwer zu begreifen, dass meine kleine Cousine tot sein soll. Ermordet in meinem eigenen Haus. Wie konnte das nur passieren?«

»Des kann ich Ihnan beim besten Willen ned sagen, Graf Karl-Gustav.«

»Wissen Sie, Nadja war nicht immer so, wie Sie sie gekannt haben, so gemein und rücksichtslos. Sie war Vollwaise, ihre Eltern sind kurz nach ihrem achten Geburtstag tödlich mit ihrem Segelflugzeug verunglückt. Mein Vater, ihr Pate und Vormund, hat die Nadja dann sofort in ein Internat abgeschoben. Nur den Sommer durfte sie bei uns auf dem Schloss verbringen, während der anderen Ferien wurde sie in der Verwandtschaft herumgereicht wie ein Hund, den keiner haben will. Erbärmlich, finden Sie nicht?« Bei der Erinnerung wird er gleich noch grauer. »So sollte kein Kind behandelt werden. Der Sommer mit ihr war für mich jedes Jahr ein Fest. Sie hätten sie früher erleben sollen: Sie konnte ohne Sattel reiten, unseren rabiaten Ziegenbock mit ein paar Handgriffen bändigen und mit den Bauernburschen raufen wie ein richtiger Kerl. Als Einzige von uns Kindern hat sie im Dorfladen Bier und Zigaretten geklaut, ohne je erwischt zu werden. In unseren Augen damals eine Heldentat. All ihre Spielkameraden haben sie unendlich bewundert, und alle Jungs waren unsterblich in sie verliebt. Sie war ja auch die Schönste mit ihren rotblonden Locken und dem bildhübschen Gesicht.«

Gedankenverloren zerbröselt er das Kartoffelbrot in winzige Bröckerla. »Aber irgendwann hatte die glückliche Zeit mit ihr ein jähes Ende. Sie besuchte eine Schauspielschule in Hamburg und bekam anschließend einen Vertrag bei der Bavaria München. Danach kam sie nur noch im Schloss vorbei, um sich Geld von Vater und später von mir zu ›leihen‹. Keiner von uns hat je einen Cent davon wiedergesehen, aber das war egal, mir jedenfalls. Und jetzt habe ich schon Unsummen für Nadjas Geburtstagsfeier hingeblättert und stehe trotzdem noch vor einem gewaltigen Berg an unbezahlten Rechnungen. Die Chipmunks und die Way of Witches drohen bei Nichteinhaltung ihrer Verträge mit rechtlichen Konsequenzen, die Lieferanten verklagen mich auf Abnahme der bestellten Waren, wir sitzen auf Bergen von Lebensmitteln und Getränken, und der Caterer will genau wie der Bühnenbauer Geld sehen. Die eleganteste Lösung wäre es, mir eine Kugel in den Kopf zu jagen.«

»Allmächd, Chef, bloß ned!«, schrei ich erschrocken auf. »Des könna Sa Ihrer Frau und uns doch ned antun!«

»Meiner Frau? An die darf ich gar nicht denken. Sie hat bisher noch keine Ahnung vom Ausmaß der finanziellen Katastrophe.« Er vergräbt sein Gesicht in den Händen, und seine Schultern zucken verdächtig. »Noch dazu war sie es, die mir Nadjas Geburtstagsfeier ausreden wollte. Aber ich habe mich ja geweigert, ihr zuzuhören. Jeder hat mich gewarnt. Auch Sie, Dora. Aber ich war zu verblendet oder einfach zu blöd, dass ich für kein noch so vernünftiges Argument zugänglich war. Dabei hatten wir das erste Mal in unserer Ehe keine Geldsorgen, weil das ›Eppelein‹ hervorragend läuft. Warum habe ich mich nur auf ein solches Vabanquespiel eingelassen, Dora? Ich kannte Nadja doch, ich wusste, wie es um ihre Finanzen stand.«

»Sie müssen sich jetzt erst amol beruhigen, Chef.« Vor lauter Schreck tätschel ich ihm den Kopf wie einem greinenden Kind. »Und vor allem müssen Sie was essen, weil des Leib und Seel zsammhält. Des hat scho mei Oma g'sagt.«

Gehorsam will er die lauwarme Suppe löffeln, aber ich zieh sie ihm weg und steh auf.

»Warten Sie aan Moment«, sag ich, »ich richt Ihnan was annersch her.«

Und weil ich weiß, wie gern der Chef es mag, schmeiß ich schnell eins seiner Lieblingsgerichte in heißes Butterschmalz.

Wie ich den Teller mit Bauchstecherla und verschiedenen Kompotten vor ihm hingestellt hab, fällt er ausgehungert drüber her.

»Entschuldigen Sie, dass ich Sie mit meinen Problemen belästigt habe«, schnieft er, wie er fertig is, und steht auf. »Und jetzt wartet im Büro noch eine Menge Arbeit auf mich. Wir sehen uns dann morgen, Dora.«

Und damit schlurft er davon wie ein alter Mann, der kaum noch Kraft hat, einen Fuß vor den anderen zu setzen. Er tut mir von Herzen leid, unser Chef. Wenn ich bloß wüsst, wie ich ihm helfen kann.

Mein Blick fällt auf die Uhr. Kruzitürken, scho so spät! Die Mona wartet bestimmt auf mich.

Auf dem Weg hinunter nach Lauenburg will mir der Gedanke ned aus dem Kopf gehen, dass der Graf sich durch die Feier vielleicht so dermaßen verschuldet hat, dass er jetzt bankrott is. Was wird dann aus unserem »Eppelein«? Aus mir? Aus der Mona und den Kollegen? Werden wir alle entlassen? Aber ich will ned fort aus der Wirtshausküche und dem Pförtnerhäusla. Wo sollt ich denn dann hin? Ich müsst mir eine neue

Arbeit und eine Wohnung suchen. Vielleicht sogar in der Groß-
stadt, des Worst-Case-Szenario.

Total aufgelöst komm ich vor der Mona ihrem Haus an.
Sie hockt im Garten in ihrer Hollywoodschaukel und schaut
stinksauer aus ihrem Hilfiger-T-Shirt zu mir rüber.

»Tut mir leid!«, schrei ich scho von Allerweitem.

»Ein Wunder! Kaum sind zwei bis drei Stunden nach dem
panischen Anruf vergangen, schon steht sie vor der Tür, meine
neue Mitbewohnerin«, schnaubt sie aufgebracht.

Ich schmeiß mich neben sie in die Schaukel und erzähl ihr
vom Gespräch mit Graf Karl-Gustav. Danach is sie kein Stück
mehr sauer, sondern bloß noch besorgt. Jedes Detail muss ich
noch amol schildern, jeden Tonfall, jeden Gesichtsausdruck.

»Er wird sich doch nicht wirklich was antun, oder?«, macht
die Mona sich echt Gedanken um den Chef.

»Ich waaß es ned. Du, Mona«, schwenk ich dann auf ein
anderes Thema um, »ich bin seit heut früh um fünf auf den
Beinen. Meinst, ich könnt mich jetzt hinlegen? Ich bin nämlich
langsam am End mit meinen Kräften.«

Sie geht mir voraus in ein Zimmer mit bodentiefen Fenstern
und der Tür zur Sonnenterrasse. Während sie mit ein paar
Handgriffen des Bett mit der mitgebrachten Bettwäsche für
mich bezieht, schau ich mich um. Schön is es hier, mit glänzend
weißen Lackmöbeln, einem Spiegelschrank, einem Futonbett
und duftig-gelben Vorhängen vor den Fenstern. Ich schlüpf aus
meinen Klamotten und fall auf die Matratze. Bevor ich noch
richtig lieg, bin ich scho eingeschlafen.

Mitten in der Nacht werd ich durch einen markerschütternden
Schrei geweckt. Wie ich in Panik hochfahr, weiß ich im ersten
Moment gar ned, wo ich bin. Dann wird die Tür aufgerissen,
und die Mona stürzt an mein Bett, packt mich an den Schultern
und schüttelt mich.

»Aufwachen, Dora! Mach die Augen auf! Die Therapie-
stunde mit dem Sandmännchen ist vorbei.«

»Wo bin ich? Was is denn passiert?«, frag ich verstört.

»Du hast geschrien wie am Spieß«, sagt die Mona. »Ich hab schon befürchtet, dass ein Einbrecher über dich hergefallen ist. Aber ich glaub, du hast nur schlecht geträumt.«

»Stimmt. Vom ›Eppelein‹«, murmel ich schlaftrunken. »Dass es geschlossen wird und wir arbeitslos auf der Straß sitzen. Alles weg, Pförtnerhäusla, Arbeit, du und die Sofie …«

»Nur ein Alptraum«, stellt sie nüchtern fest. »Dann schlaf jetzt weiter. Morgen früh ist die Nacht vorbei.«

Buttermilch-Pancakes

Zutaten:
4 Eier
250 g Mehl
1 gehäufter EL Zucker
½ EL Natron
1 Prise Salz
60 g zerlassene Butter
250 ml Buttermilch
neutrales Pflanzenöl zum Ausbacken, zum Beispiel Rapsöl
Ahornsirup

Zubereitung:
Die Eier aufschlagen und verquirlen. In einer separaten Schüssel Mehl, Zucker, Natron und Salz mischen und vorsichtig unter die Eimasse rühren. Butter und Buttermilch dazugeben und unterrühren.
In einer großen Pfanne das Öl erhitzen. Portionsweise den Teig ins heiße Fett gießen. Die Pfannkuchen sollten einen Durchmesser von circa 10 cm haben. Wenn der Pfannkuchenteig an den Rändern Bläschen wirft, die Pfannkuchen wenden und auf der anderen Seite goldbraun backen.
Mit Ahornsirup beträufelt sofort heiß servieren.

Schnitzla

Zutaten:
1 Suppenknochen mit viel Fleisch
3 Gelbe Rüben (Karotten)
5 Kartoffeln
1 Stange Lauch
1 große Gemüsezwiebel
¼ Sellerie
½ Kohlrabi
etwas Butter
1 EL Mehl
Suppenwürze nach Geschmack
Petersilie
Maggikraut
Majoran
Salz
1 Prise Pfeffer

Zubereitung:
Aus dem Suppenknochen eine Fleischbrühe kochen, das Fleisch
ablösen, klein schneiden und in die Brühe geben. Das Gemüse
putzen, waschen, würfeln und ebenfalls in die Brühe geben.
Aufkochen und danach köcheln lassen, bis die Kartoffeln weich
sind. Aus heißer Butter und 1 EL Mehl eine Schwitze zubereiten
und zum Binden zur Suppe geben. Zum Schluss abschmecken
und die Kräuter und Gewürze dazugeben.
Dazu passt eine Scheibe Kartoffelbrot mit Butter.

Kartoffelbrot mit Kümmel und Speck

Zutaten:
500 g Kartoffeln
125 ml Milch
350 g Mehl
2 Eier
1 EL Olivenöl
1 TL Salz
1 TL Zucker
1 Würfel Hefe
100 g durchwachsener Räucherspeck
1 Zwiebel
Kümmel nach Geschmack

Zubereitung:
Kartoffeln auf der Kartoffelreibe fein reiben, die Masse in ein Küchentuch geben, das Tuch eindrehen und das Kartoffelwasser gut auspressen. Die Kartoffelmasse in eine Schüssel geben, lauwarme Milch in die Masse einrühren. Mehl, Eier, Olivenöl, Salz, Zucker und die zerbröckelte Hefe dazugeben. Zu einem geschmeidigen Teig verarbeiten und so lange kneten, bis er sich von der Schüssel löst. Abgedeckt etwa 30 min an einem warmen Ort gehen lassen.
Speck und Zwiebel fein würfeln und mit dem Kümmel unter den gegangenen Teig kneten. Den Teig in eine gefettete Kastenform geben und nochmals zugedeckt 30 min gehen lassen. Im Backofen bei 200 °C circa 45 min backen.
Das fertig gebackene Brot auf dem Rost gut auskühlen lassen.

Bauchstecherla

Zutaten:
750 g gekochte Kartoffeln
3–4 EL Mehl
3 Eier
1 Prise Salz
Muskat
Butterschmalz

Zubereitung:
Die gekochten Kartoffeln pellen und durch die Kartoffelpresse
drücken. Mit den Händen Mehl und Eier gut untermischen
und mit Salz und Muskat abschmecken.
Kugeln formen, diese zu Fladen flach drücken – etwa hand-
tellergroß – und in der Pfanne in Butterschmalz beidseitig
goldgelb ausbacken.
Bauchstecherla schmecken hervorragend zu Braten mit Soße,
aber auch zu Birnen-, Apfel- oder Zwetschgenkompott.

8

Am nächsten Früh führt mich die Mona durchs Haus. Mit sechs Zimmern is es recht geräumig und elegant in Schwarz, Weiß und Grau eingerichtet. Gelbe und blaue Accessoires sorgen für dezente Farbtupfer. Alles sehr stylisch, aber trotzdem irgendwie gemütlich. Ich glaub, hier werd ich mich wohlfühlen. Vorerst jedenfalls, denn ich hab jetzt scho Heimweh nach meiner Wohnhöhle. Des alte Gemäuer is mir halt in den Jahren ans Herz gewachsen.

»Ich hab das Haus nach meinem Geschmack neu eingerichtet. Das Gelsenkirchener Barock hat meine Mutter nach Schnalzlreuth abtransportiert, und den Rest hab ich entsorgt. Ich musste nicht einmal den Sperrmüll-Abholdienst antanzen lassen, das haben alles die Nachbarn erledigt. Wie die Geier sind die drüber hergefallen.« Sie grinst und schenkt mir, als wir beim Frühstück sitzen, grünen Tee ein. Uuaah, schmeckt der greislich. Ich beschließ, schnellstens einen ordentlichen Kaffee zu besorgen.

Kurz darauf starten wir gemeinsam hinauf zum Schloss, wo die Mona gleich im »Eppelein« verschwindet und ich mich auf den Weg in die Schlossküche mach, um dort nach dem Rechten zu schauen.

Weil ich scho im Flur laute Stimmen hör, schleich ich mich auf Zehenspitzen näher an die geschlossene Tür hin. Mir soll ja kein Wörtla entgehen.

Offenbar gibt es eine größere Meinungsverschiedenheit: »Es war doch schee mit uns zwei, waaßt des nimmer? Alles tät ich für dich, Boris. Brauchst a Geld? Kein Problem, musst es bloß sag'n, ich hob genug auf dem Konto. Und wennst jemanden zum Reden brauchst, mir kannst fei alles erzählen. Ich halt immer zu dir, egal, was du ang'stellt hast.« Des is der Engel Silvie ihre Stimme, da bin ich mir sicher. »Jetzt zeig amol den Schmarrn auf deiner Backen her. Tut mir leid, des wollt ich ned, ehrlich.«

»Lass mich endlich in Ruh. Ich hab kaa Lust, mit dir zu poppen, begreif's halt endlich, Silvie. Du bist einfach ned mei Typ.«

»Aber die aufgerüschte Drutschn, des war wohl dein Typ, ha? An die hast dich ja gleich hinhängen müssen. Wohl, weil die was Besseres war. Die Cousine vom Grafen und a richtige Schauspielerin. Da konn so jemand wie ich freilich ned mithalten.«

»Ned, weil sie was Besseres war. Sie hat Klasse g'habt, die Nadja. Die war was ganz Besonderes. So a Frau wie die hab ich noch nie kennagelernt. Sie war der Hammer, so schee wie die war, und so clever. Und etzad is sie tot. Alles vorbei, bevor's noch richtig ang'fangen hod.« Ich hör den Nagler aufseufzen.

»Hast du sie am End erschlag'n, Boris? Wollt sie dich ned ranlassen, die eingebildete Sumpfkuh? Hast ihr deswegen eine aufs Hirn gezunden? Komm, erzähl's mir, ich verrat aa nix.« Die Engel Silvie lässt ned locker.

»Du hosd wärklich ned alle Latten am Zaun, Silvie, du bist echt a Fall für den Psychiater. Such dir wen anders zum Vögeln und lass mich vorbei. Du g'fällst ma ned, begreif's halt endlich.«

Bevor ich noch auf die Seite springen kann, fliegt mit einem sauberen Schwung die Tür auf.

»Aua, ich mein: Servus«, sag ich und reib mir den Nischl, weil der den Schlag mit der Tür abgekriegt hat.

»Die Dotterweich. Was willst'n du da? Spionierst widder die Kollegen aus? Hau bloß ab und geh mir ned auf den Sack. Dir müsst amol jemand richtig aane aufstreichen, weilst deine Knollennasen überall neihängst, du Bratarsch, du neugieriger.«

Er schubst mich grob beiseite und rauscht ab. Ich lug ums Eck in die Küche, derweil mir der Schädel dröhnt wie eine Kirchenglocke beim Mittagsläuten. Die Engel Silvie kniet am Boden und wischt des alte Blut von der Schönthal zsamm.

»Servus«, grüß ich.

»Was willst 'n du?«, keift sie unfreundlich.

»Fragen, ob du frühstücken magst.«

»Wenn ich was essen will, hol ich mir's scho selber. Und hör auf, mir schönzutun, weil du mich aushorchen willst.«

Dann halt ned. Ich glaub ja, dass die Silvie von Haus aus ein unfreundliches Naturell hat. Beim Nagler reißt sie sich zsamm, weil sie ihn ... Aber des wissen Sie ja scho.

Ich dreh mich um und reib mir auf dem Rückweg zum »Eppelein« die Beule auf meiner Stirn, die mit jeder Minute wächst. Dabei überleg ich, was ich heut fürs Personal kochen könnt. Geflügelleber in fränkischem Rotwein vielleicht? Des geht schnell und schmeckt gut. Außerdem liegt noch reichlich Geflügelleber im Kühlraum, die dringend wegmuss.

»Grüß dich, Sofie, wie geht's dir denn?«, ruf ich der Salat-schnecke zu, wie ich in die Küch komm, weil von der Edith, die an der Spüle steht, eh keine Antwort zu erwarten is.

»Des sog ich ned, ich bin kaa Ratschn.« Sie lacht und hackt weiter wie wild auf ihre Peterle ein. Erst dann schaut sie auf. »Allmächd, Dora, is am End der Watschnbaum umg'fallen, oder warum hast du so ein Mordstrumm Horn auf der Stirn?«

»Vielleicht könnt mir amol wer ein Eispack bringen, anstatt bloß dumm zu waafen?«, knurr ich.

Im Nu is die Mona mit einem Handtuch voller Eiswürfel zur Stell und presst es mir an die Stirn.

»Ich setz mich amol a paar Minuten nieder, weil's mir a weng schwindlig is«, murmel ich und verzieh mich mitsamt meinem Eispack hinüber in die Wirtsstube.

Dort hockt der Nagler auf dem Chef seinen Stammplatz und stiert mit leerem Blick vor sich hin. Auf seiner linken Backe zieht sich ein blutiger Kratzer von der Schläfe bis ans Kinn. Sakra, da hat einer oder eine aber ganz schön zugelangt. Obwohl's mir auch gewaltig in den Fingern juckt, ihm einen Maßkrug über seine öligen Zuhälterlocken zu ziehen, denk ich, es wär schlauer, nett zu ihm zu sein. Mit Honig fängt man bekanntlich mehr Mucken als wie mit Essig.

»Du, Boris, magst vielleicht einen kleinen Espresso? Oder einen großen Cappuccino?«, schmeichel ich scheinheilig.

Verdutzt schaut er mich an. So viel Freundlichkeit is er von mir ned gewohnt. »A Espresso wär jetzt recht«, sagt er dann. »A doppelter, wenn's geht.«

»Freilich geht des«, schnurr ich, leg das Eispack beiseite und hab ihm ruckzuck einen feinen Espresso gezapft. Ich schieb ihm die Tasse hin und hock mich ihm gegenüber an den Tisch. Er mustert mich über den Tassenrand hinweg. »A ganz schönes Horn hast da auf deiner Plattn, Dora. Tut mir leid, des wollt ich ned, des war kaa Absicht. Ich konnt ja ned wiss'n, dass du hinter der Tür lauerst.«

»Is scho recht, Boris. Mach dir deswegen kaane Gedanken. Des is ned so schlimm, des vergeht widder«, zeig ich mich versöhnlich. »Genau wie dei Kratzer.«

»Ich bin sonst ned gleich oben draußen, aber die Silvie … Die bringt mich echt zur Weißglut«, wettert er.

»Wieso denn? Des scheint doch a netts Madla zu sein. Und sie mag dich wärklich arg gern, des merkt a jeder. Außerdem is sie ganz fesch«, schwindel ich, ohne rot zu werden.

»Fesch? Die? Für aan mit zwaa Glasaugen vielleicht. Für mich ned«, schnaubt er verächtlich.

Ja, ich weiß scho. Die Sofie tät ihm schmecken oder die Mona. Aber da kannst mit dem Ofenrohr ins Gebirg schauen, mein Lieber, denk ich schadenfroh. Von denen zwei will nämlich keine was von dir.

»Aber wieso regt's dich so auf, wenn sie dich anhimmelt? Du bist doch sonst keiner von der schüchternen Sorte«, animier ich ihn zum Weiterreden.

»Die braucht doch bloß aan zum Vögeln, die Schlampen. Weiter hat die ja nix zu bieten. Kaane guten Gespräche, kaa Bildung, kaa Superfigur, nix. Mir gefall'n Frauen, die wo richtige Interessen haben. Hobbys halt. Ich brauch a Frau auf Augenhöh, aane, die wo was im Kopf hat und anständig is, so wie ich«, schnaubt er.

Da verschlägt's mir ja glatt die Sprache. Wer hätt denn ahnen können, dass der Nagler für seinen Anstand, Intellekt und edlen Charakter geliebt werden will? Ich jedenfalls ned. Und wie sollten denn bitte die Hobbys der zukünftigen Nagler-Frau aussehen, tät ich ihn am liebsten fragen. Drogen, Daddeln und Dampfplaudern?

»Die dackelt mir hinterher, egal, wo ich hingeh, und hängt mir ständig am Hosentürla«, kann er gar ned aufhören, sich über die Engel Silvie zu beschweren. »Des kann ich ned leiden, des is mir lästig. Ich mag zurückhaltende Frauen, die wo ein echtes Niveau ham, verstehst?«

Verstehe. Ob er Niveau mit Nivea verwechselt? Anscheinend is der Boris also mehr so der Typ charakterfester Eroberer. Wenn eine Frau von sich aus angreift, fühlt er sich sexuell belästigt. Interessant.

»So wie die Schönthal?«, frag ich. »Die war scho mehr nach deinem Gschmack, gell?«

Er stutzt, und seine Augen verengen sich zu Schlitzen. Bösartig wie eine Giftschlange stiert er mich an. »Ach, so is des. Jetzt hab ich es g'schnallt«, knurrt er. »Deswegen bist so scheißfreundlich zu mir. Du willst mich bloß ausfragen. Willst wissen, ob was g'wesen is zwischen ihr und mir. Des kannst aber gleich vergessen, du greisliche Presswurscht, dass ich ausgerechnet dir was erzähl'n tät. Was bildest du dir eigentlich ein? Dass du a Bulle bist, der wo einen jeden da heroben verhören darf? Schau bloß, dass dich schleichst, sonst fängst dir gleich noch a zweits Horn ein.«

Und weil er mich anschaut, wie wenn er seine Drohung auf der Stell wahrmachen wollt, mach ich mich ruckizucki vom Acker. Am besten, ich verdrück mich erst amol hinüber in die Schlossküche, um von dort die Geflügelleber fürs Abendessen zu holen.

Alles is penibel sauber, des muss ich der Engel Silvie lassen. Die Küche glänzt wie geleckt, und es riecht durchdringend nach Reinigungsmitteln. Keine Spur mehr von Blut oder dunklen Schlieren. Im Kühlschrank liegt alles so ordentlich sortiert und nach Verfallsdatum gestapelt, dass ich bloß so staun. Reschpekt, sag ich da. Bei mir schaut des fei nie so professionell aus. Sogar die Speisekammer hat sie aufgeräumt, obwohl des gar ned zu ihren Aufgaben gehört. Fleißig scheint's ja zu sein, des neue Hausmadla.

Ich geh hinüber in den Kühlraum, wo die Tiefkühlprodukte lagern. Minus einundzwanzig Grad, seh ich mit einem Blick auf des Thermometer. Da muss ich Gas geben und darf ned allzu lang umeinandertrödeln, des mit einer Unterkühlung geht nämlich ratzfatz. In aller Eile überflieg ich die Bestände, nehm ein großes Paket Geflügelleber aus einem Regal und dreh mich scho wieder zum Gehen um.

In dem Moment knallt die schwere Eisentür zu.

Allmächd, wie kann denn so was passieren? Hab ich etwa vergessen, sie am Wandhaken zu sichern? Mit meinem ganzen Gewicht stemm ich mich dagegen, aber sie rührt sich ned. Ned einen Millimeter. Ich probier's noch amol mit aller Kraft. Nix zu machen, sie bleibt zu. Hektisch durchsuch ich die Hosentaschen nach meinem Handy, aber ohne Erfolg. Bestimmt hab ich es bei der Mona daheim liegen lassen.

Weil's mir langsam elend kalt wird, hämmer ich mit den Fäusten an die Tür und schrei so laut, als tät ich am Grillspieß stecken. Aber es is ziemlich unwahrscheinlich, dass mich wer hört, weil sich erstens da herüben außer der Gräfin oben im zweiten Stock keiner aufhält und weil zweitens die Eisentür mindestens zehn Zentimeter dick is. Wer bitt schön soll mich da schreien hören? Mittlerweile schlotter ich von Kopf bis Fuß, meine Händ und Zehen sind scho ganz gefühllos. Die frieren grad ab, befürcht ich und schrei vor lauter Panik gleich noch a weng lauter. Wenn ned auf der Stell einer kommt und die Tür aufmacht, halt ich die Minustemperatur in dem dünnen Sommerhemdla vielleicht noch fünf Minuten aus, aber bestimmt ned eine Sekunde länger. Ich merk, wie ich von unten her einfrier, weil ned bloß meine Füß, sondern jetzt auch scho meine Unterschenkel bis übers Knie hinauf vollkommen taub sind.

»Hilfe!«, brüll ich aus Leibeskräften und trommel wie narrisch an die Tür. »Ich bin hier drinnen!« Dann horch ich. Nix, kein Laut. Lang wird's nimmer dauern, dann bin ich ein menschlicher Eiszapfen.

»Hilfe!«, heul ich jetzt laut vor Angst, weil mir immer klarer wird, dass keiner kommen und mich hier rausholen wird. Dann werd ich zwischen Schäufele und Angus-Steak mein Leben aushauchen, in der Hand die Geflügelleber fürs Mittagessen. Kein schöner Tod, ned amol für eine leidenschaftliche Köchin, wie ich eine bin.

»Hiiiilfeee!«

Mit einem dumpfen Schlag fliegt die Tür auf.

»Ach Gottla, Frau Dotterweich!«

Schockgefrostet fall ich dem Maunzer in die ausgebreiteten Arme. Vor lauter Kält hab ich keine Kraft mehr, mich auf den Füßen zu halten.

»Was treib'n denn Sie da in dem Kühlraum?«, fragt er, während er mich auf den Gang hinauszieht, mich vorsichtig zu Boden gleiten lässt und meinen Kopf auf seine Strickjacke bettet. Wie er von mir keine Antwort bekommt, zieht er sein Handy aus der Hosentasche.

»Herr Janzen, komma Sa schnell!«, ruft er hinein. »Es is wos passiert. Widder drüben in der Schlossküchen, Sie wiss'n scho. – Ja, ich wart auf Ihnan.«

So gefroren hab ich wirklich noch nie, nie, nie in meinem Leben. Ich zitter noch immer von den rauhbereiften Haarspitzen bis zu den abgestorbenen Zehen, dazu klappern meine Zähne wie die Mühle am rauschenden Bach. Meine Händ sind so blau gefroren, dass ich die Finger kaum noch spüren, geschweige denn bewegen kann, und anstelle vom Magen hab ich einen dicken Eisklumpen im Bauch.

»Maunzer, was ist los? Warum liegt Frau Dotterweich …?«, hör ich plötzlich den Janzen, und scho kniet er neben mir. Wie er mich jammern hört, reißt er sich sein edles Seidenjackett vom Leib und breitet es über mich.

»Los, Maunzer, helfen Sie mir. Wir müssen sie schnellstens ins Warme bringen. Sie ist unterkühlt und darf auf keinen Fall noch länger auf den kalten Fliesen liegen.«

Die zwei Kriminaler hieven mich in eine aufrechte Position, stützen mich auf beiden Seiten und schleifen mich über den Schlosshof an Grillstation, Bühne und Venusbrunnen vorbei hinüber zum Pförtnerhäusla.

»Warum lässt der Graf nicht endlich dieses verdammte Gerümpel abtransportieren?«, schimpft der Janzen beim Anblick
der Überbleibsel der geplanten Geburtstagsfeier. »Das steht
doch nur im Weg rum!«

»Weil er erscht amol die Rechnungen für den Aufbau zahl'n
soll«, antwortet der Maunzer. »Aber weil er so viel Kohle ned
hod, bleibt des Graffel vorerscht da steh'n, wo's steht.«

Aha, denk ich, jetzt weiß ich des also auch.

»Jessas, Muckl, wos is denn passiert? Hallo, Sie da, wos hod sie
denn? Babba, schnell, kumm her!« Meine Mutter is fast so starr
vor Schreck wie ich vor Kälte, wie sie mich wie einen nassen
Sack zwischen den beiden Männern hängen sieht.

»Rasch, eine Decke. Oder besser zwei. Auf die Couch mit
ihr, Maunzer, hopphopp.« Vorsichtig lässt mich der Hauptkommissar auf die Polster sinken und schiebt mir die rosafarbenen Kissen unter den Kopf. Dann wickelt er mich in den
pinkfarbenen Überwurf und deckt mich mit einem Federbett
zu, des mein Vater eilig aus dem Schlafzimmer geholt hat.

»Haben Sie denn keine Wärmflasche?«, herrscht er meine
Mutter an. »Nein? Ja? Dann her damit, aber ein bisschen plötz-
lich. Frau Dotterweich ist völlig unterkühlt. Rufen Sie den
Notarzt, Maunzer.«

»Naa, bitte ned«, fleh ich ihn an. »Ich bin ned verletzt, ich
frier bloß a weng, sonst nix. Ich brauch kaan Doktor ned.«

Meine Mutter schiebt mir die heiße Wärmflasche unter die
Füße, und gleich fühl ich mich besser.

»Danke, Herr Maunzer«, hauch ich. »Sie haben mir tatsächlich des Leben gerettet.«

»Wenn Sie auch so nachlässig sind und die Kühlkammertür
nicht sichern, bevor Sie hineingehen. So tüddelig sind wirklich nur Sie, Frau Dotterweich.« Der Hauptkommissar klingt
scho wieder ganz wie der alte Fischkopf, der mir mit seinem
ständigen Gezeter tierisch auf die Nerven geht.

»Naa, des stimmt so aber ned«, verteidigt mich Ritter
Maunzer sofort. »Die Tür wor fest zu, mit vorg'legtem Schließ-

hebel. Des hod die Frau Dotterweich gwies ned selber g'macht, den hod aaner von außen nuntergedrückt und fixiert. Um die Frau Dotterweich in der Kühlkammer einzusperren. Wenn ich ned zufällig in der Grillstation nach der Dadwaffe gesucht und hinterher noch amol schnell in der Schlossküchen vorbeig'schaut hätt, des Bumbern und Gschrei hätt kaana gehört. Do wär jede Hilfe zu spät kumma. Sie wär jetzt mausedod. Zu aam Eisbatzen zsammgefroren, könnt ma sagen.«

Der Maunzer is mein Held, der wo sich eine extrafeine Belohnung verdient hat, des is ja wohl klar wie Klößbrüh.

»Aha, Sie haben kurz in der Schlossküche vorbeigeschaut. Wohl in der Hoffnung auf ein leckeres Stück Kuchen und einen Cappuccino, was, Maunzer?« Die Silberlocke schüttelt ärgerlich den Kopf. »Aber dieses Mal hat Ihre Fresslust Frau Dotterweich das Leben gerettet, dafür kann ich Sie ja nicht rügen.« Er stutzt und wendet sich mir zu. »Aber sagen Sie mal, Frau Dotterweich, wem Sie so auf die Füße gestiegen sind, dass er Sie schockfrosten wollte? Wer will Sie im wahrsten Sinne des Wortes kaltmachen?« Er schaut mich ausgesprochen unfreundlich an. »Haben Sie etwa wieder herumgeschnüffelt? Ihre Kollegen ›verhört‹? Sind Sie wieder irgendwo eingebrochen und haben die Unterwäsche eines Kollegen durchwühlt, so wie bei unserem letzten Fall?«

Ich lauf schamrot an, weil meine Eltern mich einigermaßen verwundert mustern. Unsere Tochter schnüffelt in der Unterwäsche fremder Kerle umeinand, was geht denn da ab?, fragen ihre Blicke.

»Naa, wärklich ned, Herr Hauptkommissar«, wehr ich kraftlos ab. »Da tun Sie mir jetzt aber unrecht. Weder hab ich jemanden ›verhört‹ noch rumgeschnüffelt. Denken Sie halt ned immer des Schlechteste von mir.« Von der Missstimmung zwischen dem Nagler, der Engel Silvie und mir erzähl ich lieber nix, sonst kriegt der grätige Herr Kriminaler am End doch noch einen völlig falschen Eindruck. »Der Herr Maunzer hat sich ein ganz dickes Lob verdient und keinen Anschiss, tät ich meinen. Dafür, dass er mich gerettet hat wie ein echter Marvel-

Superheld. Sonst hätten Sie jetzt nämlich zwei Mordfälle anstatt nur einen an der Backe. Herr Maunzer, Sie kriegen von mir die allerfeinsten Mandelkracher, die wo Sie jemals gegessen haben, des versprech ich Ihnan. A ganzes Blech für Sie allein.«

»Und ich koch Ihnan etzadla des weltbeste Warmbier, Frau Dotterweich!«, strahlt er mich an. »Nach dem Geheimrezept von meiner Oma. Aber ned weitergeben, des Rezept, gell? Nix is a bessere Vorbeugung gegen Erkältung und Grippn als wie ein ordentlicher Schluck Warmbier. Ham Sie zufällig a Bier im Haus?«

»Freilich«, mischt sich der Babba ein. »Im Kühlschrank stänga zwaa Huppendorfer. Nehma Sa sich, wos Sie brauch'n.«

Des lässt sich der Jungspund ned zweimol sagen.

Und weil sie mir so prima geholfen hat, werd ich Ihnen des Rezept für dem Maunzer seine »Wunderwaffe« ned vorenthalten. Es steht am Kapitelende. Aber erzählen Sie des bloß keinem!

Ein paar Minuten später kommt der Jungspund mit dem dampfenden Gebräu vom Herd zu mir zurück, stützt mich, wie ich meinen Oberkörper aufricht, und löffelt mir des heiße Gesöff in den Mund. Geschmacklich trifft es ned ganz ins Schwarze, aber dafür wird's mir warm, und zwar ned bloß ums Herz. Eine Hitzewelle breitet sich vom Magen her in meinem Körper aus, und meine Energie kehrt zurück. Des is ja ein richtiger Zaubertrank, denk ich, so einer, in den wo der Obelix als Kind hineingefallen is. Obwohl ich am liebsten gleich aufspringen tät, presst mich der Babba in die Kissen zurück. Er und die Mama schwirren konfus um mich rum, wie wenn sie waschechte Helikoptereltern wären.

»Wenn mir g'wisst hätten, wie gefährlich der Job bei dera Grafenfamilie is, dann hätten mir dich scho längst wegg'holt, gell, Babba? Ned aan Tag länger bleibst du da heroben. Du kündigst auf der Stell fristlos, hosd mich verstand'n?« Für die Mama bin und bleib ich auf Lebenszeit fünf Jahre alt, des hat sich trotz meiner fünfunddreißig Lenze ned geändert und wird es wahrscheinlich auch nie. »Des is ja ein wahres Mördernest, dieses Schloss.«

Ich lass sie reden. Mir is nämlich grad was anderes eingefallen. »Herr Maunzer?«

Er setzt sich zu mir auf die Sofakante.

»Wenn Sie in der Grillstation nach der Tatwaffe g'sucht haben, heißt des doch, dass Sie die immer noch ned gefunden haben, is des richtig?«

Bevor der Maunzer antworten kann, grätscht der Fischkopf dazwischen: »Unsere Ermittlungen gehen Sie nichts an, Frau Dotterweich. Vielleicht erinnern Sie sich: wir Mordkommission, Sie Köchin. Wir ermitteln, Sie kochen. Hatten wir das nicht genau so vereinbart? Sie, Frau Dotterweich, halten sich aus unseren Ermittlungen heraus und Sie, Maunzer, Ihren Sabbel. Und das ist keine Empfehlung, sondern eine Dienstanweisung. Sollten Sie dieser zuwiderhandeln, können Sie sich eine neue Dienststelle suchen, haben wir uns verstanden? Und nun beenden wir diesen kleinen Klönschnack, gehen wieder an unsere Arbeit, und Frau Dotterweich macht es sich muckelig auf ihrer Couch, war das jetzt deutlich genug?«

Der Maunzer springt auf wie von der Tarantel gestochen und sprintet seinem Vorgesetzten hinterher.

Kaum sind sie außer Sichtweite, wickel ich mich aus meinem Deckenkokon.

»Ja, was machst du denn da, Muckl? Bleib halt liegen und ruh dich aus«, jammert meine Mutter.

»Nix da, ich hab viel zu viel zu tun. Da kann ich ned faul auf dem Sofa rumflacken.«

»Ja, Dora, wo hosd denn den ganzen Vormittag g'steckt?«, will die Sofie wissen, wie ich in die Küche stürme. »Weil du ned do worst, ham die Mona und ich Hackfleischküchla mit Gelba Rubm und Solzkartoffeln fürs Personal g'macht. Des is dir doch recht, oder?«

Ich stöhn auf. Mir wär momentan alles recht, sogar Ratte in Aspik.

Von dem Vorfall in der Kühlkammer scheint zum Glück von den Kollegen keiner was mitgekriegt zu haben. Des hätt bloß wieder unnötig Aufregung und Getratsche gegeben, und des kann ich momentan überhaupts ned brauchen.

»Freilich, bassd scho«, bestätige ich. »Wo steckt denn die Mona?«

»Die wollt mit dem Chef wos besprech'n, aber der is verschwunden. Mir such'n ihn scho seit heit in der Früh. Aber ned amol sei Fraa waaß, wo er steckt.«

»Vielleicht is er auf Nürnberg zur Bank gefahren?«, mutmaß ich, weil ich ja weiß, dass es langsam arg eng wird mit dem Bezahlen der vielen Rechnungen.

»Aber do hätt er doch Bescheid g'socht«, antwortet die Sofie und hat damit recht. »Hoffentlich is ihm nix bassiert.«

Ich erinner mich, dass er vor Kurzem noch gesagt hat, es wär die beste Lösung, sich zu erschießen. Er wird doch ned tatsächlich …? Obwohl ich vor Kurzem noch gefroren hab wie ein Schneider, wird's mir auf amol mächtig warm.

»Hopp, Sofie«, sag ich, »trommel die anderen zsamm, die Kellner, den Sebbi und den Biergärtner. Wir müssen den Chef suchen. Treffpunkt Venusbrunnen. Schick di, es pressiert!«

Ich schnapp mir des Haustelefon und ruf in der Grafenwohnung an, weil ich die vage Hoffnung hab, dass er zwischenzeitlich wieder aufgetaucht is und gemütlich an seinem Schreibtisch hockt. Aber es meldet sich die Gräfin.

»Grüß Gott, Gräfin Freya, is Ihr Mann in der Zwischenzeit heimg'kommen?«

»Ach, Dora, Sie sind's. Nein, ich versuche schon seit Stunden, ihn auf seinem Mobiltelefon zu erreichen. Es klingelt zwar, aber er nimmt nicht ab.«

Ich informier sie, dass ich einen Suchtrupp zsammstell, um im Schloss nach ihrem Mann zu suchen.

»Warten Sie auf mich. In fünf Minuten bin ich am Brunnen«, sagt sie und legt auf, bevor ich etwas erwidern kann.

Die Venus in ihrer Muschel auf dem Brunnen schaut zu, wie wir alle unschlüssig herumstehen und Vermutungen austauschen, bis endlich die Chefin eintrifft.

»Wir teilen uns auf«, übernimmt sie gleich des Kommando. »Sie, Dora, begleiten mich. Wir beide durchsuchen die Wohnräume im zweiten Stock. Frau Schmälzich und Frau Burger schauen in sämtlichen Vorratskammern und Kühlräumen nach und die Herren Gabler und Nagler in der Bibliothek, der Waffenkammer, dem Jagdzimmer und der Gemäldegalerie im ersten Stock. Herr Böhner und Frau Engel übernehmen die Räume entlang des Ost-West-Gangs und Sie, Herr Biergärtner, die Keller. Aber vergessen Sie die Folterkammer nicht.«

Die meisten von uns zucken zsamm, wie sie des Wort »Folterkammer« hören. Auch mich schaudert's. Ich mach alles, bloß ned dort unten suchen. Aber der Bierdümpfel is genau der richtige Mann für so eine Heldentat. Ein gestandenes Mannsbild, des wo sich vor nix und niemandem fürchtet. Die ganze Mannschaft grinst schadenfroh: Die gräfliche Anweisung hat ausnahmsweis amol den Richtigen getroffen.

In einem Schloss mit mehr als sechzig Zimmern nach einer einzelnen Person zu suchen, selbst zu neunt, is ziemlich sportlich, weil es ungefähr tausend Verstecke gibt. So viele dunkle Ecken, Winkel und Nischen, da kommt kein Mensch drauf. Außerdem stehen bei uns alte Schränke herum, die innen so geräumig sind wie ein kleines Zimmer. Wenn man ned gefunden werden will, findet einen auch keiner, so einfach is des, denk ich pessimistisch. Und es is ja auch gar ned sicher, dass sich der Chef überhaupt im Schloss aufhält. Er könnt sonst wo sein. Beim Weinhändler zum Beispiel. Bei einem Pächter im Dorf. Oder beim Caterer wegen der Rechnung. Da gibt's ebenfalls fast tausend Möglichkeiten.

»In spätestens anderthalb Stunden treffen wir uns in der Wirtsstube. Wer vorher etwas findet, ruft auf meinem Mobiltelefon an. Los geht's.« Die Chefin hat gesprochen, und alle machen sich auf den Weg.

Hinter der Gräfin Freya steig ich hinauf in den zweiten Stock. Obwohl ich scho fast drei Jahre auf dem Schloss wohn und arbeit, kenn ich längst ned jedes Zimmer in diesem Riesenschuppen. Aber ich weiß, dass sich hier oben der Wohnbereich vom Chef und seiner Frau befindet, außerdem verschiedene Gäste- und Badezimmer und die Wohnung, die der alte Graf, der Vater vom Chef, bewohnt hat. Alles in allem mindestens zwölf Zimmer. Ich hab mir noch nie die Müh gemacht, sie zu zählen.

Gräfin Freya öffnet eine Tür nach der anderen, und wir schauen uns um. Aber keine Spur von ihrem Ehemann.

»Seine Aktentasche liegt nicht auf dem Schreibtisch, also könnte er bei einer Geschäftsbesprechung sein«, stellt sie fest, wie wir ins gräfliche Arbeitszimmer kommen. »Allerdings hängt sein gutes Jackett an der Garderobe, aber seine Wald- und Wiesenschuhe und die Lodenjacke fehlen. Vielleicht hat er einen Termin mit dem Jagdpächter.«

Wie ich zufällig aus dem Fenster schau, seh ich neben dem Brunnen die Kriminaler aus ihrem BMW steigen. Wahrscheinlich waren sie kurz in Lauenburg unten; vielleicht, um die Gabler Hanni zu befragen. Ich reiß des Fenster auf und ruf ihnen zu, heraufzukommen.

Eine Minute später erklärt ihnen die Chefin, dass wir auf der Suche nach ihrem verschwundenen Mann sind.

»Seit wann ist der Graf denn abgängig?«, will der Janzen wissen. »Und hat er wirklich niemanden über seinen Tagesablauf informiert? Und wenn ja, ist es seine Art, einfach so zu verschwinden?«

»Nein, auf keinen Fall. Das ist noch nie vorgekommen«, erwidert die Gräfin nachdrücklich.

»Da is der Chef ganz zuverlässig. Er sagt uns immer, wenn er länger fort is«, bestätige ich.

»Schön, dass Sie schon wieder einsatzbereit sind, Frau Dotterweich«, zischt mir der Fischkopf grätig zu. »Dann helfen wir Ihnen jetzt beim Suchen, Gräfin. Kommen Sie, Maunzer, wir nehmen noch einmal den Außenbereich genauer unter die Lupe. Vier Augen sehen mehr als zwei.« Und scho sind die zwei verschwunden.

Wie die Chefin die Wohnung vom alten Grafen aufschließt, schlägt uns ein elender Mief nach altem Mann, dreckigen Socken und vergilbten Büchern entgegen. Am liebsten tät ich mir die Nase zuhalten. Die Möbel schauen aus, wie wenn scho Heinrich der Löwe in ihnen gehaust hätt. Echte Antiquitäten, aber halt so eher von der muffigen Art. Da gefällt mir die Einrichtung von seinem Sohn scho besser, hell und komfortabel, aber ned so königlich-bayerisch wie in dem Alten seinem Domizil. Dass der Chef ned ausgerechnet hier rumhockt, hätten wir uns eigentlich denken können. Freiwillig hält sich hier niemand länger auf als wie unbedingt notwendig. Die Engel Silvie könnt ja amol durchlüften und Staub wischen, find ich, dann tät es da herinnen ned gar so ranzeln.

Wie ich wieder amol einen Blick aus dem offenen Fenster werf, krabbeln die Kommissare gebückt im Bühnenaufbau umeinander. Und grad, wie ich des Fenster schließen will, schreit unten im Hof der Maunzer: »Fund! Fund!«

»Fund?« Sofort steht die Gräfin neben mir. »Was soll das heißen? Hat er meinen Mann gefunden?« In ihrem Gesicht und am Hals blühen rote Hektikflecken auf. Pfeilgeschwind schießt sie an mir vorbei, den Gang entlang und die Treppe hinunter.

Ich schlapp ihr ein bisserla langsamer hinten nach und seh, wie ich mich auf dem Hof zwischen den Gerüsten durchschieb, die Gräfin am Boden kauern. Neben ihr liegt bewegungslos ihr Mann, um die beiden herum stehen der Janzen und der Maunzer.

»Um Gottes willen, was is denn gescheh'n?«, ruf ich. »Was is mit dem Chef? Lebt er?« Ich bin zu Tode erschrocken. Sein Gesicht und auch der Rest vom Kopf sind voller Blut, genau wie vor ein paar Tagen bei seiner Cousine. Bloß liegt er auf dem Rücken und ned mit dem Gesicht in einer Blutlache.

»Ja, er atmet und hat Puls, wenn auch nur einen schwachen. Aber er ist bewusstlos.« Der Janzen starrt auf ihn hinunter. »Der Notarzt ist unterwegs.«

»Und ich hob die Dadwaffe gefund'n.« Der Maunzer strahlt vor lauter Stolz wie ein Kronleuchter. Er hebt einen durchsichtigen Plastikbeutel hoch, in dem ein blutverschmiertes Stück Stahlrohr steckt, genau so eins, wie für den Aufbau der Gerüste verwendet wurde. »Ich fress an Besen mitsamt dera Putzfraa, wenn damit ned unser Mordopfer erschlag'n worden is.«

»Nu mal immer schön halblang, Maunzer, noch ist nichts bewiesen«, bremst ihn der Janzen. »Die Kriminaltechnik muss das Rohr erst einmal untersuchen, bevor wir öffentlich solche Behauptungen aufstellen.«

In dem Moment schlägt der Chef die Augen auf und versucht, den Kopf zu heben. Vergeblich.

»Was ist passiert? Wo bin ich?«, stammelt er kaum verständlich.

»Bleib liegen und beweg dich nicht, Karl-Gustav«, sagt die Gräfin. »Du hast eine Kopfwunde, aber der Arzt wird gleich hier sein. Jemand hat dich niedergeschlagen.«

»Konnten Sie erkennen, wer Sie angegriffen hat, Graf Lauenfels? Erinnern Sie sich, wie es dazu kam?« Der Janzen beugt sich jetzt ganz tief zu dem Verletzten hinunter, damit ihm auch ja kein Wort von dem entgeht, was der vor sich hin murmelt.

Nach und nach trudeln die anderen ein und stellen sich hilflos um den Grafen herum. Die Engel Silvie und der Sebbi tuscheln miteinander, der Nagler steht abseits und raucht mit gierigen Zügen, und der Alex hat sich neben die Sofie platziert. Wahrscheinlich tät er ihr gern den Arm um die Schultern legen, traut sich aber ned so recht. Dabei tät des der Sofie bestimmt gefallen. Dem Kerl muss ich amol einen dezenten Schumberer geben, dass da endlich was zsammgeht mit denen zwei, denk ich.

»Machen Sie Platz, lassen Sie mich durch!« Der Notarzt kennt sich bei uns scho richtig gut aus, weil er irgendwie öfter da heroben zu tun hat als wie bei andere Leut. Drum kommt er auch ab und zu im »Eppelein« vorbei und sagt dann immer, er würd »nach dem Rechten schauen«. Wahrscheinlich mutmaßt er, dass bei uns jeden Tag ein Überfallopfer umeinanderliegt. Jetzt kniet er neben dem Grafen und fingert vorsichtig an dessen Verletzung herum.

»Holt mal die Trage, Männer, wir nehmen den Grafen mit in die Uniklinik Erlangen. Sein Kopf muss geröntgt werden, vielleicht brauchen wir sogar ein MRT.« Er steht auf, klopft sich den Staub von der Hose und beobachtet, wie die Sanitäter den Verletzten auf die Trage hieven.

»Ich begleite Sie, Dr. Haager«, sagt die Chefin. »Silvie, bringen Sie mir bitte meine grüne Jacke und die Handtasche.«

Des Hausmadla rennt los, um des Gewünschte zu holen, während der Graf im Krankenwagen verstaut wird.

Sobald die Engel Silvie voll beladen wieder da ist, schlüpft die Gräfin in den Janker und nimmt ihre Tasche entgegen. Dann steigen sie und der Arzt in den Krankenwagen, der kurz darauf vom Hof rollt.

»Allmächd, nimmt des mit dem Mord und Totschlag denn gar kein End im Schloss?«, fragt die Sofie ganz erschüttert. »Erscht der alte Graf, dann sei Patenkind und jetzt sei Sohn. Vielleicht treibt ja a Serienmörder sein Unwesen?«

»Unmöglich, Frau Burger«, belehrt sie sogleich die Silberlocke. »Der Mörder von Graf Lauenfels senior wurde ja verurteilt und sitzt im Maßregelvollzug im Bezirkskrankenhaus Bayreuth ein. Außerdem ist Graf Karl-Gustav ja noch recht lebendig, wenn ich mich recht erinnere. Und eine einzige weitere Leiche ergäbe auch noch keine Serie, das wäre dann schlichtweg ein Doppelmord.«

»Vielleicht findet ja der Geist vom alten Grafen im Grab kaa Ruh und spukt deshalb bei uns rum.« Es scheint wirklich so, als würd es die Sofie wild und dramatisch mögen.

»Genau, und das Gespenst schlägt mit einem Stahlrohr um sich.« Janzen schüttelt den Kopf. »Liebe Frau Burger, das kann doch nicht Ihr Ernst sein! Bei dem Täter handelt es sich natürlich um eine sehr reale Person. Es könnte durchaus jemand von außen sein, ein Fremder, der sich unbemerkt eingeschlichen hat und auch wieder verschwunden ist, ohne gesehen zu werden. Vielleicht ein Stammgast vom ›Eppelein‹, der die Örtlichkeiten gut kennt, oder jemand aus dem Dorf. Graf Lauenfels hat doch sicher nicht nur Freunde, vielleicht fühlt sich irgendjemand übervorteilt, auch wenn es dafür keinen Grund gibt. Bestimmt gibt es Neider oder missgünstige Leute, die noch eine Rechnung mit ihm offen haben. Auf jeden Fall könnte das Stahlrohr tatsächlich die gesuchte Mordwaffe sein, weshalb ich es sofort in die Kriminaltechnik bringen werde.«

Des mit der offenen Rechnung stimmt, leider. Und ich denk, dass es ned nur einer is, dem der Graf etwas schuldet.

Nachdem der Janzen den Maunzer zu sich gewunken und ihm etwas ins Ohr geflüstert hat, schwingt er sich in den schwarzen BMW mit dem Bamberger Kennzeichen und braust davon.

»Also, ich soll auf alles do im Schloss a wachsames Aug hom und Obacht geb'n, dass nix bassiert, hod der Hauptkommissar g'socht«, teilt uns der Maunzer schließlich mit und fühlt sich sichtlich unwohl mit der Aufgabe. »Ich glaub, ich schau amol nach, ob ich ned noch irgendwo irgendwelche Spuren find.« Spricht's und taucht wieder im Bühnenaufbau ab.

Und ich verzupf mich in die Küche, um derweil dem Maunzer wie versprochen seine Mandelkracher zu backen, weil ich gestern ein Rezept von der Oma dafür gefunden hab.

Kaum zieht des feine Aroma von frisch gebackenen Mandelplätzchen durch die Küche, steht auch scho der Maunzer auf der Matte.

»Wie gut des riecht, des is ja der Hammer. Bis in den Hof naus.« Er schaut, wie wenn er am liebsten auf der Stell in eine der duftenden Rauten hineinbeißen tät, aber die Kracher müssen erst noch abkühlen.

»Wollen Sie fürs Erste einen Cappuccino? Oder lieber einen Milchkaffee?«, frag ich und stell ihm einen von den Spritzkuchen hin, die die Hanni ihrem Bruder Alex für das Personal mitgegeben hat. »A kleine Pause ham Sa sich verdient. Sie waren heit ja mit aam wahren Feuereifer bei der Arbeit.«

»Recht scheena Dank!«, strahlt er und beißt mit Genuss in das fettige Gebäck. »Saugut is des. Haben Sie des gemacht?«

»Naa, für Schmalzgebackenes is bei uns normalerweis die Gabler Hanni zuständig. Obwohl ich des natürlich auch könnt, aber es is halt a Mordsarbeit, für die ich meistens kaa Zeit hab.«

Wie er aufgegessen hat, putzt er sich umständlich die Hände an einem Stofftaschentuch ab.

»Und? Was gibt's Neues in Bamberg drin? Is die Schönthal scho obduziert worden? Was sagt denn der Gerichtsmediziner?«, erkundig ich mich. Fei ned, dass jetzt wer denkt, ich wär übertrieben neugierig, ich interessier mich halt bloß für den Ermittlungsstand. Des is doch normal, oder ebba ned?

Der Kommissar-Jungspund schaut sich misstrauisch um, wie wenn sein Chef hinter dem Kühlschrank hocken und nur auf den unerlaubten Austausch von Geheiminformationen lauern tät.

»Wollt'n Sa mir ned scho lang amol Ihre Speis zeigen?«, fragt er schließlich.

Ich stutz und schüttel den Kopf. Ich ihm die Speisekammer zeigen? Naa, wieso denn?

»Doch, doch, Frau Dotterweich.« Er packt mich am Arm und zieht mich in die Speisekammer. Dann achtet er darauf, dass die Tür fest hinter uns geschlossen is, und lehnt sich auch noch mit dem Hintern dagegen.

»Sie wiss'n doch, dass ich's ned riskieren kann, mich noch amol dabei erwischen zu loss'n, wie ich mit Ihnan über Ermittlungsergebnisse red. Der Chef schmeißt mich hochkant naus, wenn er dahinterkommt, und dann regel ich für die nächsten fünf Jahr den Verkehr in Hinteroberdümpfelbach.«

Stimmt, daran hab ich gar nimmer gedacht.

»Und ja, die Schönthal is obduziert wor'n. Der Bericht is gestern reikumma«, erzählt er.

»Und? Is sie an der Kopfwunde g'storben?«

»Ja, der Schädelknochen is gebrochen und a Knochensplitter ins Gehirn eingedrunga. Sie wor auf der Stell tot. Aber lang hätt sie's eh nimmer g'macht.«

»Was soll denn des heißen? Die war doch noch ned amol fünfundzwanzig«, staun ich.

Er nickt mitleidig. »Scho, aber hochgradig rauschgiftsüchtig. In der ihrem Blut is so vill Kokain, Crystal Meth und Ecstasy festgestellt wor'n, damit hätt sa die Rolling Stones glatt a

Jahr lang versorg'n könna. Ihre Nasenscheidewand wor total zsammg'fressen. A Matschnasen wie aus dem Lehrbuch, hod der Gerichtsmediziner g'socht. Und die Leber und Nieren schaua wohl aus wie von aam achtzigjährigen Alkoholiker. Der Suff hod sie fertichg'macht, und natürlich aa die Drogen. Ach ja, sie hod eins Komma acht Promille intus g'habt, und in ihr'm Magen is nix weiter g'funden wor'n als wie a große Menge Alkohol und verschiedene Fruchtsäfte. Gegess'n hod die anscheinend nix. Mich hod's ja am meisten gewundert, wie man tagelang do heroben bei Ihnan wohna kann, ohne an Bissen zu sich zu nehmen.«

So stark wundern tut mich des jetzt ned. Da hat der pferdebeschwanzte Barkeeper aus Forchheim also recht behalten. Am liebsten würd ich dem Maunzer ja auf der Stell die Story von dem geplanten Geschäft zwischen dem Opfer und dem Nagler erzählen und dass ich glaub, dass der Kellner irgendwie in dem Mord mit drinhängt. Aber erst will ich probieren, ob ich ned selber rauskrieg, was die zwei tatsächlich miteinander getrieben haben. Is es bloß um eine läppische Sexgeschichte gegangen oder vielleicht doch um einen größeren Drogendeal?

»Gibt's denn aa was Neues über die Tatwaffe? Was meint der Pathologe dazu?«, hak ich nach.

»Des is aa so a seltsame Gschicht, gell? Der Dokter sogt, dass die Wunde sorgfältig gesäubert worden is, und zwor mit aaner hochprozentigen Essigessenz. Do bleibt nix mehr übrig, die ätzt jede noch so klaane Spur weg. Die Tatwaffe war ein stumpfer Gegenstand, mehr war nimmer festzustellen. Und dass damit zwei Schläg mit großer Wucht ausgeführt wor'n sin. Ich glaab ja, dass es des Stahlrohr wor, mit dem aa der Graf umg'haut wor'n is. Des untersucht die Spusi scho noch.« Er hält kurz inne und sieht so aus, wie wenn er scharf nachdenken tät. »Der Hauptverdächtige für mein Chef is jetzt der aane Kellner, der Nagler, weil der mit dem Opfer die letzten Stunden vor ihrem Tod beieinander wor. Obwohl bei der Toten nix auf aan GV, also aan Geschlechtsverkehr, vor dem Tod hinweist. Also nix mit: Erscht ein liebes Wort und dann ein Mord.«

»Danke, dass Sie mir des alles erzählen, Herr Maunzer. Ich behalt's auch gwies für mich, versprochen. Und jetzt pack ich Ihnan Ihre Mandelkracher ein. Die könna Sa mit heimnehma und nach Feierabend ein gutes Gläsla Frankenwein dazu trinken.« Ich schieb den Maunzer beiseite und öffne die Tür der Speis.

Davor steht Hauptkommissar Janzen.

»Ja, wen haben wir denn da? Kollege Maunzer und seine Lieblingsköchin bei einem vertraulichen Tête-à-Tête in der Speisekammer. Wie gut, dass ich noch einmal zurückgekommen bin, sonst wäre mir dieses kuschelige Treffen womöglich entgangen. Was gab es denn so Geheimnisvolles zu besprechen, dass Sie sich hierhin verkriechen mussten? Doch nicht etwa Ermittlungsergebnisse, die keinen außerhalb des Kommissariats etwas angehen? Maunzer?«

Direkt vor mir hat er sich aufgebaut, die Augen quellen ihm schier aus den Höhlen, sein Gesicht färbt sich dunkelrot. Er schnaubt vor Wut, und wenn er Hörner hätt, tät er mich auf der Stell damit aufspießen.

Wir zwei Unglücksraben, also, der Maunzer und ich, wir sind vor Schreck erstarrt.

»Was woll'n Sie eigentlich?« Ich hab mich als Erste wieder gefasst. »Was soll der Herr Maunzer denn ausgeplaudert ham? Ich hab ihm doch bloß des Rezept für die Mandelkracher verraten, sonst nix. Is des wohl jetzt aa scho verboten?«

»Wollen Sie mich auf den Arm nehmen, Frau Dotterweich?« Der Janzen scheint mehr als bloß ein bisschen misstrauisch zu sein. »Ein dusseliges Rezept? Und deshalb schließen Sie sich beide hier ein?«

»Ja, weil's ein altes Familienrezept von meiner Oma is, deswega. Des geht kaan anderen was an, und vor allem is es ned dusselig, verstanden?«, schnauz ich schmallippig. »Ihnan zum Beispiel tät ich's niemals verraten.«

»Was soll das hier werden? Dora Dotterweichs Märchenstunde?« Mittlerweile dampft dem Janzen der Ärger förmlich aus jeder Pore. »Halten Sie sich aus unseren Ermittlungen heraus, verdammt noch mal! Und unterlassen Sie es, diesem Dösbaddel noch mehr Informationen aus der Nase zu ziehen! Wir wissen doch beide, dass er bei jeder Gelegenheit wie ein Waschweib sabbelt. Und wir zwei, Maunzer, wir sprechen uns noch, darauf können Sie Gift nehmen.« Er schluckt kurz, bevor er seinen Blick wieder auf mich richtet. »Ich überlege, ob ich Sie nicht wirklich festnehmen soll, Frau Dotterweich.«

»Und aus welchem Grund? Was hob ich denn gemacht? Hob ich mich vielleicht in Ihr Arbeit eing'mischt oder Sie irgendwie behindert? Naa, oder? Also, warum wollen Sie mich dann festnehmen?«, verteidig ich mich und fuchtel vor Aufregung mit den Händen durch die Luft.

»Aua!«, quietscht da hinter mir der Maunzer vor Schmerz auf. »Mei Brilln! Wo is mei Brilln?«

Ich dreh mich um. Ein feines rotes Rinnsal läuft ihm aus der Nase, und seine Brille is weg. War ich des etwa? Hab ich sie ihm von der Nase geboxt?

»Jetzt schaua Sa bloß, Herr Hauptkommissar, was ich wegen Ihnan g'macht hab. Moment, ich helf Ihnan beim Suchen, Herr Maunzer.« Wie ich mich zu ihm umdreh und in die Knie geh, knirscht es unter meinem linken Fuß.

»Ich glaub, ich bin grad auf Ihre Brille gestiegen«, teil ich ihm schuldbewusst mit. »Des tut mir jetzt aber leid. Dabei wollt ich fei bloß helfen.«

»Aber ohne mei Brilln seh ich doch nix«, jammert der Nachwuchskommissar. »Ich bin blind wie a Maulwurf!«

»So, Frau Dotterweich, das reicht jetzt! Sie haben genug Unheil angerichtet und verschwinden auf der Stelle, sonst kommen Sie wirklich mit mir mit nach Bamberg.« Des Nordlicht zieht ein Paar Handschellen aus seiner hinteren Hosentasche. »In der U-Haft finden wir sicher noch ein warmes Plätzchen für Sie.«

Hastig schieb ich mich an ihm vorbei und mach, dass ich Land gewinn. Draußen im Gang hör ich noch, wie der Janzen den Maunzer nach allen Regeln der Kunst zur Sau macht. Von dem erfahr ich nie mehr auch nur die Uhrzeit, des steht fest.

Hoffentlich behält er wenigstens seinen Job. Dem Fischkopf trau ich zu, dass er den armen Kerl tatsächlich zur Verkehrspolizei abschiebt.

Wie ich ins »Eppelein« komm, steht die Mona mit verschränkten Armen und verkniffenem Gesichtsausdruck an der Tür, während ihr linker Fuß Morsezeichen auf den Boden klopft.

»Schön, dass du dich auch einmal wieder blicken lässt. Das Wirtshaus bleibt nach dem Überfall auf den Chef heute geschlossen, sagt seine Frau. Wenn du es einrichten könntest, würden wir jetzt Feierabend machen und heimfahren. Aber vielleicht musst du ja noch etwas ausschnüffeln oder Verdächtige befragen?«

»Des ›Eppelein‹ sollt wärklich ned so lang geschlossen bleiben«, geh ich gar ned auf ihren Vorwurf ein. »Da laufen uns ja alle Gäste davon, und wir brauchen doch jetzt aan jeden Cent, wo es finanziell so beschissen ausschaut.«

»Aber die Chefin hat es so angeordnet.« Die Mona bleibt stur und des Wirtshaus zu.

Ja, dann.

»Gut, fahr ma halt heim«, stimm ich zu. »Ich pack bloß noch schnell die Mandelkracher für den Maunzer ein.«

Als es zaghaft an der Küchentür klopft, schrei ich: »Herein!«

Durch den Türspalt lugt der Schönthal ihre Assistentin, die Eichbaum.

»Entschuldigen Sie, wenn ich störe«, wispert sie. »Ich wollte nur fragen, ob der Herr Hövel und ich vielleicht eine Kleinigkeit zu essen bekommen könnten.«

Gleich meldet sich mein schlechtes Gewissen, weil ich überhaupt ned mehr an die unfreiwilligen Logiergäste gedacht hab. Denen hängt der Magen vor lauter Hunger bestimmt scho bis an die Knie.

»Freilich, setzen Sa sich ins Wirtshaus naus, ich bring Ihnan gleich was. A Brotzeit oder lieber was Warmes? Ham Sie einen besonderen Wunsch?«

Sie schüttelt den Kopf. Bei der Grafen-Cousine hat sie anscheinend Bescheidenheit gelernt, da hat's bestimmt ned jeden Tag feine Leckereien gegeben.

Während die Mona Brot schneidet, stell ich ein ordentliches Brotzeitbrettla mit Kartoffelkäs, Griebenschmalz, Presssack, Geräuchertem, Bauernseufzern, kaltem Braten, Sulzn und Leberwurst zsamm und garnier alles recht schön mit Radiesla, Essiggurken, Tomaten und Rettichscheiben. Dazu stell ich ein Töpfla mit Senf und leg ein paar Butterscheiben daneben. Im Brotkorb liegen Laugenbrezen, Weggla, Bauern- und Gewürzbrot. Des schaut echt zum Anbeißen aus.

Wie ausgehungert fallen die zwei darüber her. Auch die Assistentin haut diesmal richtig rein und stochert ned bloß so zimperlich im Essen umeinander. Die Mona stellt ihnen sogar noch zwei Gläser Weißbier hin.

Wie der erste Hunger gestillt is, teilt uns der Visagist mit: »Frau Eichbaum und ich fahren nachher nach München zurück. Der Hauptkommissar ist damit einverstanden, weil unsere Alibis überprüft worden sind. Wir haben den ganzen Abend zusammen Backgammon gespielt, deshalb kommen wir als Täter nicht in Frage.«

»Des is ja schön für Sie«, freu ich mich, weil die beiden in meinen Augen zwei ganz arme Würstla sind. Von ihrer Chefin um den Lohn betrogen und jetzt auch noch arbeits- und obdachlos. »Wo kommen Sie denn in München unter, wenn ich fragen darf?« Des Problem lässt mir einfach keine Ruh.

»Vorläufig bei Frau von Schönthals Agenten. Wir dürfen in seiner Gartenlaube wohnen, bis wir neue Jobs gefunden haben. Er will uns sogar bei der Arbeitssuche helfen.«

Da haben sie aber Glück gehabt, die zwei. Es gibt halt doch noch hilfsbereite Menschen.

»Ja, dann, auf Wiederschaun und alles Gute für Sie«, verabschieden wir uns, die Mona und ich, um die beiden allein weiteressen zu lassen. »Lassen Sie des Geschirr einfach auf dem Tisch stehen, wir kümmern uns morgen drum.«

Wie die Mona und ich den Gastraum verlassen, bemerk ich, dass der Visagist und die Sekretärin die Köpfe zsammstecken und tuscheln. Des interessiert mich jetzt aber doch, was es da zu flüstern gibt, drum lass ich die Tür a weng offen stehen und trödel davor herum.

»Warum hast du ihnen nichts von dem Geld erzählt?«, will die Eichbaum, jetzt wieder in normaler Lautstärke, wissen. »Du hättest ihnen doch sagen können, dass die Münchner Polizei bei der Durchsuchung der Schönthal'schen Villa sechzigtausend Euro in einem versteckten Tresor gefunden hat. Das erbt doch jetzt sicher ihr Cousin Karl-Gustav, oder was meinst du? An den sollten wir uns halten, wenn wir auch nur einen Bruchteil unseres ausstehenden Gehalts wiedersehen wollen. Am liebsten würde ich ja hierbleiben, bis der Graf aus der Klinik zurück ist, und ihn sofort darum bitten. Wenigstens eine Teilzahlung sollte drin sein.«

»Bevor der Mörder nicht gefasst ist, ist das Geld von der Staatsanwaltschaft beschlagnahmt. Erst danach kann der Graf einen Erbschein beantragen, das haben die Kripobeamten doch gesagt. Kannst du dir vorstellen, wie lange so etwas dauert? Wochen, wenn nicht sogar Monate!«

Die Eichbaum nagt nachdenklich an einem Radieschen. »Ich würde ja zu gerne wissen, woher das Geld stammt. In letzter Zeit hatte die doch nie einen Cent Bargeld.«

»Ich habe da so einen Verdacht«, meint der Visagist, »aber kann natürlich nichts beweisen. Allerdings weiß ich aus sicherer Quelle, dass sie mit einigen sehr suspekten Gestalten äußerst vertraut war. Übelste Münchener Unterwelt, mehr sag ich nicht. Und jetzt komm«, er steht auf, »lass uns vor der Abreise noch einen kleinen Spaziergang machen, dabei können wir ungestört sprechen. Ich fürchte, hier haben die Wände Ohren.«

Die Wände vielleicht ned, aber die Türen, denk ich und weich ein paar Schritte zurück. Aus dem Fenster seh ich, wie der Hövel und die Eichbaum Seite an Seite des »Eppelein« verlassen.

»He, Dora, wird das heute noch was mit dem Feierabend?«, ruft die Mona plötzlich schwer genervt hinter mir.

Wie wir endlich zur ihrem Auto schlendern, bemerken wir den Sprinter mit dem Aufdruck »Bühnenaufbau Schrader« neben dem Venusbrunnen. Drei Kerle wuseln geschäftig umeinander und bauen die Bühne ab.

»Eigentlich schad, dass die Stripper ned aufgetreten sind. Auf die hab ich mich richtig gefreut«, überleg ich laut.

»Das kann ich mir vorstellen«, antwortet die Mona misslaunig. »Du hast ja sicher schon länger keinen nackten Mann mehr gesehen.«

»Des sagt genau die Richtige. Weil du ja so ein abwechslungsreiches Liebesleben hast. Aber du hast scho recht. Ich weiß ned amol mehr, wie man Sex überhaupt schreibt«, geb ich zu. »Weil mit dem ganzen Promi-Gwärch und den frei herumlaufenden Mördern, da komm ich ja zu rein gar nix mehr.«

»Hallo, Sie da!«, schreit auf einmal ein Mannsbild, des auch beim Aufbau dabei war. »Wo is 'n Ihr Chef?«

Die Mona und ich zucken beide mit den Schultern.

»Richten Sie ihm aus, wenn ich nicht innerhalb von acht Tagen mein Geld seh, kann er sich warm anziehen, der räudige Betrüger. Dann prügel ich es höchstpersönlich aus ihm raus, bloß damit er Bescheid weiß.«

Sollen wir ihm erzählen, dass des scho ein anderer für ihn erledigt hat?, überleg ich kurz. Aber nein, lieber ned.

Auf dem Heimweg rumpelt's in meinem Magen wie ein Steinschlag. Heut is so viel passiert, dass ich weder zum Essen noch zum Nachdenken gekommen bin.

»Du, Mona«, sag ich, »ich hätt echt Lust auf einen fettigen Cheeseburger, Pommes und mindestens einen Liter Cola.«

Sie grinst zu mir rüber und nickt. »Ich auch. Nach diesem Scheißtag sollten wir uns richtig fetttriefendes Fast Food gönnen. Streicheleinheiten für unsere strapazierten Nerven. Aber davor erzählst du mir ganz genau, was heute alles passiert ist. Sonst platze ich noch vor Neugier.«

Wie wir zum Forchheimer Drive-in kommen, is die Mona von meiner irren Geschicht so abgelenkt, dass sie sich überhaupt ned auf unsere Essensbestellung konzentrieren kann.

»Hallo, hallo, Sie da in dem roten MINI«, rasselt von weiter vorn irgendwann eine verzerrte Stimme zu uns herüber. »Sie geben Ihre Bestellung gerade bei unserer Mülltonne auf, fahren Sie bitte zwei Meter vor zu unserer Bestellannahme.«

Ah ja, da hätten wir auch selber draufkommen können, denk ich, dann tun wir wie geheißen.

Daheim stopfen wir uns genüsslich mit Junkfood voll. Was soll ich sagen? Hunderte Kalorien und Unmengen an Fett und Geschmacksverstärker tragen so einiges zur Beruhigung meines ramponierten Nervenkostüms bei.

»Morgen Abend schauen wir im ›Grünen Kranz‹ vorbei«, beschließt die Mona, nachdem sie sich den letzten Pecan-Schoko-Cookie in den Mund geschoben hat. »Außerdem will ich mir noch den Kevin Hummel, den Sohn meines ehemaligen Vermieters, vorknöpfen. Der ist zwar erst sechzehn, hat es aber echt faustdick hinter den Ohren. Wenn der nichts über dem Nagler seine krummen Geschäfte weiß, dann keiner. Und außerdem …«

Den letzten Satz hör ich nimmer bis zum End, weil ich auf dem Sofa einfach eindös.

Geflügelleber in fränkischem Rotwein

Zutaten:
300 g Geflügelleber
2 Zwiebeln
1 EL Öl
50 g Butter
1 TL brauner Zucker
150 ml trockener fränkischer Rotwein
5 EL Rotweinessig
1 kleiner Zweig Rosmarin
150 ml Hühnerbrühe
Salz
Pfeffer

Zubereitung:
Die Leber waschen, mit Küchenpapier trocken tupfen, evtl. Fett und Sehnen abschneiden.
Die Zwiebeln schälen, halbieren und in feine Scheiben schneiden.
1 EL Öl und 25 g Butter in einer Pfanne erhitzen und darin die Leber rundherum bei mittlerer Hitze anbraten. Aus der Pfanne heben und warm stellen.
Mit der restlichen Butter den Bratensatz vom Pfannenboden lösen und die Zwiebelringe darin bei mittlerer Hitze andünsten. Mit dem Zucker bestreuen und circa 1 min karamellisieren. Mit Rotwein und Essig ablöschen. Köcheln lassen, bis die Flüssigkeit um etwa die Hälfte reduziert ist. Den Rosmarin zugeben und mit der Hühnerbrühe aufgießen. Etwa 5 min köcheln lassen.
Die Soße mit Salz und Pfeffer abschmecken, die Leber nach Geschmack würzen und kurz in der Soße erwärmen.
Dazu passen Kartoffelpüree und grüner Salat.

Warmbier

Zutaten:
100 g Zucker
½ Zimtstange
1 TL geriebene Zitronenschale
1 Seidla Bier (500 ml)
1 Eidotter
100 ml Milch
1 Schuss Rum

Zubereitung:
Zucker, Zimtstange und geriebene Zitronenschale ins Bier geben und aufkochen. Hitze reduzieren. Den Dotter in die Milch einrühren und das Ei-Milch-Gemisch nach und nach unter das heiße Bier rühren. Nicht mehr aufkochen! Den Rum in eine Tasse geben und mit dem Warmbier aufgießen. So heiß wie möglich trinken.

Hackfleischküchla

Zutaten:
1 Weggla vom Vortag
etwas kochendes Wasser
1 kleine, sehr fein gewürfelte Zwiebel
1 Ei
Salz
Pfeffer
Majoran
Petersilie
500 g gemischtes Hackfleisch
1 gepresste Knoblauchzehe (wer's mag)
Semmelbrösel
Butterschmalz zum Braten

Zubereitung:
Das Weggla mit ein wenig kochendem Wasser übergießen und darin einweichen. Gut ausdrücken und mit den Zwiebelwürfeln, dem Ei und den Gewürzen unter das Hackfleisch mischen. Wer's mag, kann auch noch eine kleine Knoblauchzehe pressen und dazugeben.
Handtellergroße, circa 1½ cm dicke Fladen formen, mit den Semmelbröseln panieren und im heißen Butterschmalz durchbraten.
Dazu schmecken Karottengemüse und Salzkartoffeln oder Kartoffelstampf.

Mandelkracher

Zutaten für den Teig:
1 Pck. Puddingpulver, Mandelgeschmack
120 g Zucker
100 g Mehl
150 g geschmolzene Butter
2 Pck. Vanillezucker
1 Prise Salz
1 Spritzer Zitronensaft

Zutaten für den Belag:
1 Eidotter
1 Pck. Mandelblättchen
Hagelzucker nach Belieben

Zubereitung:
Die Zutaten für den Teig zusammenmischen und zu einem Teig
verkneten. Mit dem Nudelholz circa 0,5 cm dick ausrollen.
Die Teigplatte auf ein gut gefettetes Backblech legen, mit dem
Eidotter bestreichen und mit den Mandelblättchen und dem
Hagelzucker bestreuen und im vorgeheizten Ofen bei 200 °C
15–20 min backen. Den Belag nicht zu dunkel werden lassen!
Nach Belieben in Rauten oder Quadrate schneiden und zu
einem Glas Frankenwein servieren.

9

Am nächsten Morgen wach ich mit elendem Magenzwicken auf dem Sofa auf und muss ständig aufstoßen – wie der Gabler Schorsch nach dem achten Seidla. Scheiß Fast Food! Im Badspiegel betracht ich ausgiebig die Trauerringe unter den Augen, zähl die neu dazugekommenen Falten und schmeiß mir eine Handvoll kaltes Wasser ins Gesicht. Dann begrüß ich mein Gegenüber: »Servus, ich kenn Sie zwar ned, aber ich putz Ihnan trotzdem die Zähne.«

Nach einem Tupfer Anti-Falten-Creme und einem Spritzer Deo wurstel ich mir die Haare zu einem Puschel zsamm, auf den jeder afrikanische Schamane neidisch wär, dann bin ich fertig. Des muss an Schönheit für heut reichen.

Wie ich der Mona in der Küche begegne, schaut die wie immer aus wie ein Model auf dem Weg zum nächsten Shooting. Keine Ahnung, wie die des hinkriegt. Wer mich daneben sieht, könnt annehmen, ich hätt im Müllcontainer übernachtet.

Punkt zehn schlagen wir im »Eppelein« auf. Der Chef hockt mit bandagiertem Kopf auf seinem Stammplatz. Also, des Gesicht is scho noch frei, aber ansonsten is sein Schädel von der Stirn bis zum Nacken hin weiß. Irgendwie schaut er gruselig aus, so als würd er in dem Film »Die Mumie« die Hauptrolle spielen.

»Chef, is des schee, dass Sie widder daheim sin«, freu ich mich trotzdem. »Wie geht's Ihnan denn? Dass des Krankenhaus Sie scho entlassen hat, mit so aaner schweren Verletzung!«

Ich schau ihn genauer an. Sein Gesicht is eingefallen und aschgrau, und er hat noch tiefere und dunklere Augenringe als wie ich.

»Guten Morgen, Dora, Frau Schmälzich.« Er nickt uns vorsichtig zu. »Ich hab mein Zuhause vermisst, drum hab ich mich selbst entlassen. Die Verletzung ist auch nicht schlimm, nur eine leichte Gehirnerschütterung und eine Platzwunde, die geklammert werden musste. Ich soll mich nicht überanstrengen und viel ruhen, aber ich kann doch nicht tatenlos die Füße hochlegen, während hier alles den Bach runtergeht. Die Rechnungen stapeln sich schon bis zur Decke; ich muss dringend etwas unternehmen.«

»Is Ihnan in der Zwischenzeit eing'fallen, wer Sie umg'haut hat?«, stell ich die Frage, die mir mit am meisten unter den Nägeln brennt.

»Wie denn? Derjenige stand doch hinter mir. Weder habe ich Schritte gehört noch jemanden gesehen. Plötzlich war da ein heftiger Schmerz, und dann wurde alles dunkel.«

»Wir haben das ganze Schloss nach Ihnen abgesucht. Niemand wusste, wo Sie sind. Ihre Frau und alle Mitarbeiter waren in großer Sorge.« Aus der Mona ihrer Stimme kann ich einen unterschwelligen Tadel heraushören.

»Wissen Sie, ich war gestern Morgen sehr in Eile, weil ich einen Termin mit meinem Finanzberater hatte. Deshalb habe ich mich auf den Weg nach Nürnberg gemacht, ohne meine Frau oder Sie zu informieren. Ich war gerade zurück und aus dem Wagen gestiegen, da wurde ich niedergeschlagen.«

»Und?«, frag ich neugierig. »Hod des Gespräch in der Bank wenigstens was gebracht? Hat Ihnan der Finanzmensch einen Kredit bewilligt, damit die Kosten für die Geburtstagsfeier gedeckt sind?«

»Konnten Sie sich schon einmal mit einem Kannibalen auf vegan einigen?«, entgegnet Graf Karl-Gustav freudlos. »Nicht einen Euro werden wir von der Bank bekommen. Wenn nicht sehr bald das Wunder von Lauenfels geschieht, ist es aus. Sollten meine Berechnungen stimmen, ist das ›Eppelein‹ dann spätestens in vier Wochen pleite.«

Für einen Moment bin ich in Versuchung, dem Chef von den gebunkerten sechzigtausend Euro in dem Münchener Tresor zu erzählen. Aber dann wüsst er, dass ich wieder gelauscht und umeinandergeschnüffelt hab, und des würd ihm gar ned gefallen. Der Janzen wird ihm des scho noch mitteilen, da bin ich mir sicher.

»Also dann, Mona, pack ma's«, animier ich meine Beiköchin.

»Ich schließe schon mal das Lokal auf.« Der Chef stützt sich auf den Tisch und erhebt sich ganz langsam. Wirklich fit scheint er noch ned zu sein.

Weil's ja im Schloss einen derart spektakulären Mord gegeben hat, über den in allen Medien ausführlich berichtet worden is, setzt um die Mittagszeit der große Run auf unser Wirtshäusla ein. Der Mord-Tourismus boomt, die Gaffer strömen in Zweierreihen durch die Tür. Im Lokal drängeln und schumbern sie sich umeinander wie auf der Lauenburger Kerwa, wenn's Freibier gibt. Meine Madla und ich ackern im Akkord, um den Voyeuristen ihre Essenswünsche zu erfüllen. Schäufele mit Klöß, Bratwürst mit Sauerkraut, Bamberger Bierzwiebel, selbst gebackener Leberkäs mit Kartoffelsalat, Ziebalaskäs, Forelle Müllerin sowie Fleischküchla mit Stampf sind heut der Renner. So ein Mittagsgeschäft hatten wir seit der Eröffnung nicht mehr.

Wie um drei viertel drei der letzte Teller über den Tresen geht, bringt die Sofie ein Tablett mir vier Cappuccino, und wir sinken erschöpft mit unseren Hintern auf die Küchenstühle. Allmächd, denk ich, wenn des so weitergeht, braucht sich der Graf keine Gedanken um eine drohende Pleite zu machen. Grad wie ich den ersten Schluck trinken will, stürmt meine Mutter in die Küche. Ganz aufgeregt is sie und ganz außer Atem.

»Muckl, kannst du glei amol haamkumma? Es is wos bassiert!«, schreit sie scho von Allerweitem.

»Muckl? Wieso haaßt sie dich ›Muckl‹?«, hakt die Sofie nach, neugierig wie eh und je.

Ich deut auf meine roten Haare: »Pumuckl halt.« Dann verlass ich mit meiner Mutter die Küche.

»Warum geht denn do nie aaner ons Telefon, wenn ich bei eich in der Küchen anruf?«, beschwert sie sich auf dem Weg zum Pförtnerhäusla.

»Hast du vielleicht die Massen an Auto g'sehen, die vor dem Wirtshaus parken?«, stell ich die rhetorische Frage. »Die hocken alle bei uns und fressen wie die Raben, da hab ich keine

Zeit zum Ratschen! So, und wo brennt's etzad, weil's doch gar so dringend war?«

Sie schiebt mich energisch ins Haus und sperrt die Tür hinter sich zu. Was soll des denn werden?, wunder ich mich. Ein Lauenfelser Cooknapping?

»Schau amol noo, wos ich in deiner Küchen g'funna hob!« Mit finsterem Blick greift sie hinter sich und hält mir einen handelsüblichen Gefrierbeutel entgegen, gefüllt mit oreganoähnlichem Trockengrünzeug. »Des sin doch bestimmt kaana Küchenkräuter ned, oder?«, keift sie.

»Zeig amol her.« Ich schnapp mir den Beutel, reiß den Verschluss auf und steck meine Nase hinein. »Naa, des is kein Oregano, wärklich ned. Ich als Laie tät vermuten, dass des ein astreines Cannabis is. Wo hast 'n du des her?«

»Es wor do, unter deina Spüle«, anklagend zeigt meine Mutter auf den Unterschrank, »eigewickelt in an Putzlumpen und hinters Wasserrohr geklemmt. Warum hosd du a Tütn voller Rauschgift in deim Haus versteckt? Verkaafst du ebba des Zeuch? Vielleicht noch do im Schloss?«

»M-A-M-A!«, schrei ich empört. »So was traust du mir tatsächlich zu? Dass ich a Drogendealerin bin?«

»Ma hört ja so einiges, gell. Zum Beispiel, dass viele Köche koksen, vor allem die Spitzenköche.« Meine Mutter is bekennende Leserin der deutschen Regenbogenpresse und glaubt jedes noch so absurde Geschwätz.

»Erstens is des da mit Sicherheit kein Koks«, setz ich mich sofort zur Wehr, »und zweitens mag ich ja alles Mögliche sein, aber gwies ka Spitzenköchin. Ich koch Hausmannskost in einem fränkischen Wirtshaus. Du liegst mit deinen Verdächtigungen also komplett daneben. Ich hab des Päckla da noch nie gesehen und weiß ned, wie des in meine Küche neikommen is.«

»So wos bassiert bloß, weil du dei Tür nie absperrst«, schimpft mein Vater jetzt auch noch aus dem Hintergrund. »Weil a jeder bei dir nei- und rausmarschiert, wie's ihm grod bassd. Und weil du außerdem nie dahaam bist, kann a jeder bei dir seina Drogen ablegen. Dir tät's ja ned amol auffall'n, wenn sa offen auf dem Wohnzimmertisch rumflacken tät'n.«

Ich stopf mir den Beutel in den Gummibund meiner Hose und zieh meine Kochjacke drüber, sodass sich mein Bauch jetzt vorwölbt. Also, noch mehr wie vorher.

»Wos machst denn jetzt mit dem Zeuch? Ned, dass du des noch selber rauchst.« Meine Mutter verdächtigt mich wirklich jeder Schandtat, vermutlich inklusive Mord und Totschlag.

»Des weiß ich momentan grad ned«, antworte ich ihr. »Aber ich denk amol, ich werd's dem Hauptkommissar aushändigen.«

Wie ich zurück im »Eppelein« bin, nehm ich mir die Zeit und sinnier drüber, wer sich wohl zu meinem Haus Zutritt verschafft hat. Meine erste Vermutung is der Nagler, der sichergehen wollt, dass bei einer Hausdurchsuchung der Beutel nicht in seinem Spind gefunden wird. Oder war's der Bierdümpfel? Aber dem seine bevorzugte Droge is eindeutig Bier, im Notfall vielleicht noch ein ordentlicher Obstbrand. Der tät des Cannabis im Beutel doch eher für Unkraut halten und wegschmeißen. Oder hat vielleicht der spinnenbeinige Haarknödel seine Drogen, die er verkaufen wollt, bei mir im Pförtnerhäusla deponiert? Des könnt ich mir eher vorstellen. Wer monatelang kein Gehalt bezieht, muss schauen, wo er bleibt, rein finanziell, mein ich. Aber is der ned mittlerweile abgereist? Und was is mit Sebbi, dem Alex und der Engel Silvie? Aber naa, die sind alle drei doch viel zu deppert zum Drogenhandeln. Und die Mona und die Sofie? Nie im Leben. Dann war's am End vielleicht die Edith? Bei dem Gedanken muss ich grinsen.

»Sag mal, was versteckst du denn da unter der Jacke?« Adlerauge Schmälzich hat sofort die Wölbung meines Bauchbereichs entdeckt. »Eine plötzliche Schwangerschaft? Und gleich im fünften Monat?«

»So a dummes Gwaaf. Des is nix«, wehr ich ab.

Sie sagt kein Wort, schielt aber weiterhin misstrauisch auf meine Kochjacke.

Zum Glück geht's abends im »Eppelein« ruhiger zu als wie mittags. Und weil heut außerdem der FC Bayern München gegen Real Madrid spielt und die Biernasen lieber vor dem Fernseher als wie vor einem reschen Schweinsbraten hocken, können wir früher Feierabend machen. Des passt gut, weil die Mona und ich ja noch im »Grünen Kranz« vorbeischauen wollen.

Bei der Mona daheim such ich als Erstes nach einem Versteck für den Plastikbeutel. Weil ich absolut phantasielos bin, fällt mir nix Besseres ein, als ihn in den Schrank zwischen meine Unterhosen und BHs zu schieben. Dort wird schon niemand stimmungsaufhellende Drogen vermuten, hoff ich jedenfalls. Dann spring ich schnell unter die Dusche, fahr mir einmal mit dem Schminkpinsel durchs Gesicht und schlüpf in die neue weiße Seidenbluse, die so gut zu der Jeans mit den Perlstickereien auf den Taschen passt. Noch ein Spritzer Glanzlack auf die Haare, und ich bin fertig. Die Mona sieht in ihrem schwarzen Bleistiftrock und dem gelben T-Shirt jedenfalls rattenscharf aus. Die Bauernburschen werden heut also was zum Glotzen haben, falls sie sich mal für ein paar Sekunden vom Fernsehbildschirm loseisen können.

Aber wie wir in die Wirtsstube kommen, wird des Spiel grad abgepfiffen.

»Servus!« Wir grüßen reihum, weil wir einen jeden der Seidlasschlucker kennen, die hier hinter ihren Biergläsern hocken.

Ein wohlwollendes »Servus« schallt zurück, und für die Mona gibt es obendrauf noch einen anerkennenden Pfiff.

»Aha. Des Adelsgeschwader vom Lauenfels.« Die Böhner Sonja taxiert uns mit giftigen Blicken. »Habt ihr heit Freigang? Do drübn is noch a Tisch frei.«

Der Katzentisch neben dem Klo, eh klar. Aber wurscht. So lang bleiben wir ned.

»Und? Wos derf's sein? Schammbanjer hamma aber ned und aa kaane Cocktäls«, klärt uns die Spitzengastronomin auf.

»Soso, keinen Champagner. Wirklich armselig. Dann bring

uns halt zwei Weißbier«, ordert die Mona. »Kannst du dir so eine große Bestellung merken, oder willst es dir nicht lieber aufschreiben?«

Mit einer gemurmelten Beleidigung schiebt die Serviermagd ab.

Wir schauen uns um. In einer Ecke entdecken wir die Sofie und den Alex. Sie halten Händchen und sind so ins Gespräch vertieft, dass sie uns gar ned bemerkt haben. Vielleicht wird des ja doch noch was mit denen zwei. Ich tät es der Sofie so gönnen, dass sie einen wie den Alex kriegt und die Kraft hat, den brutalen Frauenschläger, mit dem sie verheiratet is, in den Wind zu schießen. Und noch einen erkenn ich im hintersten Winkel von der Wirtsstub, einen, der ganz intensiv mit der Böhner Sonja flirtet. Jetzt grad beugt sie sich so zu ihm hinunter, dass er um ein Haar in ihr ausladendes Dekolleté fällt. Nachdem er sich dort ausgiebig umgeschaut hat, richtet sie sich wieder auf und trollt sich.

»Ist das da drüben nicht der Konni Zeitler?«, fragt die Mona, wie wenn sie es ned genau wüsst. »Der tut aber recht vertraut mit der Maßkrugdompteuse, findest du nicht?«

Allerdings, genau des find ich auch. Und je länger ich über des Geturtel nachdenk, umso größer wird mein Groll. Obwohl es stimmt, dass ich den Konni in letzter Zeit arg vernachlässigt hab, muss er sich doch ned so an meine Intimfeindin hinschmeißen, oder?

»Zwaa doppelte Willi, aber zackig!«, schrei ich zu ihr hinüber.

»Jetzt reiß dich halt zusammen, Dora, und lass dir deinen Ärger nicht anmerken«, mahnt meine Freundin, die zwar nix Genaues über mein Techtelmechtel mit dem Konni weiß, aber wohl einiges ahnt. »Das ist ja megapeinlich.«

Mittlerweile hat der Konni uns auch bemerkt. Er winkt eher halbherzig zu uns her, kommt aber ned an unseren Tisch zum Servus-Sagen, sondern schäkert weiter recht lustig mit der Sonja.

»Bitte, die Damen, zwei doppelte Willi, wie gewünscht. Zum

Wohlsein«, tut die Böhner-Bitch scheißfreundlich, wie sie uns endlich die Stamperl hinstellt.

»Noch amol des Gleiche«, verlang ich.

»Dora, hör auf«, zischt mir die Mona zu. »Wie sollen wir denn die Leute aushorchen, wenn wir total besoffen sind?«

»Mir doch wurscht.« Ich hau mir den nächsten Doppelten in den Rachen. Zusammen mit dem Weißbier hab ich jetzt einige Promille intus, und mein Sichtfeld is leicht verwackelt. »Bin ich vielleicht die Kripo, oder was? Soll doch der Fischkopf den Mörder fanga. Was hab denn ich eigentlich damit zu schaffen? Noch zwaa Willi.«

Diesmal bringt der Wirt persönlich die Bestellung. »So, Dora, des langt dann aber. Etzad gibt's bloß nu a Wasser, gell.«

»Die Rechnung.« Die Mona zückt hastig ihren Geldbeutel. Und während sie zahlt, schluck ich noch schnell die letzten zwei Willi.

Uiuiui, is mir schwindlig. Außerdem muss ich ganz dringend aufs Klo. Ich erheb mich und schwank auf unsicheren Beinen zur Toilette. Die is natürlich besetzt, wie kann es auch anders sein! Weil des Weißbier so wahnsinnig auf die Blase drückt, trampel ich ungeduldig von einem Fuß auf den anderen, bis ich schließlich mit zwei Fäusten an die Tür bumber.

»Schick di! Es pressiert!«, brüll ich verzweifelt.

Endlich geht die Tür auf, und die frühere Nachbarin meiner Eltern, die Babett, gibt den Weg frei. Ich schmeiß mich auf die Kloschüssel, und los geht's. Oooh, is des eine Erleichterung! Zu spät merk ich, dass der Klodeckel noch zu is und es von oben her auf meine Schuh und in die runtergelassene Jeans tropft. Um mich rum is scho alles patschnass. Allmächd, so kann ich mich doch nimmer in der Wirtsstube blicken lassen! Ich halt mich am Waschbecken fest und betracht des feuchte Malheur. Dann fällt mein Blick aufs Fenster. Ob ich da durchpass? Es nützt alles nix, ich muss es probieren. Ich steig auf den Heizkörper und zwäng mich durch die schmale Öffnung. Wie ich grad kopfüber aus der Kloluke häng, biegt der Konni ums Eck, auf dem Weg zu seinem Suzuki-Jeep, der drüben auf dem Parkplatz steht.

»Ja, Dora, was treibst denn du da oben? Übrigens, elegant, das Klofenster da an deiner Taille. Trägt man das jetzt so, oder steckst du fest? Soll ich dir vielleicht helfen?«

»Naa, bassd scho, ich schnapp bloß a weng frische Luft«, lall ich entsetzt.

»Ein wenig zu viel Brand heut Abend, gell?« Er lacht. »Na dann, viel Spaß noch und gute Nacht.«

Endlich schiebt er von dannen. Aber ich steck wirklich fest, halb drinnen, halb draußen. Hoffentlich merkt die Mona bald, dass ich abgängig bin.

»Dora, was zum Henker tust du denn da?«, hör ich auch scho von hinter mir ihre Stimme. »Obacht, jetzt halt dich gut fest, damit du nicht runterfällst. Ich schieb.«

Die Mona gibt mir einen ordentlichen Schumberer, und trotz ihrer Warnung kann ich mich ned festhalten und stürz kopfüber ins Blumenbeet. Strecksdalängs und baatschbraad noog'flogen, des is alles, was mir zu meinem Sturz einfällt.

Weil ich zu besoffen bin, um allein auf die Füß zu kommen, bleib ich einfach liegen, bis mich die Mona einsammelt. Sie is selber a bisserla unsicher auf den Beinen, aber wir haken uns unter und torkeln dann Arm in Arm Richtung Heimat. Vor dem Haus zieh ich den Schlüssel, den mir die Mona vorsichtshalber scho gestern in die Hand gedrückt hat, aus der Hosentasche. Obwohl ich mir fei alle Müh geb, die Tür aufzuschließen, krieg ich den Schlüssel einfach ned ins Schloss.

»So a Gfregg, so ein verrecktes!«, fluch ich. »Kaum bist amol eine Stund außer Haus, scho wechselt so ein hinterfotziger Lump des Schloss aus.«

Entnervt reißt mir die Mona den Schlüssel aus der Hand und öffnet die Tür.

»Das war ja ein richtiger Schuss in den Ofen«, schimpft sie. »Warum musst du dich auch sinnlos betrinken? Nichts haben wir rausgekriegt, gar nichts.«

»Doch, ich scho«, nuschel ich vor mich hin. »Ich hab rausgekriegt, dass der Zeitler Konni ein falscher Sauhund is, ein ganz ein ausgeschamter. Poussiert vor dem ganzen Dorf mit dem

Seidlastaxi umeinander, des is so dermaßen eine Oberfrechheit. Blamiert hat er mich, der Mistkerl, bis auf die Knochen!«

»Nein, Dora, das mit dem Blamieren hast du schon selbst erledigt. Schau dich nur an, wie du aussiehst. Los, raus aus den Klamotten, ab unter die Dusche und dann ins Bett, aber subito.«

Ziebalaskäs

Zutaten:
1 Zwiebel
1 Bund Schnittlauch
250 g Quark
100 g Hüttenkäse
100 ml Sahne
1 Prise Salz

Zubereitung:
Die Zwiebel schälen und sehr fein würfeln. Den Schnittlauch
waschen, trocken schütteln und in Röllchen schneiden.
Alle Zutaten miteinander vermischen und sofort mit Butter
und frischem Brot servieren.

10

Am nächsten Morgen kann ich mich bloß noch dran erinnern, dass ich hastig aufgesprungen bin, wie mein Bett zum dritten Mal an mir vorbeigefahren is. Alles andere is gelöscht. Delete complete, sozusagen.

Die Mona schüttelt ungläubig den Kopf, wie ich an ihr vorbei ins Bad schwank. Nach diesem Mordsrausch hilft weder eine eiskalte Dusche noch Gurgeln mit Mundwasser oder eine hautstraffende Creme: Ich seh aus wie Frankensteins Braut und fühl mich wie ein Haufen Sondermüll. Die Mona scheint zu spüren, wie es mir geht, denn sie langt mir ein Glas mit einer milchigen Flüssigkeit durch den Türspalt.

»Alka Seltzer und Vitamin C. Los, auf ex!«, befiehlt sie.

Sobald ich den Inhalt geschluckt hab, muss ich würgen, press ihn aber mit aller Macht zurück Richtung Magen.

Im Auto is die Mona so angefressen wie noch nie.

»Ganz ehrlich, Dora, wie kann man sich bloß vor dem ganzen Dorf so derart zum Affen machen? Und nur wegen einem Vollpfosten wie dem Zeitler. Von dir hätte ich echt mehr erwartet.«

»Etzt hörst bitte auf, ja? Ich schäm mich ja scho bis in den Erdboden hinein. Es tut mir leid, wenn ich dich gestern auch blamiert hab, aber leider kann ich's nimmer ungeschehen machen«, murmel ich kleinlaut.

»Du hast nur dich bis auf die Knochen blamiert, aber egal.« Sie hört sich scho nimmer ganz so angefressen an. »In der Nachmittagspause fahren wir ins Dorf und suchen den Hummel Kevin. Und bis dahin machst du keinen Blödsinn, sondern nichts als deine Arbeit, hast du mich verstanden?« Sie wirft mir einen kalten Blick zu. »Kannst du dir das merken?«

»Eh klar, keinen Blödsinn machen, bloß arbeiten«, zähl ich verlegen auf, damit ich's ned gleich wieder vergess.

Jeder Handgriff fällt mir heut schwer, daran ändert auch kein Liter Espresso oder mein spezieller Anti-Kater-Drink aus Zitronen- und Tomatensaft, Salz, Worcestersoße und einem Eigelb etwas. Eigentlich hätt ich ja noch einen Schuss Wodka dazukippen müssen, aber wenn des die Mona spitzkriegt … Also lieber alkoholfrei.

Die Sofie und die Edith beobachten mich aus den Augenwinkeln, verlieren aber kein Wort über meine desolate Verfassung. Wahrscheinlich kursieren im Dorf scho die wildesten Storys über mein öffentliches Besäufnis im »Grünen Kranz«. Und die Böhnerin, meine lebenslange Widersacherin, lacht sich bestimmt seit gestern Abend scheckig, weil jetzt ein jeder weiß, dass ich wegen ihr und dem Zeitler so eifersüchtig war, dass ich mir einen tosenden Rausch angesoffen hab. So ein Mist, verreckter.

Zum Glück is heut Mittag wieder die Hölle los. Wir schuften wie die Brunnenputzer, damit alle Bestellungen möglichst schnell rausgehen, weshalb mir zur Schandtatenreflexion die nötige Muße fehlt. Erst wie mir gegen drei Uhr die Mona auf die Schulter tippt, erinner ich mich an unsere geplante Aktion »Kevin«. Ich reiß mir die Kochjacke herunter und bin bereit für ein Interview mit dem minderjährigen Drogenkonsumenten.

Im Schritttempo cruisen wir in Monas MINI durchs Dorf und halten nach dem Hummel Kevin Ausschau. In der Hauptstraße werden wir fündig. Er hockt auf dem Felsenbrunnen, lässt die Beine baumeln und dampft vor sich hin wie der Ätna, neben ihm auf dem Brunnenrand zwei pickelige Spargeltarzane in löchrigen Jeans, die versuchen, möglichst cool und gefährlich aus ihren verwaschenen Harley-T-Shirts zu linsen.

Die Mona bremst, stellt den Motor ab und steigt aus. Ich kletter von meinem Beifahrersitz und schlurf ihr hinterher.

»Grüßt euch, Burschen. Lange nicht gesehen«, nähert sie sich freundschaftlich der Gruppe.

»Servus, Mona. Ja, wenn du auch auszieehst und mich mit meinen Kniefiesler-Alten allein lässt«, lacht der Kevin, nimmt einen tiefen Zug von der Selbergedrehten und bläst uns den würzigen Rauch entgegen. »Ewig schad, dass du nimmer bei uns wohnst.«

Die zwei Eiterpickel neben ihm grunzen wohlwollend.

»Mensch, Kevin, bei euch da riecht's ja wie bei Bob Marley unterm Sofa.« Die Mona rümpft die Nase. »Wenn das einer mitkriegt. Lass dich bloß nicht mit einem Joint erwischen, sonst reißt dir dein Vater den Schädel runter.«

»Und wer sollt mich erwischen, ha? Vielleicht die zwei Schnalzlreuther Dorfsheriffs? Die täten kein Weed nicht erkennen, wenn sie mit der Nasen neifallen täten. Drum könna mir auch hier quarzen, bis der Arzt kommt.«

Das Team Akne grölt beifällig.

»Da«, der Kevin hält der Mona den Joint hin. »Probier halt amol. Ein sauberes Stöffla, beste Qualität.«

Die Mona nimmt die Marihuanazigarette, hält sie einen Moment zwischen Daumen und Zeigefinger und gibt sie dann Kevin zurück, der sie an die Spargelboys weiterreicht. »Und woher kriegst du das Zeug? Besorgt dir das jemand aus dem Dorf?«, fragt sie direkt.

»Warum willst 'n des wissen? Willst am End selber ins Geschäft einsteigen?« Der Hummel Kevin scheint wirklich ein ganz Ausgepichter zu sein und lässt sich ned so leicht in die Karten schauen.

»Könnt es sei, dass der Nagler dich damit versorgt?«, misch ich mich ein, weil mir des neckische Hin und Her auf den Zwirn geht.

»Na, Dora, aa wieder nüchtern? War a lustiger Abend gestern im ›Kranz‹, hab ich g'hört. Wennst fei amol widder a gute Dröhnung brauchst, kommst am besten zu mir. Da hast am nächsten Tag auch keinen Quadratschädel wie von der Überdosis Willi, versprochen.« Der Hummel Kevin grinst mir frech ins Gesicht.

»Lass dich halt nicht so bitten«, insistiert jetzt auch die Mona. »Spuck's aus, was du über den Nagler weißt.« Sie kramt in ihrer Tasche umeinander und zaubert dann zwei Dosen Whisky-Cola auf den Brunnenrand.

»Aha, eine professionelle Bestechung, das lass ich mir gefallen. Aber du kannst ja zählen, drum is dir bestimmt aufgefallen, dass wir zu dritt sind, gell, Schatzi?« Der Kevin reißt eine der Dosen auf und nimmt einen langen Schluck, während die Mona noch eine dritte Dose aus ihrer Tasche fischt. »Tja, was soll ich euch erzählen?«, legt der Kevin endlich los. »Ich möchte es amol so ausdrücken: Der Boris, der ja jetzt in deine Wohnung eingezogen is, is kein Knauser. Wenn er was hat, teilt er gern, wenn ihr wisst, was ich mein. Sein Angebot is immer astrein, des beste auf dem Markt.«

Die zwei anderen Haschkonsumenten nicken zur Bestätigung, dass ihre Pickel nur so hin- und herwackeln.

»Was is 'n des genau, was der Boris anbietet?«, will ich wissen.

»Des Gängige halt. A bisserla a Hasch, a wengla a Gras, Ecstasy, Spaßpillen, ab und zu ein Näsla Koks für den, der's braucht. Soll ich euch wohl was besorgen? Sag's halt einfach, Mona, du weißt doch, dass ich mein Maul halt und keinen von meinen Freunden hinhäng.«

»Uns tät eher der Boris interessieren. Was weißt du noch über ihn? Hat er eine Freundin?«, drängt die Mona.

Der Hummel Kevin lehnt sich lässig zurück und tippt mit dem kleinen Finger auf die leere Getränkedose. Die Mona versteht auf Anhieb, holt jetzt ein paar Energy-Drinks aus ihrer Tasche und hält sie dem Nachwuchsdealer hin.

Der wird gleich gesprächiger. »Quatsch, der Boris will doch nix Festes, der nimmt, was er kriegen kann. Und wenn amol keine hergeht, kann er immer noch auf die Engel Silvie zurückgreifen. Die pappt ihm doch ständig am Arsch wie ein ausgelutschter Kaugummi. Allerdings pressiert's dem Boris ned allzu oft. Aber ich versteh grad ned, was so ein geiles Babe wie du von einem Pomaden-Schnulli wie dem Nagler will.« Plötzlich wird der Jung-Giftler nervös. »Aber horch amol, des Gespräch bleibt fei unter uns, gell?«, schiebt er hinterher. »Des Letzte, was ich jetzt brauch, is Beef mit dem Boris.«

»Du meinst, die Silvie geht mit dem Nagler in die Kiste?

Ernsthaft?« Die Mona bleibt skeptisch. »Das ist doch bestimmt nur wieder Dorftratsch.«

»Horch halt zu, wenn ich dir was erzähl. Er besteigt sie höchstens dann, wenn gar nix anderes geht. Sie is für ihn der letzte Notnagel.« Der Hummel Kevin und die Spreißel-Buben lachen schallend über seinen Witz. »Wart amol«, sagt er dann, »ich hab do a kleins Geschenk für eine gute alte Freundin.«

Aus seinem Rucksack holt der Hummel Kevin eine zerbeulte Blechdose, die bis obenhin mit kleinen, runden Keksen gefüllt is. Von denen packt er sechs Stück in einen nicht allzu sauberen Plastikbeutel und drückt ihn der Mona in die Hand.

»Selber gebacken. Zusätzlich zu meinen vielen anderen hob ich nämlich aa noch hausfrauliche Qualitäten. Da staunst, gell? Wär ich ned ein Mann zum Heiraten, was maanst? Schad, dass du so alt bist, sonst tät ich dich nehmen.«

»Ich dich aber nicht, du Charmebolzen.« Die Mona verzieht das Gesicht und gibt den Beutel an mich weiter. »Aber du kannst gern bei mir vorbeikommen, wenn du mal wieder Bock auf Spaghetti Carbonara oder eine ordentliche Lasagne hast.«

»Echt jetzt? Du kochst mir was, und wir essen miteinander, so wie früher? Des mach ich doch glatt!« Der Hummel Kevin strahlt und scheint sich ehrlich über die Einladung zu freuen.

»Aber bloß, wenn du endlich mit dieser asozialen Dealerei aufhörst. Ich will dich nämlich nicht irgendwann im Jugendknast besuchen müssen, verstehst? Also, reiß dich zusammen. Bis demnächst.« Die Mona streckt die Hand aus und zwickt den Hummel Kevin ins Ohr. »Macht nicht so viel Quatsch und lasst euch nicht beim Kiffen erwischen.«

»Never ever«, verspricht er, lacht verschmitzt und reißt den letzten Energy-Drink auf. Vom Nebenschauplatz hinter ihm kommt wieder nur ein Grunzen, das dem Konni seine Wildsäue neidisch machen tät.

»Woher kennst denn die Burschen so gut?«, frag ich misstrauisch im Auto, während ich den schmierigen Plastikbeutel in meine Handtasche stopf. »Du hast aber scho geschnallt, dass uns dein lieber Kevin Drogen angeboten hat, oder?«

»Den Kevin kenn ich, seit er im Kindergarten war. Wenn der Heiner und seine Elli unterwegs waren, hab ich oft auf ihn aufgepasst. Und weil ich bis vor Kurzem noch in der Einliegerwohnung von Familie Hummel gewohnt habe, ist der Kevin oft zum Essen zu mir gekommen. Die Elli, seine Mutter, ist nicht gerade eine begnadete Köchin; bei ihr kommt fast nur Dosenfutter auf den Tisch. Außerdem ist er ein Einzelkind, da gab es gelegentlich Gesprächsbedarf. Seine Eltern haben nie Zeit für ihn, und der Heiner ist in meinen Augen viel zu streng mit dem Buben. Früher hat er seinen Erwartungen oft mit einer oder mehreren Ohrfeigen Nachdruck verliehen. Kein Wunder, dass sich der Bub lieber herumtreibt, als daheim bei seinen Eltern zu sein. Das mit den Drogen hat mir der Kevin schon vor einiger Zeit erzählt, aber weißt du vielleicht, wie ich ihn davon abhalten soll?« Sie zuckt ratlos mit den Schultern. »Und jetzt lass uns heimfahren, ich brauch dringend eine Stärkung, bevor's heut Abend auf dem Schloss wieder rundgeht.«

Wie wir durch den Garten von Monas Haus gehen, winkt uns vom Nachbargrundstück ein junges Madla zu.

»Ja, hallo, Ann-Kathrin.« Die Mona winkt zurück. »Hast du Lust, einen Kaffee mit uns zu trinken?«

»Au ja!«, freut sich die Kleine und is ruckzuck über den halbhohen Jägerzaun geklettert.

»Hallo, ich bin die Ann-Kathrin und wohne mit meiner Mutter im Nachbarhaus«, stellt sie sich vor und gibt mir die Hand. Dann lässt sie sich in die Hollywoodschaukel fallen und stößt sich mit den Füßen ab, dass des ganze Gestell wackelt wie dem Hund sein Schwanz. »Du bist die Dora, gell, der Mona ihre Freundin? Wohnst du jetzt auch hier? Ich mein, für immer? Oder bist du bloß zu Besuch?« Sie ist eine ganz Hübsche mit langen dunklen Haaren und veilchenblauen Augen, ungefähr vierzehn Jahre alt. Und sie hat eine Menge Fragen. »Gehört dir der alte Hyundai, der ausschaut wie vom Schrottplatz?«, will sie zum Beispiel noch wissen.

Souverän überhör ich die Beleidigung meines geliebten Autos und denk so, dass sie mindestens genauso neugierig is als wie ich.

»Jetzt gib Ruhe, Ann-Kathrin, und frag der Dora keine Löcher in den Bauch, sonst ist der Kaffee gestrichen und du kriegst bloß ein Glas Milch!«, ruft die Mona, wie sie aus dem Haus kommt und ein Tablett mit drei Latte macchiato vor sich her balanciert.

Wie sie es auf den Gartentisch abgestellt hat, schnappt sich jede von uns ein Glas, und ein paar Minuten is es still, weil wir mit Genuss unseren Kaffee schlürfen.

Aber kaum hat Ann-Kathrin den letzten Schluck getrunken, plappert sie scho wieder los: »Sag, Mona, der Boris arbeitet doch auch in der Schlosswirtschaft, oder? Wie is der denn so? Doch bestimmt total nett, gell? Weißt du, ob der eine Freundin hat?«

»Warum interessiert 'n dich des?«, grätsch ich dazwischen.

»Ach, nur so. Ich find ihn halt echt süß, sonst nichts«, tut sie ganz harmlos.

»Echt süß?« Die Mona is fassungslos. »Geht's eigentlich noch? Du weißt aber, dass er mindestens zehn Jahre älter ist als du?«

»Schon, aber auf der Osterkerwa hat er mit mir getanzt, so ganz eng. Er hat mich richtig fest an sich gedrückt. Ihm hat es supergut gefallen, das hab ich beim Tanzen gemerkt, weil … na, du weißt schon.« Sie kichert und wird über und über rot. »An der Schießbude hat er einen SpongeBob für mich geschossen, und ein Lebkuchenherz hat er mir auch geschenkt. Da steht ›Sugarbaby‹ drauf. Das hängt jetzt daheim über meinem Bett. Alle Mädels, die ich kenn, stehen total auf den Boris, aber nur mit mir hat er auf der Kerwa getanzt«, schwärmt sie.

»Und was habt ihr sonst noch gemacht? Habt ihr zusammen was geraucht? Oder hat er dir irgendwelche Pillen angedreht?«, fragt die Mona misstrauisch.

»Woher weißt du das?«, erkundigt sich die Kleine unsicher. »Hat er dir das etwa erzählt? Er hat mir doch versprochen, keinem was zu sagen.«

»Da kannst amol sehen, was für ein Lügenmaul der Kerl is. Wenn der ›Guten Morgen‹ sagt, is die Hälfte scho gelogen. Halt dich bloß von dem fern, sonst gibt des einen richtigen Ärger«, warn ich die Kleine.

»Die Dora hat recht, Ann-Kathrin«, unterstützt mich die Mona. »Der Boris ist nicht der richtige Umgang für dich. Außerdem ist er viel zu alt. Es gibt doch auch nette Jungs in deinem Alter.«

»Der Nagler is für niemanden der richtige Umgang. Wie alt bist du überhaupt?«, will ich wissen.

»Nächsten Monat werde ich fünfzehn. Aber der Boris hat doch nichts Böses getan, wir haben nur getanzt. Und als wir am nächsten Tag mit dem Fahrrad unterwegs waren und ich gestürzt bin, hat er mir aufgeholfen und mich heimgebracht. Der ist wirklich total lieb.«

»Du bist mit dem Fahrrad gestürzt?«, wird die Mona hellhörig.

»Ja, jemand hat einen Stein nach mir geworfen, also, nicht direkt nach mir, aber auf mein Rad. Er hat die Speichen getroffen, und ich bin mitsamt dem Fahrrad hingefallen. War ziemlich heftig. Da, schaut, da sieht man noch die Narben.« Sie hebt ihr Röckchen hoch und zeigt uns zwei lange rötliche Streifen am Oberschenkel.

»Und weißt du, wer den Stein geworfen hat?«, erkundigt sich die Mona.

»Keine Ahnung.« Die Ann-Kathrin zuckt mit den Schultern. »Ich habe jedenfalls niemanden gesehen. Aber unser Hausarzt, der die Wunde genäht hat, hat meiner Mutter geraten, Anzeige zu erstatten. Wäre nämlich in dem Moment ein Auto gekommen, dann hätte es schlimm ausgehen können, hat Dr. Langner gemeint.«

»Dann hat deine Mutter den Vorfall also angezeigt?«, frage ich.

»Ja, aber die Polizisten in Schnalzlreuth meinten, dass keine Aussicht besteht, den Schuldigen zu fassen«, teilt uns des Madla mit.

Des sieht den zwei Nasenbohrern ähnlich, dass sie ned amol einen Steinewerfer zu fassen kriegen, denk ich.

»Da hast wärklich Glück gehabt. Des hätt richtig bös für dich enden könna«, bestätige ich.

Über der Ann-Kathrin ihren Kopf hinweg tauschen die Mona und ich Blicke. Ein komischer Zufall, ihr Sturz. War jemand so sauer auf des junge Ding, dass er die Kleine mit einem gezielten Steinwurf ausschalten wollte? Und wie kommt's, dass ausgerechnet dann der Nagler in der Nähe war, um sich als Retter aufzuspielen?

»So, Ann-Kathrin, wir müssen dann wieder«, sagt die Mona. »Wir haben noch eine Menge Arbeit im ›Eppelein‹ vor uns.«

Die Ann-Kathrin springt auf und verabschiedet sich. Ich geh noch schnell in mein Zimmer, leg dem Hummel Kevin seine Plätzchen in eine Tupperdose und überprüf, ob der Gefrierbeutel samt Inhalt immer noch sicher verwahrt zwischen meiner Unterwäsche liegt. Es is höchste Zeit, dass ich dem Janzen von dem Gras im Gefrierbeutel erzähl und es ihm aushändig. Wenn die Mona wüsst, was ich da in ihrem Kleiderschrank vor ihr versteck, ich glaub, die wär außer sich, und ich hätt die längste Zeit bei ihr gewohnt.

»Was sagst du jetzt zu dem Boris?« Unbemerkt is mir die Mona nachgegangen. »Anscheinend macht der tatsächlich vor keinem weiblichen Wesen halt, nicht einmal vor einer Minderjährigen«, sorgt sich meine Kollegin. »Morgen werde ich mal mit der Mutter von Ann-Kathrin reden, damit sie ein wachsames Auge auf ihr unternehmungslustiges Töchterlein hat. Sonst ist die Kleine vielleicht die Nächste, die der Drecksack nagelt.«

»So, wie's ausschaut, is der Nagler ned bloß der Dorfstecher, sondern höchstwahrscheinlich auch der oberste Dorfdealer«, fass ich zusammen, was wir heute erfahren haben. »Aber beweisen können wir ihm gar nix. Außer Klatsch und Tratsch vom Kevin und dem Forchheimer Barkeeper haben wir nix vorzuweisen, und des wird dem Janzen bestimmt ned reichen. Der braucht scho handfeste Beweise.«

Mich tät's ja immer noch interessieren, wer mir den Giftbeutel ins Pförtnerhäusla geschmuggelt hat. Hat jemand bloß seine Ware in meinem Haus zwischengelagert, oder wollt derjenige, dass die Kriminaler des Zeug bei mir finden und mich verhaften? Dann wär ich aus dem Weg, könnt nimmer herumschnüffeln und keine neugierigen Fragen mehr stellen. Gar keine so blöde Taktik, nachdem der Anschlag im Kühlraum fehlgeschlagen is. Aber außer dem Nagler trau ich eigentlich keinem von meinen Kollegen eine solche Sauerei zu, ned amol dem Biergärtner – und den anderen scho gleich zweimal ned.

Wie's der Teufel will, sind die Kriminaler ausgerechnet heut ned im Schloss. Was mach ich jetzt?, überleg ich. Den Janzen anrufen? Oder lieber dem Maunzer Bescheid sagen? Ob der überhaupt noch mit mir reden darf? Meine Gedanken sausen durcheinander wie Hummeln auf Speed.

»Mensch, Dora, pass doch auf. Du hast schon wieder die Soße versalzen«, mault neben mir die Mona. »Was ist denn heute nur los mit dir?«

»Mach amol weiter. Ich bin gleich widder zurück«, teil ich ihr mit.

Vor der Tür zück ich mein Handy, ruf den Maunzer an und frag, ob er heut Abend bei der Mona vorbeikommen kann. Erst druckst er verlegen herum, weil ihm sein Boss den Kontakt mit mir strengstens untersagt hat, aber schließlich gibt er sich doch einen Ruck. Vielleicht hilft's ja auch, dass ich ihm eine mit Mandelkrachern prall gefüllte Keksdose in Aussicht stell. Allerdings hat er ned vor zweiundzwanzig Uhr Zeit. Des passt mir sogar recht gut, weil wir ja auch lang arbeiten müssen, und ich geb ihm der Mona ihre Adresse. Wie ich aufleg, seufz ich vor Erleichterung auf. Heut Abend bin ich die Verantwortung für den Drogenbeutel los, zum Glück. Soll sich doch die Kripo drum kümmern. Von Drogen hab ich scho immer die Finger gelassen, und daran soll sich auch in Zukunft nix ändern. Außerdem vergeht mir schön langsam echt die Lust am Ermitteln.

Unkonzentriert und ohne viel Freude verricht ich am weiteren Abend meine Arbeit. Den Rausch von gestern merk ich scho gar nicht mehr. Gut, dass der Chef mich so ned erleben musste, denn dann wär der ganz schön enttäuscht gewesen, glaub ich. Aber der muss sich wegen seiner Verletzung weiterhin schonen und ausruhen. Seine Frau passt auf, dass er sich ned in einem unbewachten Moment aus dem Staub macht, um im »Eppelein« umeinanderzuturnen. Gut so.

»Geh heim und leg dich aufs Ohr. Den Rest schaffen die Sofie und ich allein.« Die Mona, die nix von meiner Verabredung mit dem Maunzer weiß, schiebt mich energisch zur Tür hinaus, als mir auch noch die Schöpfkelle mit Getös runterfällt. »Du machst heute eh nur Murks, und murksen kann ich auch allein. Also, schieb ab.« Zum Glück steigt unser Bierfahrer grad in seinen Lkw, wie ich aus dem »Eppelein« komm. Der muss eh durch Lauenburg zurück nach Bamberg fahren und kann mich ins Dorf mitnehmen.

Es is ein lauer Frühlingsabend mit Grillenzirpen, Fliederduft und milden Temperaturen. Wie ich bei der Mona zu Hause bin, bleibt mir noch fast eine Stunde Zeit, bis der Maunzer aufkreuzt, drum hol ich mir einen Becher Kräutertee aus der Küche und des Cannabis aus seinem Versteck. Mit beidem hock ich mich auf meinen neuen Lieblingsplatz, auf die Hollywoodschaukel. So, jetzt is alles bereit. Langsam wird es dunkel. Des Bamberger Pausbäckchen kann anrollen.

Wie ich so entspannt vor mich hin schaukel, knarzt des Gartentürla leis, wie wenn es einer beim Öffnen festhält, damit es ned laut quietschen kann. Wie es dann auch noch in den Büschen knackt, richt ich mich auf und spitz die Ohren. Ob des der Maunzer is? Eine halbe Stunde zu früh? Aber wer soll's denn sonst sein?

»Hallo, Herr Maunzer, hier drübn bin ich!«, ruf ich. »In

der ...« Weiter komm ich ned. Etwas streift meinen Hals, dann durchzuckt mich ein glühend heißer Schmerz von den Haar- bis in die Zehenspitzen, und ich stürz kopfüber in die Dunkelheit.

»Frau Dotterweich!«, is des Nächste, was ich hör, und ich fühl, wie mir einer im Gesicht herumpatscht. »Hallo! Los, Augen aufmachen!«

Aber es geht ned, weil ich wie gelähmt bin. Ned amol die Augenlider kann ich heben. Jemand stöhnt erbärmlich. Bin am End ich des?

»Allmächd, wos is denn bloß los?«

Des is doch die Stimme vom Maunzer.

»Halt'n Sa sich an mir fest, ich helf Ihnan beim Aufstehn.«

Ich versuch, mich an seinen Armen, die ich spür, festzuklammern, aber mein ganzer Körper is wie betäubt, und des, obwohl jede einzelne Muskelfaser vor Schmerz aufheult. Schließlich zieht er mich hoch, und ich sack in einer Ecke der Hollywoodschaukel zsamm. Des weiß ich, weil des Polster so weich is. Nach einer Weile schaff ich es dann, die Augen aufzuklappen. Vor mir kniet der Bamberger Kommissar und stützt mich an den Schultern, damit ich ned wieder vornüber von der Schaukel fall.

»Frau Dotterweich, könna Sie sprechen?« Er mustert mich besorgt. »Ich glaab, ich hol besser den Doktor. Sie schaua wärklich ganz schlecht aus.«

Ich grunz ablehnend.

»Oba wenn des a Schlaganfall wor?«, mutmaßt er. »Dann müss'n Sa ganz schnell ins Krankenhaus.«

»Naaaa«, ächz ich mühsam. »Übbafaah.«

»A Überfall? Ja, aber ...« Endlich begreift er. »Aber ned mit aam Elektroschocker, oder?«

Ich brumm zustimmend. Sogar meine Zunge, sonst mein flinkster Körperteil, is vollkommen bewegungsunfähig. Des is mir noch nie passiert.

Der Maunzer reibt mir Händ und Arme, um die Blutzirkulation wieder in Gang zu bringen. Ein leises Kribbeln breitet sich in meinen Extremitäten aus, und vor meinen Augen wirbeln weiter bunte Kreise. Ich kann mich echt auf nix konzentrieren, es is, wie wenn einer mein Hirn mit einem XXL-Kochlöffel umgerührt hätt. Dabei müsst ich doch dem Maunzer dringend was erzählen. Aber was, des weiß ich grad nimmer. Zum Glück is der geduldig. Er schnappt sich den Becher mit dem mittlerweile kalten Kräutertee und hält ihn mir an die Lippen, damit ich einen Schluck nehmen kann, dann stellt er ihn wieder ab und massiert mir Rücken und Schultern. Wie er dabei mit den Fingern an meinen Hals hinkommt, schrei ich auf.

»Auweh, do sin ja zwaa richtige Löcher!«, fällt ihm auf. »Schauen aus wie Brandwunden. Da hod Sa der Angreifer mit dem Gerät voll derwischt. Wos kann der bloß vo Ihnan g'wollt ham?«

In dem Moment fällt es mir wieder ein. »Beutel? Wo?«, keuch ich.

»Wos 'n für a Beutel?« Der Maunzer macht ein ratloses Gesicht, tastet aber des Sitzpolster ab, sucht unter der Schaukel, auf dem Tisch und drum herum. »Ich seh kaan, do is fei nix«, teilt er mir schließlich mit. »Wos wor denn drin in dem wichtigen Beutel?«

»Gift«, stammel ich hilflos.

Überrascht reißt er die Augen auf. »Um Gottes will'n, wos für a Gift denn?«

»Rauschgift.« Vor lauter Aufregung haut's mir die Hitz raus, und ich krieg kaum noch Luft.

»Rauschgift? Wie kumma denn Sie an Rauschgift?«

Wie er keine Antwort kriegt, zieht er sein Handy aus der Jacke und ruft seinen Vorgesetzten zu Hilfe. Ich lehn mich derweil zurück und versuch, mich zu sammeln. Bis der Janzen hier aufschlägt, muss ich wieder alle fünf Sinne beieinanderhaben. Der is imstande und verhaftet mich wegen Verstoß gegen des BtMG, wenn ich mich ned zur Wehr setzen kann. Dabei hab ich ihm doch so viel zu erklären.

Nach und nach lässt die Taubheit in meinen Gliedern nach, aber es fühlt sich so an, wie wenn ich einen tierischen Muskelkater hätt. Sogar im Hintern, den Schultern und im Rücken zieht es schmerzhaft. Ich schließ die Augen und blende kurz die Realität aus.

»Dora!«, hör ich plötzlich, und neben mir plumpst die Mona auf die Schaukel. »Das kann doch einfach nicht wahr sein. Kaum lasse ich dich eine Stunde aus den Augen, schon lässt du dich überfallen. Herr Maunzer, was genau ist denn passiert?«

»Des waaß ich aa ned. Außer, dass jemand die Frau Dotterweich mit aam Elektroschocker nieder'streckt hod. Vielleicht Einbrecher, die Ihr Häusla ausg'rammt ham, wie die Dora bewusstlos do im Garten gelegen hod. Schaua Sa amol drinnen nach, ob wos fehlt.«

Die Mona springt auf und hetzt ins Haus. Es dauert eine Weile, bis sie zurückkommt und uns erleichtert mitteilt: »Nein, kein Einbruch. Soweit ich das auf die Schnelle überblicken konnte, fehlt nichts. Aber was wollte der Angreifer dann? Dora außer Gefecht setzen? Aus welchem Grund?«

»Vielleicht aus dem gleichen, aus dem aaner Ihr Kollegin in der Kühlkammer eing'sperrt hod?«

»Wie bitte? Eingesperrt? In welcher Kühlkammer? Wovon sprechen Sie?« Erstaunt reißt die Mona die Augen auf und erdolcht mich mit Eisblicken. »Du bist mir ja eine schöne Freundin. Warum erfahre ich so etwas erst von der Polizei? Hast du überhaupt kein Vertrauen zu mir? Was verschweigst du mir denn sonst noch?«

»Nix«, wisper ich beschämt. »Ich wollt dich halt ned aufregen.«

»Sehr rücksichtsvoll«, schäumt sie. »Wann hätte ich denn die ganze Wahrheit erfahren? Nachdem der Mörder dich umgebracht hat? Oder wenn er hinter Schloss und Riegel sitzt? Oder wolltest du mich ganz aus der Geschichte heraushalten?«

Verlegen scharr ich mit der Schuhspitze hin und her.

Mitten in die schöne Szene platzt der Janzen, so mies drauf wie nie zuvor. Sein Hemd is schief zugeknöpft, hängt aus der Hose und hat rote Flecken entlang der Knopfleiste und auf der Brust. Wahrscheinlich Tomate, analysier ich mit Fachfrauenblick. Noch nie hab ich den sonst so peniblen Kriminaler derart schlampig gesehen. Bestimmt haben wir ihn beim Abendessen gestört. Er packt einen Gartenstuhl, knallt ihn direkt vor mich hin und hockt sich nieder, kochend vor Wut.

»Frau Dotterweich. Schön, dass wir wegen Ihnen eine fließende Arbeitszeit genießen dürfen. Sobald Sie mitmischen, scheint es für uns weder einen geregelten Arbeitsbeginn noch einen regulären Feierabend zu geben. Dürfte ich erfahren, womit Sie uns heute Abend zu unterhalten gedenken?«

»Jemand hod sie überfallen und mit aam Elektroschocker umg'haut«, mischt sich der Maunzer ein.

»Interessant, und da ist Notfallhelfer Maunzer natürlich prompt zur Stelle.« Die Fischgräte seufzt verzweifelt und rollt die Augen. »Oder hatten Sie schon vorsorglich hier Quartier bezogen, um sofort Erste Hilfe zu leisten, sollte sich Frau Dotterweich wieder einmal in Schwierigkeiten bringen?«

»Naa, so war des ned, Herr Janzen«, verteidige ich meinen Helden. »Der Herr Maunzer war da, weil ich ihn hergebeten hob.« Und dann sprudelt die Geschichte von dem Drogenfund ohne Punkt und Komma aus mir heraus.

»Verstehe. Ihre Eltern finden in Ihrer Küche einen Beutel mit Rauschgift, und Sie denken sich: Den trage ich jetzt mal spazieren, bis sich der rechtmäßige Besitzer bei mir meldet. Und erst nach einigen Tagen Wartezeit, in denen nichts passiert, bequemen Sie sich, einen Kripobeamten zu informieren, und vereinbaren mit ihm ein abendliches Treffen in seiner Freizeit, anstatt auf der Stelle mir das Cannabis zu übergeben. Was zum Henker ist nur los mit Ihnen?« Er starrt mich an, wie wenn er mich gleich abwatschen wollt. »Ich vermute ja, dass Sie wieder einmal selbst ›ermitteln‹ wollten, wer Ihnen das Gras untergejubelt hat. Eine Verbrecherjagd ganz nach Ihrem Geschmack.« Er dreht sich um und fixiert Mona mit stechendem Blick. »Wissen Sie eigentlich, dass es für solche pathologischen Fälle, wie Ihre Freundin Dora einer ist, Krimihotels gibt, sogar in der bayerischen Provinz? Warum buchen Sie nicht in einem von ihnen ein Wochenende für sie? Oder, noch besser, einen ganzen

Monat? Dort kann sie dann nach Herzenslust Mörder jagen, ohne die Polizei bei ihrer Arbeit zu behindern.« Der Hauptkommissar wischt sich mit dem Hemdsärmel über die Stirn und wirkt ein bisschen desolat. »Was soll ich nur mit Ihnen anfangen, Frau Dotterweich? Welches Argument könnte Sie dazu bringen, Ihre Ambitionen als Freizeitdetektivin aufzugeben? Frau Schmälzich, ich rate Ihnen, gut auf Ihre Kollegin aufzupassen, damit sie sich nicht permanent in Lebensgefahr bringt und irgendwann ihr Glück eine Pause macht.«

»Hallo?« Die Mona is empört. »Sie wissen aber schon, dass ich Köchin bin und nicht die Supernanny, oder? Und vielleicht haben Sie auch bemerkt, dass ich Dora bereits in meinem Haus einquartiert habe, damit ich sie besser im Auge behalten kann. Aber anleinen kann ich sie leider nicht. Obwohl«, sie dreht sich zu mir um, »die Idee eine zweite Überlegung wert wäre.«

Weil ich der Unterhaltung bisher schweigend folge, schüttelt der Janzen resigniert den Kopf. »Ich sehe schon, bei Ihnen sind Hopfen und Malz verloren, Frau Dotterweich. Also lassen Sie sich von einem Arzt Ihre Wunde versorgen, legen Sie sich schlafen und erholen Sie sich. Kommen Sie, Maunzer, wir müssen jetzt außer einen Mörder und den Angreifer auf Graf Lauenfels auch noch den Cannabis-Besitzer finden.«

Ohne mich eines weiteren Blicks zu würdigen oder sich von uns zu verabschieden, stürmt er davon und der Maunzer hinterher. Des Gartentürla fällt hinter den zwei Kommissaren zu, dann bin ich mit der Mona allein.

»Du, Mona«, fang ich an, weil ich weiß, dass jetzt eine Entschuldigung dringend notwendig is.

Aber sie winkt bloß genervt ab und steht auf. »Du schaffst mich total, mit dir wird es wirklich nie langweilig. Aber heute habe ich keine Nerven mehr, mir deine Ausflüchte und Erklärungen anzuhören. Wir reden morgen. Ich geh ins Bett, gute Nacht.«

Sie verschwindet im Haus und schmeißt die Tür hinter sich zu.

11

In der Früh proben die Mona und ich für den Stummfilm »Mona and Dora in Anger«. Weder redet sie mit mir, noch schenkt sie mir einen einzigen Blick. Und weil sie gar so ein finsteres Gesicht macht, halt ich lieber den Mund, zieh den Kopf ein und versuch, mich unsichtbar zu machen. Im Bad versorg ich die Brandwunde in meinem Nacken, die wie Höllenfeuer brennt, mit einer neuen Schicht Heilsalbe und papp ein blütenweißes Pflaster drauf. Auf den vom Janzen empfohlenen Arztbesuch gestern Nacht hab ich verzichtet und stattdessen Monas Erste-Hilfe-Kasten geplündert.

Wie die Haustür zuknallt, renn ich ans Fenster und starr hinaus. Die Mona hetzt den Gartenweg entlang zu ihrem MINI, schließt auf, setzt sich rein und braust davon. Mit keinem Wort hat sie sich erkundigt, wie es mir nach dem gestrigen Überfall geht, obwohl sie doch gemerkt haben muss, wie wacklig ich noch auf den Beinen bin. Und jetzt fährt sie allein zum Schloss. Diesmal hab ich sie echt vergrätzt. Ich glaub, ich muss mich noch amol bei ihr entschuldigen.

Wie ich in meinem Zimmer den Kram für die Arbeit zsammsuch, fällt mir die Dose mit dem Kevin seinen Keksen ins Auge, und ich steck sie in meine Tasche. Der Maunzer freut sich bestimmt über ein kleines Dankeschön für seine gestrige Rettungsaktion, wo er doch immer so scharf auf Selbstgebackenes is. Nach einem starken Kaffee, für den ich gestern bei der Babett im Dorfladen extra röstfrische Bohnen gekauft hab, schwing ich mich in meinen Hyundai und fahr hinauf zum Schloss.

Wie ich des »Eppelein« betret, geistert des erste Mal seit Längerem der Graf wieder durch den Wirtsraum. Sein Kopf is immer noch mumienhaft bandagiert, aber gesamtoptisch schaut er nimmer ganz so fahl und eingefallen aus.

»Setzen Sie sich kurz zu mir, Dora«, fordert er mich auf.
»Es gibt Neuigkeiten.«

»Ausnahmsweise amol gute?«, mutmaß ich.

»Ich denke schon. Stellen Sie sich vor, ich werde erben. Meine Cousine scheint doch nicht so schlecht bei Kasse gewesen zu sein, wie alle geglaubt haben. Offenbar hat sie mir Aktien, Schmuck sowie eine stattliche Geldsumme hinterlassen, womit alle anfallenden Rechnungen bezahlt werden können. Allerdings wurde das Erbe noch nicht freigegeben, deshalb habe ich unseren Familienanwalt mit der Wahrung meiner Interessen beauftragt. Er will alles Nötige veranlassen, den Erbschein beantragen und so weiter. Ich plane, heute noch die Lieferanten zu informieren, dass ich ihre Rechnungen in Kürze begleichen werde. Damit werden sie sich hoffentlich erst einmal zufriedengeben.«

Ich heuchel Überraschung: »Des nenn ich mal Glück im Unglück, gell. Dabei hat doch jeder gedacht, dass bei Ihrer Cousine kein Hosenknopf zu holen wär.«

»Ja, das ist eine wirklich mysteriöse Geschichte. Meine Frau und ich wundern uns immer noch, woher Nadjas unverhoffter Geldsegen gekommen ist. Seit Jahren hat sie weit über ihre Verhältnisse gelebt. Aber vor allem bin ich natürlich erleichtert, dass so genügend Kapital für eine standesgemäße Beerdigung und alles andere vorhanden ist.«

»Wie geht's Ihnan denn gesundheitlich?«, frag ich besorgt.

»Die Kopfschmerzen sind eine Plage. Außerdem erschöpft mich bereits die kleinste Anstrengung. Aber wenn ich den ganzen Tag im Bett liege, wer soll denn dann im Wirtshaus nach dem Rechten schauen? Ich muss mich doch um meine Gäste und das Büro kümmern.« Er seufzt. »Aber Nadjas Tod macht mir immer noch schwer zu schaffen. Vor allem der Gedanke, dass der Täter noch frei herumläuft. Stellen Sie sich nur vor: Weil der Gerichtsmediziner sich nicht festlegen kann oder will, um welche Tatwaffe es sich gehandelt hat, hat die Spurensicherung auch noch keine passende gefunden. Aber das Stahlrohr, mit dem ich niedergeschlagen wurde, war es auf keinen Fall, das hat die kriminaltechnische Untersuchung ergeben.«

Aha, denk ich, des is ja hochinteressant.

»Mittlerweile vermuten alle, dass der Mörder die Mordwaffe mitgenommen und entsorgt hat. Wahrscheinlich liegt sie längst auf dem Grund der Aufseß oder wurde auf einer entfernten Mülldeponie vergraben. Ich sage Ihnen jetzt etwas, Dora: Die Polizei wird den Mörder meiner Cousine niemals fassen, und das Verbrechen an ihr wird ungesühnt bleiben«, prophezeit er düster.

Zu dem Thema möcht ich mich lieber nicht äußern, drum nick ich zustimmend, verabschied mich und schieb ab in mein Küchenrevier.

Dort ignoriert mich die Mona immer noch, aber weil's einen Haufen Arbeit gibt, hab ich grad keine Zeit, bei ihr mit einem »Bitte, bitte, Frau Königin« um Schönwetter zu betteln.

Dann streckt auch noch mein Lebensretter den Kopf durch die Tür und will wissen, wie es mir heut geht. Anstatt seiner dunklen Intellektuellen-Eulenbrille hat er so ein rundes John-Lennon-Nasenfahrrad auf, mit dem er ausschaut wie der ältere Bruder von Harry Potter. Des passt viel besser zu seinem Babyface als so ein komisches Hipster-Teil. Bei seinem Anblick erinnere ich mich an die Tupperdose mit den Plätzchen und hol sie geschwind aus meiner Tasche.

»Für Sie, Herr Maunzer, und noch amol herzlichen Dank für alles.« Ich drück sie ihm in die Hand.

Er öffnet sie und linst hinein. »Ui, des riecht aber gut. So würzich. Ham Sa die selber geback'n?« Vor Freud lacht er übers ganze Gesicht. »Die ess ich heit Obend beim Fernsehschaua. Do läuft nämlich a Nürnbercha ›Dadord‹ vo 2017, do kumma die Plätzla grod rächt. Dank schee, Dora.«

Weil ich ihm ned lang und breit erklären will, wo die ominösen Plätzla tatsächlich herkommen, nick ich der Einfachheit halber. »Bassd scho.«

Und mit der Dose unterm Arm zieht der Maunzer zufrieden ab.

Nachdem des Mittagsgeschäft gelaufen is, nehm ich die Mona auf die Seite und sag ihr noch amol ganz ausführlich, wie leid mir meine Geheimniskrämerei tut und dass ich sie halt einfach ned mit in den ganzen Schlamassel hineinziehen wollt. Zuerst is sie scho noch ziemlich stinkig, aber dann versteht sie, dass ich bloß nix erzählt hab, um sie zu schonen.

»Du, Mona«, sag ich, wie zwischen uns wieder alles gut is, »mittlerweil bin ich fast sicher, dass der Nagler ned nur die Schönthal auf dem Gewissen, sondern mich auch in der Kühlkammer eing'sperrt und gestern Abend mit dem Elektroschocker niederg'streckt hat. Der will mich aus dem Weg räumen, genauso wie sei letztes Gspusi. Vielleicht war er es ja aa, der den Chef umg'haut hat? Ein echter Totschläger, der Lauenburger Frauenflüsterer.«

»Hast du denn dafür Beweise?«, fragt sie zögernd.

»Naa, noch ned. Aber gleich heut Nachmittag such ich danach. Ich hab vorhin mitg'kriegt, dass der Nagler später in die Stodt muss und erst widder abends zum Arbeiten ins ›Eppelein‹ kommt. Sobald er im Auto hockt, fahr ich zu ihm heim und durchsuch seine Wohnung. Bestimmt find ich dort ein oder zwei Beweise, was meinst?«

Anfangs is die Mona skeptisch, aber nachdem sie eine Weile überlegt hat, sagt sie überraschend: »Ich begleite dich.«

»Des kommt überhaupt ned in die Tüten!«, wehr ich sofort ab. »Des is ein Einbruch, und wenn wir dabei erwischt werden …«

»Aber ich weiß, wie du in die Wohnung kommst, ohne einzubrechen.« Sie grinst triumphierend. »Ohne beschädigtes Türschloss, ohne eingeschlagene Fensterscheibe. Also, nimmst mich jetzt mit oder nicht?«

»Wie soll denn des gehen?«, erkundige ich mich.

»Meinst, ich bin so blöd, es dir jetzt und hier zu verraten? Damit du dich später verdrückst und mich hier stehen lässt? Nein, nein, Dora.«

»Also gut, dann komm halt mit«, knick ich widerwillig ein.

So eine ausgepichte Büxn, die Mona, denk ich. Wär ich sie, hätt ich's genauso gemacht. Weil ich noch ausfanzeln muss, ob der Nagler auch tatsächlich in die Stadt fährt und wir freie Bahn haben, schlender ich in die Wirtsstube zurück, wo der Alex grad noch den letzten Tisch mit einem Putzhadern abwischt.

»Du, Alex, wo is denn der Boris?«, erkundige ich mich. »Is der am End scho heimgefahr'n?«

»Ach, Dora, du bist es.« Er richtet sich auf und lächelt mich an. »Wozu brauchst denn den Boris? Vielleicht konn ich dir ja helfen?«

»Naa, danke, ich müsst ihn was fragen. Du weißt ned zufällig, wo er steckt?«

»Er hod wos Dringendes zum Erledigen, hod er erzählt, drum is er in die Stadt g'fahren. Ich glaub, er is erscht heut Abend widder do.«

»Dank dir schön, Alex. Dann frag ich ihn halt später. So lang kann des noch warten.« Ich wink ihm freundlich zu und mach, dass ich zum Parkplatz komm, wo die Mona scho ungeduldig auf mich wartet.

»Und?«, fragt sie aufgeregt, und ihre Augen funkeln unternehmungslustig.

»Wie ich's mir gedacht hob. Er is fort, die Luft is rein. Jetzt müss ma bloß noch irgendwas finden, was den Nagler belastet. Drogen, Waffen, Fotos, irgendwas halt. Also, auf geht's!«

»Ich bin noch nie irgendwo eingebrochen«, gesteht die Mona ein wenig atemlos, wie wir in ihren MINI steigen. »Du etwa?«

Mir fallen meine Aktivitäten während der Ermittlung beim ersten Mord im Schloss ein, wie der Vater vom Grafen ums Leben gekommen is. Bin ich da irgendwo eingebrochen?, überleg ich. Und kann man des als Einbruch bezeichnen, wenn eine Haustür ned abgesperrt is? Ich glaub, des war dann doch wohl eher eine Einladung.

Drum kann ich mit gutem Gewissen antworten: »Naa, ned so richtig. Einmal fast, aber eigentlich war des mehr so ein Besuch bei einem Kollegen.«

»Aha.« Die Mona nickt wissend. »Irgendwie war mir das klar wie Klößbrühe, dass das nicht dein erstes Mal ist.«

Den MINI stellt die Mona ein ganzes Stück weit von der Hummel-Residenz ab, weil wir ned wollen, dass gleich ein jeder von den neugierigen Nachbarn spitzkriegt, dass wir uns in dem Hummel Heiner seinem Haus aufhalten, in dem der Nagler seit Kurzem zur Miete wohnt. Des Haus is ein richtiger Protzbau mit drei Etagen, riesigen Fenstern, Erkern und Türmchen und einer pompösen Vierergarage. Weil es am Hang gebaut is, liegt des Souterrain ebenerdig, und drüber is der zweistöckige Wohnbereich vom Hummel Heiner und seiner Familie.

»Wedder nei, ned schlecht!«, staun ich, weil ich immer nur im Vorbeifahren einen flüchtigen Blick auf des Luxusdomizil geworfen hab. »Ich hab gar ned gewusst, dass dem Heiner sein verfallener Hof und die sauren Wiesen so viel eingebracht ham, dass er sich so einen Palast hat hinstellen können.«

»Sightseeing kannst später machen, Dora, jetzt komm«, drängt die Mona und zieht mich auf die Terrasse. Sie schnappt sich den Türgriff und stemmt sich mit ihrem Fliegengewicht gegen des Türblatt. Es tut sich nix. Sie dreht sich zur Seite und versucht, die Glastür mit der Schulter aufzudrücken. Es tut sich wieder nix. Die Tür bleibt zu.

»Scheiße!« Wütend rüttelt sie an dem Griff. »Der Heiner scheint das Schloss repariert zu haben. Früher konnte man die Terrassentür von außen mit Leichtigkeit aufdrücken. Auf jeden Fall, solange ich hier gewohnt habe.«

»Sauber!«, schimpf ich kurz, aber heftig. »Und was mach ma jetzt?«

»Nicht verzagen, Mona fragen.« Sie zieht ihren Schlüsselbund aus der Hosentasche, an dem mindestens sechs oder sieben Schlüssel hängen. »Komm mit.« Dann biegt sie links um die Ecke, wo, ein wenig zurückversetzt, sodass er ned gleich ins Auge fällt, der Eingang zur Nagler-Wohnung liegt. Nachdenklich mustert sie die unterschiedlichen Schlüssel, wählt einen aus und schiebt ihn ins Schloss. Er passt.

»Sesam, öffne dich. Bitte einzutreten.«
Wir stehen im Hausflur.
»Du bist so ein Sauluder, so ein durchtriebenes. Du hast einfach von damals, wie du hier gewohnt hast, deinen alten Woh-

nungsschlüssel behalten«, flüster ich. Dermaßen viel Raffinesse nötigt mir höchste Anerkennung ab.

»So etwas würde ich nie machen. Aber ich habe mir damals einen Nachschlüssel anfertigen lassen und ihn bei meinen Eltern deponiert, weil ich ab und an zur Vergesslichkeit neige und das Original öfter mal in der Wohnung liegen gelassen habe. Reiner Zweckoptimismus also, sonst hätte ich jedes Mal den Schlüsseldienst bezahlen müssen. Irgendwie hab ich es immer wieder verpasst, den Schlüssel den Hummels zu geben, und auf einmal war die Zeit dafür verstrichen.«

Wir schauen uns in der Wohnung um. Der Flur is schmal und duster, außer drei Garderobenhaken neben einem Spiegel und einem schmalen Schuhschrank darunter seh ich dort nix. Ich öffne die Schranktüren und schiel hinein. Drinnen stehen unzählige Männerschuhe, alle ziemlich neu, alle ziemlich teuer. An der Garderobe hängen zwei Lederjacken, eine elegante schwarze von Armani und eine dunkelblaue mit Nieten von Versace. Der Drogenhandel scheint sich zu rentieren.

Rechts geht's ins Wohnzimmer. Des is groß, hell und blitzt bloß so vor lauter Chrom und Glas. Ein flauschig weißer Teppich liegt auf dem Fußboden, an der Wand hängt ein Flachbildschirm von Bang & Olufsen, der ned unter siebentausend Euro zu kriegen is. In meinem Pförtnerhäusla tät der eine komplette Wand einnehmen. Ob auf der schneeweißen Lederwohnlandschaft von Koinor schon amol wer gehockt is?, frag ich mich. Die schaut so nagelneu aus, dass es mich ned wundern tät, wenn noch irgendwo des Preisschildla hängt. Ganz sicher is: Mit einem Kellnergehalt is so ein Luxus ned zu finanzieren.

Wir ziehen jede Schublade von dem verspiegelten Psiche-Lacksideboard auf, inspizieren ein Fach nach dem anderen. Aber außer Papierkram, einer Großpackung Kondome, ein paar Autozeitschriften, einem Stapel Fotos mit aufgedonnerten Weibern in allen Stadien der Nacktheit und einer Sammlung von Stringtangas in sämtlichen Farben finden wir rein gar nix Interessantes.

»Wo is 'n der Hobbyraum?«, raun ich der Mona zu.

»Welcher Hobbyraum?«, wispert sie zurück.

»Na, des Schlafzimmer halt.« Ab und zu steht sogar sie auf der Leitung.

»Ach so. Dort.« Sie öffnet eine Tür.

Auweia, da schaut's ja aus wie am Set von einem Pornodreh. Vor uns steht ein kreisrundes Bett mit roter Lederbespannung und schwarz glänzender Satinbettwäsche. Die ganze Zimmerdecke is verspiegelt, sodass einem beim Auf-dem-Rücken-Liegen ned die allerkleinste Bewegung entgeht. Ich mach einen Schritt nach vorn. Der Teppich is pechschwarz und zentimeterdick. Des is also dem Kellner Nagler seine Lusthöhle im typischen Achtziger-Jahre-Look. Irgendwie passt so eine altbackene Geschmacklosigkeit viel besser zu ihm als des geschniegelte Luxusambiente im Wohnzimmer.

»Da sind Nachtkästchen neben dem Bett. Ich übernehm das rechte, du das linke.« Scho kniet die Mona davor, zieht eine Schublade nach der anderen auf und wühlt sich durch den Inhalt.

Ich geh hinüber auf die linke Seite und sag nach zehn Sekunden: »He, Mona, brauchst ned weiterzusuchen. Da, schau her.« Ich zieh ein Papiertaschentuch aus meiner Jeanstasche und wickel es um meinen Fund, damit ich keine unnötigen Fingerabdrücke hinterlass. »Er hat's ned amol für nötig gehalten, des Ding zu verstecken.«

Die Mona steht auf und kommt ums Bett zu mir herum.

»Ein Elektroschocker«, stellt sie fest.

»Glaubst es mir jetzt, dass der Nagler der Mörder is?«, frag ich. »Er hat die Schönthal umgebracht, den Chef niedergehauen und mich in der Kühlkammer eingesperrt. Und er war's auch, der mich letzte Nacht in deinem Garten überfallen hat, der Sauhund, der elende.«

»Naa, Bratarsch, do täuschst dich. Des war ich ned. Ich hob niemanden umgebracht.«

Vor Schreck zucken meine Komplizin und ich zsamm und fahren zur Tür herum. Dort steht breitbeinig der Nagler, die Hände auf dem Rücken.

»Ich stör euch doch hoffentlich ned bei was Wichtigem,

oder? Habt ihr g'funden, wonach ihr gesucht habt, ihr Bauerndrutschn? Oder soll ich euch beim Suchen helfen?«

Er grinst zwar, trotzdem fürcht ich, dass er gleich einen Baseballschläger hinter dem Rücken vorzieht und uns damit in Grund und Boden stampft.

»Boris, das ist jetzt nicht, wonach es aussieht«, versucht die Mona zu erklären.

»Also, von da herüben schaut es mir ganz nach aam Einbruch aus«, erklärt der Nagler und verschränkt die Arme vor der Brust. »Wie kommt denn ihr zwaa Vollpfosten in meine Wohnung? Hat euch ebba der Heiner neig'lassen? Oder der Graskopf Kevin vielleicht? War der widder amol dermaßen zugedröhnt, dass er nix g'schnallt hat? Jaja, es is schon ein Gfregg mit denan Drogen, gell? So, und etzad ruf ich die Bullen, die soll'n euch zwaa Eulen abholen. Ich zeig euch nämlich an wegen Einbruch.«

Er zieht sein Handy aus der Hosentasche und fängt an, drauf herumzutippen.

»Stopp!«, befehl ich ihm. »Steck dein Handy weg und überleg dir lieber noch amol gut, ob du wärklich die Polizei anruf'n willst. Wenn du uns nämlich wegen dem Einbruch anzeigst, kriegst von mir a fette Anzeig wegen Körperverletzung. Da vorn an denen Metallkontakte«, ich halt meinen Fund in die Höh, »hängen sogar noch a paar winzige Hautfetzn dran, und für die kriminaltechnische Spurensicherung is des bestimmt a Kinderspiel festzustell'n, dass die zu meinem Hals g'hören. Des warst du doch, du Hund, der mich gestern mit dem Ding verletzt hat. Soll ich dir die Wunden zeig'n, ha?«

Wie der Nagler den Elektroschocker in meiner Hand sieht, fällt ihm die Solariumbräune aus dem Gesicht, und er wird um die Nase rum so weiß wie Löschkalk. Sein freches Machogehabe schrumpft in Sekundeschnelle auf die Größe von einem zerstochenen Luftballon zsamm.

»Woher hosd du den?«, stammelt er.

»Der war in deim Nachttischla gelegen. Ganz schee leichtsinnig. Des is doch deiner, oder ned? Du warst es aa, der mich im Kühlraum eing'sperrt hat. Du wolltest, dass ich erfrier, du

Verbrecher. Und dein Gspusi, die Schönthal, hast du aa erschlagen, gib's ruhig zu. Hast die Tatwaffe ebba hier in der Wohnung versteckt? Oder liegt die scho längst drunten im Fluss? Und den Chef wolltest aa umbringen. Jetzt los«, herrsch ich ihn an, »red endlich und lass dir ned a jedes Wort aus deiner Koksnasen ziehen.«

»Des mit dem Kühlraum, des war ich ned, ich schwör's bei allem, was mir heilig is, Dora«, wimmert der Nagler auf amol und schaut ganz verzweifelt aus.

»Was wird einem Drogendealer wie dir schon heilig sein?«, erkundigt sich Mona giftig. »Dein getunter Golf GTI? Deine neue Ledercouch? Oder das ritzerote Rammelrondell hier?« Verächtlich tritt sie mit dem Fuß dagegen.

»Hör auf! Des Bett is nogelnei und noch ned bezahlt. Du verkratzt ja des ganze Leder«, jault der Mord-Kellner.

»Dann mach endlich dein verlogenes Maul auf, sonst …« Drohend halt ich mein Handy hoch, das ich aus meiner Handtasche gefingert hab. »Oder soll ICH vielleicht die Kripo anrufen? Die haben dich eh scho lang auf dem Kieker«, platzt es aus mir raus.

»Also gut«, gibt er nach, »ich geb ja zu, des gestern Abend, des wor ich. Mir is dei bleede Schnüffelei auf die Nerven ganga. Ich wollt dir aan kleinen Schrecken einjagen, damit du endlich damit aufhörst.«

»Und da hast dir gedacht: Wenn sie schon amol bewusstlos rumliegt und nix mitkriegt, nehm ich ihr aa gleich noch des Cannabis ab.« Ich schüttel den Kopf. »Nagler, Nagler, du bist und bleibst a elender Drecksack. Rück den Beutel mit dem Gras raus, aber zackig.

»Glaub ma's halt, Dora, ich hob den Beutel ned«, winselt des armselige Würstla jetzt. »Von mir aus kannst mei ganze Buden auf den Kopf stellen, aber finden wirst nix. Ned a einzigs Bröckerla. Und der Nadja hätt ich nie was antun könna. Auf die bin ich gestanden wie a Einser. Glaubst du wärklich, ich hätt die erschlagen könna? Für mich war die Frau wie a Sechser im Lotto, a echter Goldfisch, verstehst? Die wollt mich nach München mitnehma und mir einen guten Job besorg'n.

Jedenfalls hod sie mir des fest versproch'n.« Jetzt hockt er am Boden und hat des Gesicht in den Händen vergraben.

»Sag uns, wohin der Beutel mit dem Gras verschwunden ist, dann bist du uns los«, macht die Mona ihm einen Vorschlag zur Güte. »Kein Ärger, keine Anzeige, und keiner erfährt auch nur ein Sterbenswörtchen. Also, spuck's aus. Und falls du jemanden wegen dem Mord an der Schönthal in Verdacht hast, wäre es nicht das Schlechteste, mit den Kommissaren zu sprechen.«

»Naa, Mona, des geht beim besten Willen ned. Wenn ich mit den Kriminalern red und des jemand merkt, riskier ich mei Leben. Um den Mord sollen die sich gefälligst selber kümmern. Ich halt schee mei Maul und mich aus der Sach raus, des darfst mir glaub'n.«

»Na gut, aber unser Treffen hier bleibt auch unter uns, verstanden?«, stellt die Mona noch mal klar. »Kein Wort zu niemandem, Boris, dass wir in deiner Wohnung waren. Weder zu deinen Kollegen noch zu Kevin noch zu deiner Freundin Silvie. Wenn du irgendetwas darüber herumtratschst, kann ich für nichts garantieren. Die Dora ist ja bekanntlich schnell bei der Hand mit ihrem Fleischklopfer.«

Wie er nickt, ohne uns anzuschauen, stopf ich den Elektroschocker in meine Handtasche und mach mich mit der Mona schleunigst aus dem Staub.

Draußen schnaufen wir kurz, aber tief durch, bevor wir in Richtung MINI spurten. Die Mona liegt scho meterweit vor mir, wie auf amol ein olivgrüner, schlammbespritzter Suzuki-Jeep neben mir hält und des Beifahrerfenster runtersurrt.

»Grüß dich, Dora.« Es is unser Förster, der Zeitler Konni. Mein Herz macht einen mordsmäßigen Hupfer, aber ich setz mein grantigstes Gesicht auf. »Was willst 'n ausgerechnet du?«, schnaub ich, weil ich dran denken muss, was für einen unvorteilhaften Eindruck ich bei unserem letzten Zusammentreffen hinterlassen hab. Allein die oberpeinliche Szene mit dem Klofenster! Vor Scham möcht ich auf der Stelle tot umfallen. »Geh scho aweil vor, ich komm gleich nach!«, ruf ich der Mona zu, die stehen geblieben is.

»Mich entschuldigen. Ich hab mich im ›Grünen Kranz‹ wie der letzte Volldepp benommen. Das tut mir leid. Dabei wollt ich dich nur ein wenig aufzwicken, weil du mich in letzter Zeit so schwer vernachlässigst.«

»Des is dir gut geglückt. Hast noch einen recht erfolgreichen Abend gehabt mit der Böhner-Schlampn? Ihr seid a schönes Paar. Gibt's scho Zukunftspläne?«, geifer ich.

»Komm, Dora, sei halt wieder gut. Ich hab mir wirklich bloß einen kleinen Spaß erlauben wollen. Wie hätt ich denn wissen können, dass du ihn mir derart krummnimmst? Außerdem musst du schon zugeben, dass du mich in den letzten Wochen ignoriert hast. Ich hab mindestens zehnmal bei dir daheim angerufen. Aber immer ist jemand anders ans Telefon gegangen, entweder ein fremder Mann oder eine Frau. Ich hab dann einfach aufgelegt. Warum hast du dich nicht bei mir gemeldet? Reicht deine Zeit nicht einmal für einen Fünf-Minuten-Anruf?« Er sieht jetzt recht verunsichert aus.

Und es stimmt ja auch, was er sagt, denk ich, und plötzlich regt sich ganz leis und ganz tief in mir drin mein schlechtes Gewissen. »Aber hättest ned mit einer andern als wie mit der Böhnerin anbandeln können?«, frag ich. »Des is meine Erzfeindin, des weißt doch.«

»Freilich weiß ich das, deshalb hat's ja auch besonders viel Spaß gemacht. Wann hast du denn wieder mal Zeit für mich?« Er lacht, greift neben sich und streckt mir einen Strauß Wiesenblumen durchs Fenster entgegen. »Hab ich extra für dich gepflückt. Ich war grad auf dem Weg zum Schloss, um sie dir zu bringen. Hast du den Heiner besucht?«

»Ja«, sag ich und dann schnell, »und dank dir schön für die Blumen. Hat dir denn kaaner gesteckt, dass meine Eltern bei mir im Pförtnerhäusla wohnen und ich derweil im Dorf bei meiner Kollegin untergekrochen bin? Sobald sie wieder abgereist sind, ruf ich dich an. Dann reden wir amol in Ruh über alles, großes Indianerehrenwort«, versprech ich und bin scho wieder halb versöhnt.

»Und wenn nicht, geh ich jeden Tag ins Dorfwirtshaus und

poussier so lang mit der Sonja, bis du dich bei mir meldest. Also vergiss lieber nicht, mich anzurufen.« Er hupt kurz und braust davon.

Ich schau dem Jeep nachdenklich hinterher. Vielleicht renkt sich die Sache mit uns ja doch wieder ein. Wär schad, wenn ned, weil ich den Konni wirklich gernhab.

Die Mona wartet schon im MINI auf mich. »Alter, hab ich mich zu Tod erschreckt, als der Nagler plötzlich im Schlafzimmer stand.«

»Davon hat ma aber nix g'merkt. Du warst so cool, dass der Dorfcasanova ganz schön rasant eingeknickt is. Zum Schluss hat der ja richtig gewinselt. Vor wem er bloß so viel Angst hat? Meinst, der weiß, wer die Schönthal abg'murkst hast?«

Sie zuckt mit den Schultern. »Dora, ich bin total unterzuckert. Wenn ich nicht gleich etwas esse, bin ich zu keinem klaren Gedanken mehr fähig.«

»Dann fahr zu. In der Wirtshausküchen gibt's noch a Scheiterhäufala vom Mittagessen. Des können wir in der Mikrowelle warm und anschließend plattmachen«, animier ich sie.

Ned, dass jetzt fei wer denkt, im Schloss gäb es einen echten Scheiterhaufen, auf dem wo Hexen verbrannt werden. Obwohl, da tät mir scho die eine oder andere Kandidatin einfallen. Naa, a Scheiterhäufala is eine wunderbare fränkische Süßspeis, auf die ich jetzt einen Riesenappetit hab.

Des Scheiterhäufala schmeckt auch aufgewärmt, vor allem, weil wir uns noch zwei Kugeln Eis obendrauf und einen Cappuccino dazu gönnen. Es hat scho seine Vorteile, in einer Küche zu arbeiten. An feinen Spezialitäten mangelt es uns nie, wie an meiner Figur leicht zu erkennen is. Wie meine Kolleginnen ihr Fliegengewicht halten, is und bleibt mir ein ewiges Rätsel.

Wir verdrücken grad den letzten Bissen, da schneit der Maunzer herein, auf dem Gesicht ein derart seliges Grinsen, wie wenn er grad Lotto-Jackpot-Millionär geworden wär.

»Servus«, begrüß ich ihn. »Setzen Sie sich doch einen Moment zu uns. Wir müssen zwar gleich nüber in die Küche, aber für einen schnellen Kaffee mit Ihnan reicht die Zeit scho noch, gell, Mona?«

Sie steht auf, um dem Kommissar-Jungspund einen Cappuccino zu holen. Der schnappt sich derweil meine Hand, küsst sie und lässt sie gar nimmer los.

»Dora«, schmachtet er mich an. Seit wann sagt er eigentlich Dora zu mir?, überleg ich. War ich sonst ned immer die »Frau Dotterweich« für ihn? »Also, Ihra Plätzla! A Traum! So wos hob ich ja noch nie gegess'n. Einfach der Hammer. Sie sin der Küchen-Michelangelo, der Plätzla-Picasso, a Backofen-Leonardo«, schwärmt er. »Nuch amol dank schön, des wor wärklich ganz wos Feins. Seither fühl ich mich rundherum sauwohl, mir geht's so gut wie noch nie. Und mei Mutter socht des fei aa. Sogor ihr Rheuma is auf amol besser. Des reinste Wunder. Leider sin bloß noch zwaa von denan Keksla übrig, drum wollt ich Sie frog'n, ob's nuch welcha gibt.« Gierig stiert er die Eispfützen auf unseren Tellern an. »Außerdem möchad ich aa gern wos Sieß. Vielleicht a Schmalzgebäck? Oder a Stückla Torten? Eigentlich wurscht, ich ess alles.«

Während er meine Hand umklammert und Lobreden hält, wandern die Blicke von der Mona, die ihm den Cappuccino scho hingestellt hat, ungläubig zwischen dem Kommissar und mir hin und her. Sie verdreht ganz gefährlich die Augen und macht hektische Kopfbewegungen Richtung Küche, aber ich hab keine Ahnung, was sie von mir will. »Leider, leider ist unsere Pause jetzt zu Ende, Herr Maunzer«, unterbricht sie schließlich seinen Redefluss. »Wir müssen zurück an die Arbeit. Aber bleiben Sie doch noch einen Moment sitzen, ich schaue nach, ob noch Kuchen da ist.«

Er bleibt hocken und starrt uns mit glückseligem Lächeln hinterher. Ich frag mich ernsthaft, warum er sich heut gar so merkwürdig verhält.

»Von welchen Plätzchen redet dieser arme Irre da draußen?«, herrscht mich die Mona an, kaum dass die Tür hinter uns zugefallen is.

»Von denan vom Kevin halt. Weißt scho, die wo er dir am Brunnen geschenkt hat.«

»Sag bitte, dass das nicht wahr ist, Dora.« Monas Augen werden vor Schreck riesengroß. »Du hast die Kekse vom Kevin an den Maunzer weitergereicht? Spinnst du, oder was? Was hast du dir denn nur dabei gedacht? Das kann doch nicht dein Ernst sein!«

»Du hast mir doch die Tüten selber in die Händ gedrückt. Waren die wohl vergiftet, oder was?«

»Dora, du hast doch den Kevin selbst erlebt. Womit, denkst du, backt er seine Kekse? Mit Schokostreuseln? Rosinen? Nüssen?«

Ich schüttel genervt den Kopf. »Des weiß doch ich ned.«

»Haschisch. Der Kevin backt Haschkekse. Schnallst du jetzt, warum der Maunzer so einen Stuss redet? Der ist high, total zugedröhnt, könnte man sagen. In dem Zustand darf ihn keiner zu sehen kriegen. Stell dir bloß vor, sein Chef erlebt ihn so. Oh Gott, wegen dir landen wir noch alle hinter Gittern. Ich werd ihn jetzt zu mir heimbringen, damit er da seinen Haschischrausch ohne Publikum ausleben kann.«

»Warum sagst du mir so was denn ned gleich?«, reg ich mich auf. »DU hast mir doch die Guggern gegeben und ned mit einem Wort erwähnt, dass des Haschplätzla sind. Hellsehen kann ich fei ned. Wenn ich des gewusst hätt, wären die doch auf der Stell in die Mülltonne geflogen.«

»Ich hab einfach nicht mehr daran gedacht, dass du die eingesteckt hast«, verteidigt sich die Mona. »Aber bitte vermute jetzt bloß nicht, dass ich Haschkekse konsumiere. Damit bist du auf dem Holzweg.«

»Is scho recht, Mona«, beruhig ich sie. »Und jetzt schick dich und schaff den Maunzer fort, bevor der Janzen im ›Eppelein‹ aufschlägt und ihn zu sehen bekommt.«

»Und was willst du dem Hauptkommissar sagen, wenn er nach ihm fragt?« Die Mona denkt einfach an alles, also, wenigstens ab und zu.

»Dass dem Maunzer schlecht g'worden is, weil er was Unrechtes gegessen hat, und du dich um ihn kümmerst.« Was ja auch irgendwie die Wahrheit is, wenn man es recht bedenkt.

Wir stürzen hinüber in die Wirtsstube, wo der Maunzer vollkommen der Welt entrückt mit dem Kaffeesatz Blumen auf den Tisch malt und dazu des Bayernlied trällert. Daran erkenn ich augenblicklich, dass was mit ihm ned passt. Der Maunzer is nämlich Franke mit Leib und Seele, der tät niemals bei voller geistiger Zurechnungsfähigkeit des Bayernlied singen. Für ihn käm nur des Frankenlied in Frage, ohne Wenn und Aber.

»Komma Sa, wir machen jetzt einen schönen Ausflug miteinander«, versprech ich ihm und hak ihn unter. »Des wird Ihnan bestimmt g'fallen. Und Kuchen und Plätzla gibt's da aa, wo's hingeht.«

»Mit Ihnan tät ich bis auf den Mars flieg'n, Dora, weil Sa mei Traumfraa sin. Am liebsten tät ich für imma bei Ihnan bleib'n. Sie kochen nämlich nuch besser als wie mein Mudder«, stammelt er selig.

Mit Müh und Not verstauen wir den unfreiwilligen Haschischesser im MINI, dann schlüpft die Mona hinters Lenkrad und prescht mit Vollgas davon.

Ich dreh mich auf dem Schlosshof um. Hoffentlich hat keiner mitgekriegt, dass wir den Kommissar quasi entführt haben.

Wie ich auf die Uhr schau, is es gleich halb fünf. Die Edith und die Sofie kommen erst in einer halben Stunde zurück. Ich glaub, ich werd mich schnell frisch machen und dann scho amol mit der Vorbereitung fürs Abendgeschäft anfangen.

Im Personalraum, wo meine Ersatzkochklamotten lagern, falls ich mich bei der Arbeit amol richtig einsau, is es duster, weil des Deckenlicht kaputt is. Ich streif mein T-Shirt ab und wasch mir Händ, Gesicht, Hals, Arme und Schultern. Dann geh ich hinüber zu meinem Spind, öffne die Tür und nehm meine Kochjacke und des Käppi heraus, unter dem ich bei der Arbeit die Haar versteck. Wie ich die Tür zuschlag, steht die Engel Silvie dahinter, ganz wie in einem miesen Horrorfilm. Erschrocken weich ich zwei Schritt zurück.

»Spinnst du, Silvie? Musst du mich derart erschrecken?«

Sie starrt mich grantig an, ohne ein Wort zu sagen.

»Is irgendwas?«, frag ich irritiert.

»Was willst du vom Boris?«, faucht sie wie eine Katz, der man auf den Schwanz gestiegen is.

»Häh? Ich? Vom Boris? Nix!« Ich weiß grad echt ned, wovon sie redet.

»Was hosd denn dann heut Nachmittag bei ihm dahaam g'macht, ha?«, kreischt sie.

Woher weiß sie des, und vor allem – so schnell?, wunder ich mich. Hat der Boris doch geplaudert, die alte Ratschkaddl? »Wir haben was mit ihm beredet, die Mona und ich«, teil ich ihr widerwillig mit. »Aber des geht dich einen Scheiß an, verstehst?«

»Aan Scheiß, soso!« Sie macht einen Schritt auf mich zu, sodass wir Brust an Brust stehen täten, wenn sie denn eine hätt. Ihre grüngelben Augen funkeln, und ihr Fuchsgesicht glüht wie eine Horrormaske in der Geisterbahn. Des Madla is echt zum Fürchten.

»Bist du sei Mutter, oder was, dass du bestimmst, mit wem er reden darf und mit wem ned?«, frag ich.

In dem Moment springt sie auf mich zu und haut mir so eine Trummfotzen nei, dass ich nach hinten taumel und mich grad noch fangen kann.

»So red'st du ned mit mir, du Brunzkundl!« Die Engel Silvie fletscht die Zähne wie ein tollwütiger Hund, und einen Moment lang hab ich Angst, dass sie mich in den Hals beißen will. »Lass gefälligst deine Fettgriffel vom Boris, sonst lernst mich von meiner unfreundlichen Seiten kenna«, zischt sie.

Geschockt halt ich mir die brennende Wange und überleg, ob sie tatsächlich noch unfreundlichere Seiten hat als wie die hier. Eigentlich kaum möglich, weil sie grad komplett durchdreht.

»Jetzt komm amol runter, Silvie«, sag ich und versuch, ruhig zu klingen. »Ich will nix von deinem Boris, der interessiert mich überhaupt ned. Wir sind Arbeitskollegen, nix weiter. Der Besuch vorhin war a einmalige Sach.«

»Des will ich aber meinen. Der Boris g'hört nämlich mir.

Den lässt du in Ruh, und des Gleiche gilt für die aufgeblasene Schmälzich. Wenn ich euch zwaa noch amol in seiner Näh erwisch, garantier ich für nix, verstanden? Kümmer du dich lieber um deinen faden Borkenkäfer, damit der ned jeden Abend um die Böhner Sonja rumscharwenzelt wie a liebestoller Uhu, weil er gern a griffigs Weibsbild im Bett hätt und ned bloß aan schmierigen Fettbatzen.«

Wie sie den Konni und mich beleidigt, seh ich rot. Mit einem Satz bin ich bei ihr, pack sie an ihren dünnen Zotteln und drück ihr Gesicht mit aller Kraft gegen die Spindtür. »Halt bloß dei Schandmaul, du Putzlumpn!«, brüll ich. »Mir reicht's jetzt mit deina narrischen Fürz. Deinen Boris kannst von mir aus gern behalten und mit ihm selig werden. Ich will den ned und die Mona aa ned, geht des nei in dei Spatzenhirn?« Ich drück noch a weng fester zu, so lang, bis sie laut schreit. »Mach bloß in nächster Zeit aan großen Bogen um mich. Denn wennst mich noch a einzigs Mol anfasst, brech ich dir jeden Finger einzeln.« Und des is keine leere Drohung, weil ich ungefähr doppelt so schwer bin wie sie, des dürre Grisperla, des ich grad am Wickel hab. Bevor ich sie loslass, geb ich ihr noch einen ordentlichen Schumberer, dass sie mit lautem Geschepper an den Spind hinkracht. »Und jetzt schleich di, bevor ich mich vergess.«

Die Engel Silvie richtet sich auf und schüttelt sich wie ein nasser Hund. Des Türschloss hat einen tiefen Abdruck auf ihrer rechten Wange hinterlassen.

»Des zahl ich dir heim, Dotterweich, bass bloß auf, du«, droht sie.

»Bass du lieber auf, Staubwedel«, schieß ich zurück.

Ganz langsam, wahrscheinlich, weil sie Angst hat, mir den Rücken zuzukehren, tappt sie rückwärts auf den Ausgang vom Personalraum zu. Wie sie scho die Klinke in der Hand hält, wird die Tür von außen aufgerissen.

»Hallo!« Die Mona schaut sich verwundert um. »Was ist denn hier los? Hab ich was verpasst?«

»Nix Besonderes«, entgegne ich. »Wir haben uns grad sensationell gut unterhalten, gell, Silvie?«

Ohne ein weiteres Wort huscht sie wendig wie eine Ratte hinaus und knallt die Tür hinter sich zu.

»Was war denn los?«, fragt die Mona ein zweites Mal und schaut mich verdutzt an.

Ich muss mich erst amol hinhocken, weil ganz so unbeeindruckt, wie ich die ganze Zeit getan hab, hat mich der Angriff von der Engel Silvie doch ned gelassen. Dann schilder ich der Mona, wie unser Hausmadla mir völlig aus dem Blauen heraus eine Mordswatschn verabreicht hat. In meiner gesamten Berufslaufbahn hab ich so was noch nie erlebt. Des letzte Mal gehauen hab ich mich in der Grundschule, und des war, weil mir die Böhnerin mein Pausenbrot weggefressen hat. Eigentlich bin ich auch überhaupt ned so der Typ, der handgreiflich wird, weil ich mich ganz gut verbal zur Wehr setzen kann. Ich hätt ja wirklich mit allem gerechnet, aber niemals damit, dass mir eine Kollegin so dreist ins Gesicht schlägt.

»Du musst sofort den Chef informieren«, rät mir die Mona, die ganz erschüttert is von meinem schlimmen Erlebnis. »So etwas kann er doch nicht dulden, das geht zu weit. Ich hab ja von Anfang an gewusst, dass die Engel nicht alle Latten am Zaun hat. Diese Besessenheit, was den Nagler betrifft, die ist doch total krank.«

Sie überlegt kurz, dann fragt sie mich: »Meinst du, dass die auch etwas mit Drogen zu tun hat? Wie die sich aufführt, könnt man es fast denken. Vielleicht versorgt der Nagler sie ja mit ihrem Lieblingsstoff, und jetzt befürchtet sie, dass wir ihn davon abhalten könnten?«

»Ich hab keine Ahnung, was die Engel antreibt. Aber ich werd mit dem Grafen reden, sobald ich ihn seh«, nick ich. »Und jetzt lass uns schauen, dass wir mit dem Mis en Place anfangen, weil es sonst heut zum Abendessen bloß leere Teller gibt.«

Wir gehen rüber in die Küche, und der Engel Silvie ihre fünf Finger brennen noch eine ganze Weile feuerrot auf meiner Wange. Was des dürre Gestell für eine Kraft hat, wunder ich mich, einfach unglaublich.

Die Sofie mustert mich stumm, schüttelt dann den Kopf und

schneidet weiter ihre Gemüsstiftla. Vielleicht denkt sie, dass ich mir wegen meiner frechen Goschn eine Watschn eingefangen hab.

Am Abend brummt es im Wirtshaus wieder amol wie auf dem Münchner Flughafen zur Urlaubszeit. Eine Gruppe Biker is extra aus Schweinfurt hergefahren, um unser Schäufele zu testen, und am Nebentisch hat sich der Frauenfußballverein Schnalzlreuth niedergelassen. Alle Damen bestellen einstimmig Baggers mit Räucherlachs und Salat, weil des eine unserer Spezialitäten is. So wandert ein Essen nach dem anderen über den Tresen, und die Kellner rennen wie die Hasen auf Speed, um jede Bestellung schnell an die Tische zu bringen.

Es is fast halb elf, wie die letzte Forelle im Bierteig serviert wird.

»Fahr du aweil heim, ich komm später nach«, informier ich die Mona, weil ich noch mit dem Chef über den Vorfall im Personalraum sprechen will.

Wie endlich alle draußen sind und der Graf wie jeden Abend persönlich die Wirtshaustür zusperrt, frag ich, ob er kurz Zeit für mich hätt.

Er nickt und hockt sich an den Personaltisch. Ich schenk uns zwei kleine Weißbier, sogenannte »Damenweiße«, ein und schieb ihm sein Glas hin. Dann bericht ich stockend von der Szene mit der Engel Silvie, und des Ganze is mir derart unangenehm, dass ich vor Aufregung Schluckauf krieg. Es is sonst nämlich ned meine Art, Kollegen beim Chef hinzuhängen, aber des mit der Watschn war einfach zu viel.

Wie ich fertig bin, is der Chef erst amol baff. Mit einem Zug leert er fast sein ganzes Glas, bevor er in der Lage is zu antworten.

»Das kann doch nicht wahr sein.« Er fährt sich mit allen zehn Fingern so lang durch die Haare, bis sie ihm vom Kopf abstehen wie explodierte Stahlwolle. »Wenn solche Geschichten einem Außenstehenden zu Ohren kommen, muss er ja annehmen, dass es bei uns an der Tagesordnung ist, dass unter unseren Angestellten Mord und Totschlag herrschen. Und Sie sind sich wirklich sicher, dass Sie Frau Engel keinen Anlass zu einer derartigen Ausschreitung gegeben haben? Keine Beleidigung, keinen verbalen Angriff, keine Provokation welcher Art auch immer? Nicht, dass in einem solchen Fall eine körperliche Attacke auf Sie gerechtfertigt gewesen wäre, aber ich muss es wissen.«

Ich schüttel energisch den Kopf und stell klar, dass ich dem Hausmadla keinerlei Grund für solche Feindseligkeiten gegeben hab.

»Also gut. So geht das beim besten Willen nicht«, entscheidet Graf Karl-Gustav. »Das Hausmädchen kann nicht einfach eine Kollegin angreifen, nur weil es ihr nicht gefällt, dass diese in ihrer Pause einen Kollegen besucht. Was hätte dabei nicht alles passieren können! Wenn Sie nun gestürzt wären und sich verletzt hätten! Ich mag es mir gar nicht vorstellen. Im Vertrauen, Dora«, er beugt sich zu mir und flüstert, »ich empfinde Frau Engel als eine durch und durch unangenehme Person und bin auch nicht von ihrer Ehrlichkeit überzeugt. Schon seit geraumer Zeit hege ich den Verdacht, dass sie heimlich in unseren Sachen herumstöbert: Die Papiere auf und in meinem Schreibtisch lagen letztens nicht mehr so, wie ich sie vorsortiert hatte, es wirkte, als hätte jemand darin herumgestöbert, und mein Autoschlüssel war auch zwei Tage lang verschwunden, bis er plötzlich wieder am Schlüsselbrett hing. Ich habe mich gefragt, ob Frau Engel nachts, wenn ich geschlafen hab, heimlich meinen Wagen benutzt hat. Außerdem sucht meine Frau seit ein paar Tagen ihren Rubinring, ist aber der Meinung, dass sie ihn nur verlegt hat.« Er atmet tief aus. »Und zu guter Letzt befürchte ich, dass Frau Engel unsere Katzen quält. Die Tiere rennen in Panik auf und davon, sobald sie auch nur in ihre Nähe kommt. Zudem hat sie die leidige Angewohnheit, sich lautlos anzuschleichen. Man hört keinen Ton von ihr, aber sobald man sich umdreht, steht sie dicht hinter einem. Richtig unheimlich. Ich habe meiner Frau bereits vorgeschlagen, sich von Frau Engel zu trennen, aber sie wollte davon nichts hören, weil sie ausgesprochen fleißig und penibel sauber ist.«

Er trinkt des letzte Nachala Bier aus. »Aber mit dieser Attacke auf Sie habe ich endlich einen handfesten Grund – im wahrsten Sinne des Wortes –, um diesen Störenfried vor die Tür zu setzen. Im Dorf findet sich bestimmt auf die Schnelle ein anderes junges Mädchen, das wir einstellen können. Morgen früh werde ich Frau Engel als Erstes ins Büro zitieren und ihr die Kündigung aushändigen. Ich glaube, damit sind alle einverstanden, zumindest alle außer meiner Frau und Frau Engel.«

Ich bedank mich bei Graf Karl-Gustav, der, obwohl er immer noch ein Trumm Pflaster auf der Stirn pappen hat, nimmer so blass und elend ausschaut wie noch vor ein paar Tagen. Er scheint fast wieder der Alte zu sein, dynamisch wie eh und je. Dann beeil ich mich, zu meinem windigen Hyundai zu kommen. Es is scho spät.

Kaum hab ich in Monas Haus die Tür aufgesperrt, kommt meine Kollegin ums Eck gewetzt.

»Und? Was war? Was hat der Chef gesagt? Schmeißt er die Engel raus?«

Ich nick erschöpft, zieh meine Jacke aus und häng sie an die Garderobe.

»Ja, gleich morgen früh wird ihr gekündigt. Ich bin wärklich froh, wenn ich die nimmer seh'n muss, mit ihrem misstrauischen Geschau und dem übellaunigen Fuchsgesicht. Mittlerweile hab ich fast a bisserla Angst vor ihr, weil sie gar so irre is. Die wär imstand, mir a Messer zwischen die Rippn zu hauen.«

»Jetzt hörst aber auf«, echauffiert sich die Mona. »Die Engel Silvie ist vielleicht nicht ganz klar im Kopf, aber eine Mörderin ist sie sicher nicht. Komm, ich brühe uns einen Tee auf. Zwar keinen aus selbst angebauten Kräutern, aber trotzdem trinkbar. Es gibt auch Kuchen vom Bäcker, falls du nach dem ganzen Stress noch Hunger hast.«

»Is unser Patient noch da?«, grins ich.

»Ja, der schläft im Gästezimmer seinen Drogenrausch aus. Nicht einmal ein Erdbeben könnte den wecken.« Die Mona lacht. »Vorhin ist mir in der Küche das Bügeleisen runtergefallen. Frag nicht, wie das gescheppert hat. Aber selbst der Mordskrach hat ihn nicht gestört. Als ich danach schnell ins Zimmer reingeschaut hab, hat er tief und selig geschnarcht.«

Wie der Birnen-Vanille-Tee in unseren Tassen dampft und wir erschöpft auf der Couch flacken, fasst die Mona die Ergebnisse des Tages zsamm: »Sehr erfolgreich waren wir bisher nicht bei unserer Mörderjagd. Außer dem Nagler ist weit und breit kein einziger Verdächtiger in Sicht.« Sie seufzt. »Aber ganz ehrlich: Der Boris ist so ein Weichei, dass ich dem den Mord nicht zutrau. Der hat die Schönthal gerngehabt und auf ein Luxusleben mit ihr in der Landeshauptstadt spekuliert, warum hätte er die denn umbringen sollen? Vielleicht war es ja wirklich ein Außenstehender, jemand, den wir nicht kennen. Ein Wirtshausgast, einer der Arbeiter oder ein Lieferant.«

»Und wie, bitt schön, hätt der in die Schlossküchen neikommen sollen? Mitten in der Nacht? Naa, Mona, des war einer von uns«, vermute ich. »Ich hab immer noch den Nagler im Verdacht. Vielleicht wollt er mit ihr schnackseln, und sie hat nicht wollen. Mord aus Leidenschaft, des tät doch gut zu dem Hartgeldstenz passen.«

»Glaub es mir, Dora, der war's nicht. Das sagt mir mein Bauch«, entgegnet meine Freundin ziemlich überzeugend.

»Und was sagt er noch so, dein Bauch? Dass es doch die Engel war?«, sinnier ich. »Die so dermaßen eifersüchtig is, dass sie zu allem fähig wär? Die haben wir bisher doch gar ned auf dem Schirm gehabt, weil sie ned auffällig war. Soll ich vielleicht amol einen Blick in ihr Zimmer riskier'n, wenn ich morgen in der Früh die Miezen fütter? Der Engel ihr Zimmer liegt doch gleich gegenüber von dem der Katzen. Allerdings sollte des passieren, noch bevor sie gekündigt wird.«

»Aber dann begleite ich dich. Das machst du auf keinen Fall allein.« Besorgt runzelt die Mona die Stirn.

»Genau, und die Sofie und die Edith nehmen wir am besten auch mit. Sozusagen ein interner Betriebsausflug mit Zimmerdurchsuchung.« Ich tipp mir an die Stirn. »Naa, Mona, danke, aber des wär viel zu auffällig. Keiner denkt sich was dabei, wenn ich des Katzenfutter in die Wohnung naufbring. Aber wenn du dabei bist, merkt doch a jeder gleich, dass da was ned stimmt.«

Sie denkt nach, dann nickt sie. »Wahrscheinlich hast du recht. Und wann genau willst du es machen?«, fragt sie.

»Sobald die Engel beim Chef im Büro hockt, weil sie mir in der Zeit ned in die Quere kommen kann. Da muss ich halt a bisserla Obacht geben, wenn er sie zu sich ruft. Dann renn ich los und schau mich in ihrem Zimmer um. Ich bin jetzt scho gespannt, was ich da alles entdeck.«

»Aber sei bloß vorsichtig, Dora. Du weißt ja inzwischen selbst, dass mit der Engel Silvie nicht zu spaßen ist. Ich habe überhaupt kein gutes Gefühl dabei.«

»Ich pass schon auf mich auf, versprochen. Weißt was? Ich nehm einfach dem Nagler seinen Elektroschocker mit. Und du schaust auf die Uhr, wenn ich naufgeh, und wenn ich nach zehn Minuten ned widder in der Küche aufschlag, kommst mit dem Alex in die Grafenwohnung nauf.« Ich spring auf und hol meine Handtasche aus dem Flur. Wie ich drin rumwühl, bemerk ich panisch, dass der Elektroschocker verschwunden is. Jemand muss ihn aus meiner Tasche geklaut haben.

»Ehrlich, Dora, das klingt nach einem Scheißplan, ob mit oder ohne Elektroschocker«, sagt die Mona, die mir hinterhergegangen is. »Warum macht das nicht der Maunzer oder, noch besser, der Janzen?« Sie gibt sich selbst die Antwort: »Eh klar, weil du halt die Topschnüfflerin vom Lauenfels bist. Und du musst dich nicht wundern, wenn du beklaut wirst. Schließlich sperrst du nie deinen Spind ab.«

Wozu auch?, denk ich. Da gibt's außer meinen Kochklamotten normalerweise nix zu klauen.

Wie ich nach diesem elend langen Tag endlich im Bett lieg, kann ich ned einschlafen, weil ich überleg, ob ich mit meinem Plan ned doch ein zu großes Risiko eingeh. Aber ich weiß, dass ich ned zur Ruh kommen werd, bis ich mich im Zimmer von der Engel Silvie umgeschaut hab. Draußen dämmert es scho, wie mir endlich die Augen zufallen.

Scheiterhäufala

Zutaten:
8 Milchweggla vom Vortag
2 Eier
1 Prise Salz
50 g Zucker
1 Pck. Vanillezucker
750 ml Milch
750 g Äpfel

Zubereitung:
Die Milchweggla würfeln und die Eier, das Salz, den Zucker und den Vanillezucker unter die Milch rühren. Etwa die Hälfte davon über die Semmelwürfel gießen und gut einweichen lassen.
In der Zwischenzeit die Äpfel waschen, schälen, das Kerngehäuse ausstechen und das Fruchtfleisch in dünne Scheiben schneiden. Dann abwechselnd eine Schicht Weggla und eine Schicht Äpfel in eine Auflaufform legen, die restliche Eiermilch darübergießen und circa 30 min bei 200 °C backen.
Dazu schmeckt Vanillesoße oder Vanilleeis.

Forellen im Bierteig

Zutaten für den Teig (reicht je nach Größe für circa 4–5 Forellen):
250 ml helles Bier
200 g Mehl
2 Eier
Salz und Pfeffer
Butterschmalz zum Ausbacken

Zutaten für die Forelle:
1 Forelle pro Person
Saft einer Zitrone
Salz und Pfeffer

Zubereitung:
Alle Zutaten für den Teig vermischen, glatt rühren und 30 min in den Kühlschrank stellen.
In der Zwischenzeit die Forellen waschen, trocken tupfen, innen und außen mit Zitronensaft beträufeln, mit Salz und Pfeffer einreiben.
Danach die Forellen durch den Teig ziehen. Darauf achten, dass der Teig gleichmäßig anhaftet.
In einer großen Pfanne das Fett erhitzen und darin die Forellen langsam von beiden Seiten goldbraun anbraten.
Dazu schmecken Salzkartoffeln und grüner Salat.

12

Wie ich am nächsten Morgen schlafdaab in die Küche gestolpert komm, sitzt der Maunzer scho geschniegelt und gebügelt beim Frühstück.

»Gutn Morgn, Dora.« Aha, weil wir miteinander geschlafen haben, zwar in getrennten Betten, aber doch unter einem Dach, bin ich jetzt für ihn also auch in cleanem Zustand die »Dora«. Des bassd scho, der Maunzer is mir von Herzen sympathisch, vor allem nach seiner gestrigen Liebeserklärung.

»Ich hob aweil Frühstück herg'richt«, sagt er. »Woll'n Sa aan Kaffee oder lieber aan Tee? Eier und Speck gibt's aa und Schinken, Salami, frische Weggla, Bamberger Hörnla und aan Erdbeerkuung, ganz frisch aus der Backstubn.«

Reschpekt, denk ich, der Herr Kommissar hat scho in aller Früh die Runde zum Bäcker und Metzger gedreht. Wobei des wieder ein Riesengetratsche im Dorf geben wird, weil ein fremder Mann bei uns zwei Weibern übernachtet hat. Egal, was ich auch tu und wie ich's anstell, bei mir finden die Lauenburger Ratschen immer was, worüber sie sich des Maul zerreißen können.

»Wie heißen eigentlich Sie mit Vornamen?«, erkundig ich mich jetzt, weil bisher kein Bedarf nach derart intimen Informationen bestanden hat.

»Richart«, teilt er mir mit, »mit einem harten t am End. Do ham sich meine Leut an klaan Scherz erlaubt, weil es in Franken ja kaa Rolln ned spielt, ob mit t oder mit d. Bei uns is des ja alles aans.«

Ich nick. Wo er recht hat, hat er recht, der Richart mit einem harten t. Die Franken kennen im Gespräch nur wachsweiche Laute, auch wenn der dazugehörige Text manchmal ganz schön derb is.

Wie ich mein Weggla aufschneid, fragt er verlegen: »Gell, ich hob gestern ganz schee viel Mist gered. Entschuldigung, wenn ich Ihnan auf die Nerven ganga bin mit meim bleedn Gwaaf. Ich waaß fei ned, wos mit mir los wor. Seit ich Ihra Plätzla gegessen hob, bin ich irgendwie ganz von der Rolln. Wos wor denn do drin, dass ich auf amol im Kupf so damisch g'wesen bin?«

Zum Glück schneit in dem Augenblick die Mona herein, in einem Schlafhemdchen mit Micky-Maus-Motiv, das ihr nur knapp über den Hintern reicht.

Dem Maunzer fallen schier die Augen aus dem Kopf, wie er die Mona so durch die Küche wandern sieht, und auf der Stell vergisst er seine Frage nach den Zutaten der Zauberkekse.

Nach dem Frühstück reicht die Zeit für mich nur noch für eine hastige Katzenwäsche, dann steigen wir drei in den MINI, und ab geht's auf den Lauenfels. Ich sitz vorn neben der Mona und hab vor Aufregung eiskalte Händ, weil mir die Suchaktion in der Engel Silvie ihrer Dienstbotenkammer bevorsteht. Hoffentlich erwischt mich keiner.

Weil ich ja des Katzenfutter als Alibi für meinen Besuch in der Beletage vorbereiten muss, bringt mir die Mona gekochten Reis und zwei Eier, während ich derweil den Thunfisch anwärme.

»Willst du das wirklich machen, Dora?«, fragt mich die Mona und lässt vor lauter Nervosität ein Ei fallen. »Lass es besser bleiben, ich hab ein ganz ungutes Gefühl.«

Wenn ich ehrlich bin, ich auch, aber was ich mir vorgenommen hab, zieh ich durch, da gibt's keine Diskussion.

»Des klappt scho, mach dir keine Gedanken«, beruhig ich sie. »Du linst jetzt ums Eck und wartest, bis die Engel zum Chef ins Büro naufgeht. Dann gibst mir ein Zeichen, ich spreißel los und durchsuch des Zimmer. Und wenn ich ned in zehn Minuten zurück bin, gehst mit dem Maunzer oder dem Alex nauf und schaust nach mir, hast du verstanden?«

»Ich bin ja ned blöd«, zischt die Mona genervt. »Wo is eigentlich der Alex? Vielleicht solltest du den gleich mitnehmen?«

»Naa, auf gar kaan Fall, des wär viel zu auffällig. Ich schaff des scho allein.«

Die Mona lauert gespannt an der leicht geöffneten Tür, aber es dauert, bis sich die Engel Silvie endlich blicken lässt. Bevor sie ins Büro geht, lässt sie sich einen Espresso aus der Maschine im Gastraum und schlürft ihn in aller Seelenruhe. Die hat vielleicht Nerven, denk ich. Derweil hupfen die Mona und ich in der Küche von einem Fuß auf den anderen und werden schön langsam unruhig. Endlich, wie wir scho nimmer dran geglaubt haben, nimmt sie ihre Tasse und kommt damit zu uns in die Küche. Kein »Guten Morgen«, kein »Grüß Gott«. Wortlos knallt sie des Geschirr auf die Arbeitsplatte und mustert uns nacheinander mit ihren grüngelben Raubtieraugen. Sie is wirklich furchteinflößend, wie eine Figur aus einem alten Karloff-Film. Warum is mir des ned gleich am Anfang aufgefallen? Wahrscheinlich, weil sie da noch einen auf naives Dorfdepperla gemacht hat. Sie kann sich gut verstellen, des steht jedenfalls fest. Plötzlich dreht sie sich um und rauscht hinaus.

»Los, hinterher! Schau nach, ob sie ins Büro naufgeht«, instruier ich die Mona, die meine Aufforderung gar ned braucht. Sie is auf ihrem Posten und sperrt Augen und Ohren weit auf.

»Jetzt klopft sie an«, flüstert sie. »Jetzt geht sie ins Büro. Jetzt ist die Tür zu.«

Sofort schnapp ich mir die zwei Futternäpfe der Katzen, flitz aus der Küche, über den Hof, hinein ins Hauptgebäude und die Treppen hinauf zur Grafenwohnung. In aller Eile stell ich den Katzen ihr Futter hin, bevor ich am Arbeitszimmer von der Gräfin klopf. Kein Laut, kein »Herein!«. Ich öffne die Tür einen Spalt und lug ins Zimmer. Keiner da. Mein Blick fliegt hinüber zum Garderobenhaken. Der Gräfin ihr Burberry-Mantel is weg, und die beige Prada-Tasche steht nicht auf der Kommode, was heißt, dass sie scho in aller Früh in ihr Büro nach Nürnberg gefahren is, wo sie als Sozialpädagogin arbeitet. Ich hab also freie Bahn.

Auf Zehenspitzen schleich ich zum Zimmer von der Engel Silvie und drück vorsichtig die Klinke hinunter. Wie ich die Tür öffne, prall ich gegen eine Wand aus Mief nach Schlaf und verschwitzten Klamotten. Mit dem Lüften hat sie es, scheint's, ned so. Ich schlüpf ins Zimmer, mach ganz leis die Tür hinter mir zu und schau mich um. Links is des Fenster zum Schlosshof, darunter steht ein Schränkchen, an der Stirnseite ein zweitüriger Schrank und rechts des zerwühlte Bett. Dazu in der Raummitte ein Tisch und zwei Stühle. Bei der Engel Silvie is es ungefähr so gemütlich wie im Bestattungsinstitut. Auf keinen Fall würd ich so hausen wollen. Dagegen is mein bescheidenes Pförtnerhäusla geradezu ein Palast.

Ich geh zum Fenster und zieh die oberste Schublade vom Schränkchen auf. Baumwollene Unterhosen, billigste Qualität. In der Lade darunter baumwollene Unterhemden mit winzigen Mottenlöchern und in der untersten graubraune Socken und eine Strumpfhose mit Laufmasche. Ned grad der Fund, auf den ich gehofft hab. Aber der Schrank steht ja noch aus.

Wie ich die zwei Türen aufzieh, fällt mir aus dem obersten Fach was ins Gesicht. Erschrocken hupf ich zurück und schau auf den abgenutzten Parkettboden. Vor mir liegt ein Gefrierbeutel mit Zippverschluss. Den kenn ich doch. Ich heb ihn auf und starr ihn verwundert an. Es is der gleiche, den wo meine Mutter unter der Spüle von meiner Küchenzeile gefunden hat und der mir nach dem Anschlag mit dem Elektroschocker vom Nagler geklaut worden is. Wie kommt denn die Engel Silvie an den Drogenbeutel? Hat ihn der Nagler vielleicht doch mitgehen lassen und ihn dann dem Hausmadla zur Aufbewahrung gegeben? Warum sonst hätte sie ihn in ihrem Kleiderschrank versteckt?

Ich leg den Beutel auf den Tisch und betracht den Schrankinhalt. Zwei schwarze Röcke, ein schwarzes Kleid für die Arbeit, eine schwarze Hose, eine Jeans, eine schwarze Jacke, ein Stapel mit drei … vier … fünf T-Shirts, schwarz und weiß, alles so freudlos wie der ganze Mensch. Ich schieb die Hand zwischen die zusammengelegten Hemden, bis meine Finger an was Festes stoßen. Ich zieh es heraus. Ein brauner DIN-A4-Umschlag, oben offen. Ein Blick genügt, um zu wissen: Er enthält einen dicken Packen Euroscheine.

»Suchst was, Küchenschabe? Soll ich dir helfen?«

Zu Tod erschrocken fahr ich herum. Dicht vor mir steht die Engel Silvie, in der Hand ein aufgerissenes weißes Kuvert. Vor lauter Panik fällt mir nix ein, was ich antworten könnt.

Sie lächelt giftig und hält mir den Umschlag unter die Nase. »Mei Kündigung. Rausgeschmissen hod er mich, der saubere Herr Graf. Des hob ich doch deinem Tratschmaul zu verdank'n, oder ned? Bist gestern glei zu ihm g'rennt und hosd dich bei ihm ausgeheult, weil ich dir ein Tätscherla gegeben hob? Aber bevor ich geh, wolltest noch in meiner Wäsch umeinanderstöbern, ha? Bist scho fündig geworden, wie i seh.«

»Woher hast du den Beutel? Wer hat dir den gegeben?«, stammel ich. »Der hod doch neben mir in der Hollywoodschaukel gelegen, weil ich ihn dem Kommissar aushändigen wollt, und der Boris hod g'sagt, er hätt ihn ned mitgenommen.«

»Jaja, der Boris. Der is eine richtige Lügensau, dem derfst ned alles glaub'n. Freilich hod er ihn mitg'nomma und ihn mir dann gegeben, weil des mein Dope is, verstehst?«

»Wieso deins?«, stotter ich verwirrt. »Is des ned dem Nagler seins?«

»Es geht dich zwor an feuchten Dreck an, aber weilst es ja immer ganz genau wiss'n willst, stell ich dir a Frag: Von wem, maanst du, bezieht der Boris seine Ware?« Sie lacht bös und funkelt mich zornig an. »No, etzad sag halt. Kaa Ahnung? Eh klar, weilst a weng bleed bist. Die Antwort lautet: von mir. Ich hob die richtigen Connections zu die richtigen Leut in Nürnberg drin. Die liefern, wos ich brauch, und ich mach dann schöna klaana Portionen draus. Mei Boris nimmt ma die Arbeit ab und verkaaft in seiner Freizeit des Zeuch an die Kids auf die Dörfer. Der Hummel Kevin hilft ihm manchmal dabei oder bringt uns neia Kunden, der klaane Scheißer. Dann kriegt er a Prämie in Form von Naturalien. A klaane Warenprobe, sozusagen.« Warenprobe. Des klingt, als tät sie Südfrüchte oder Elisenlebkuchen verkaufen, aber ned Rauschgift.

»Daher hat der Boris also des Geld für die teuren Möbel und seinen aufgemotzten Golf.« Ich kann über die Lauenburger Drogenmafia bloß den Kopf schütteln.

»Hosd du vielleicht g'maant, von dem Spitzen-Kellnergehalt, des er in der Bumskneipen vom Grafen verdient?« Sie lacht spöttisch. »Davon könnt er wahrscheinlich ned amol die Miete zahlen. Aber des waaß so a Hohlbirn wie du freilich ned, weil du Schmarotzer dich ja bequem in dem Pförtnerhäusla eing'nistet hosd und kaan Cent Miete abdrückst. Mir, also der Boris und ich, mir müssen schaua, wo ma bleib'n, wenn am End vom Gehalt nuch so viel Monat übrig is, aa, wenn ich für des Loch do kaa Miete zahlen muss.«

»Och, eine Runde Mitleid für euch. Weil ihr ned genug verdient, müsst ihr also Drogen an Kinder verkaufen, is doch so, oder ned? Da hätt manch einer mehr Grund als wie ihr, kriminell zu werden.«

»Halt mir kaa Moralpredigt, Bratarsch. Sog mir lieba, was ich etzad mit dir machen soll.« Sie kommt noch näher, und ich weich so lange zurück, bis ich den Schrank im Rücken spür. »Vielleicht des Gleiche wie mit dem Weibsbild aus München?« Sie kichert hämisch.

Mir läuft es eiskalt den Buckel hinunter. Wo bleiben denn die Mona und der Maunzer? Schön langsam geht mir nämlich der Hintern auf Grundeis. Die Engel Silvie is ein total irrer Vogel, ich hab echt Angst vor ihr.

»Redest du vielleicht von der Schönthal? Was hosd du mit ihr ang'stellt?«, frag ich mit zittriger Stimm, obwohl ich mir des mittlerweil gut vorstellen kann.

»Ja, des möchst wohl gern wissen, ha? Des Weibsbild hod bloß kriegt, wos es verdient hod. Aber des glaabst mir ja eh ned, wenn ich dir des alles erzähl'n tät.« Sie kichert böse.

»Probier's halt«, forder ich sie heraus, weil ich Zeit schinden muss.

»Mei, die aufgebrezelte Schnepfn hod sich tatsächlich eingebild, sie könnt mir mein Boris wegschnappen. Könnt ihn nach München abschleppen und dort mit ihm groß ins Drogenbusiness einsteig'n.«

»Ja, Gleich und Gleich gesellt sich gern«, erwider ich zynisch. »Zwei Giftler, die sich g'sucht und g'funden haben.«

»Naa, des stimmt so ned«, widerspricht sie mir heftig. »Der Boris rührt den Dreck ned an, genau wie ich. Dafür hod die Grafen-Cousine umso mehr konsumiert und war dabei überhaupts ned wählerisch. Mei schlauer Boris hod des natürlich gleich g'schnallt und ihr am ersten Obend a gutes Stöffla für teuer verkaaft. Danach wor sie ganz wild auf des Zeuch und hod kaa Ruh geb'n, bis der Boris ihr a größere Menge versprochen hod.«

»Aber geil war er scho aa auf sie, oder ned? Die zwei haben doch bestimmt miteinander g'vögelt?«, frag ich hinterhältig.

»Halt dei Goschn! Wos waaßt denn du?« Die Engel Silvie geht einen Schritt auf mich zu, und bevor ich reagieren kann, spür ich, wie mir der scho bekannte brennende Schmerz durch alle Glieder schießt. Lautlos sack ich zsamm wie eine Lumpenpuppe.

Wach werd ich diesmal, weil jemand meinen Namen ruft … und ruft … und ruft. Mit aller Müh gelingt es mir, die Augen aufzuklappen. Über mir hängt der Mona ihr Gesicht, ängstlich und mit feuchten Augen. Dann bemerk ich, dass auf der anderen Seite neben mir noch wer kniet.

»Widder der Elektroschocker?«, hör ich den Maunzer fragen.

»Hm«, murmel ich. Und hoff, dass die Elektro-Dauerbehandlung meiner Gesundheit ned ernsthaft schadet, weil die Schmerzen dabei unerträglich sind.

»Wor des der Nagler? Hod der Sie niederg'streckt?«, will der Jungspund wissen, und ich frag mich, ob der mich in meinem elenden Zustand etwa vernehmen will.

»Naa, die Engel«, teil ich ihm mühsam mit.

Der Maunzer schaut die Mona an. »Kümmern Sie sich um die Dora, während ich den Hauptkommissar ooruf?«

Die Mona nickt, und gemeinsam hören wir, wie er dem Janzen telefonisch Meldung erstattet. Dann hilft er der Mona, mich hochzuhieven und einigermaßen vorsichtig auf einen Stuhl zu bugsieren.

»Der Nagler is heit ned zum Dienst erschiena, socht die Frau Schmälzich. Ich informier etzad die Polizeistation Schnalzlreuth, damit die zu seiner Wohnung fahr'n und nachschaua. Wenna dahaam is, soll'n sa ihn gleich festnehma und zum Herrn Janzen bringa«, teilt er uns mit.

Oje, ausgerechnet die zwei Topermittler von der Soko Schnalzlreuth sollen jetzt in Aktion treten. Hoffentlich geht denen der Nagler ned schnurstracks durch die Lappen.

»Der Beutel mit dem Cannabis, wo is der?«, nuschel ich vor mich hin. »Und der Umschlag mit dem Geld? Wo is die Engel Silvie? Ich glaub nämlich, dass die die Schönthal umgebracht hod. Die müssen Sa fassen, die is brandgefährlich.«

Der Maunzer nickt beruhigend: »Wird erledigt. Der Haftbefehl geht gleich naus, socht der Herr Janzen. Aber do herin ham mir weder a Geld noch a Rauschgift g'funden. Des muss die Engel mitgenomma haben. Ich konn gar ned versteh'n, wohin die so schnell verschwund'n is. Eigentlich müsst die uns doch auf der Stiegen entgegenkumma sa, is sie aber ned.«

»Bestimmt hat sie sich in der Grafenwohnung versteckt, um zu warten, bis die Luft rein ist und sie ungesehen verschwinden kann«, mutmaßt die Mona. »Dieses Biest ist so dermaßen raffiniert, das kennt alle Kniffe und Tricks aus dem Effeff.«

Ich kann zu allem bloß zustimmend nicken, obwohl jede einzelne Muskelfaser bei der kleinsten Bewegung schmerzhaft aufjault. Jemand wie die Engel Silvie is mir in meinem ganzen Leben noch nicht begegnet, so skrupellos und kriminell. Ich kann mir kaum vorstellen, dass sie ein einfaches Dorfkind is, des wo sein ganzes Leben in Schnalzlreuth verbracht hat. Früher, also zu meiner Zeit, da war auf dem Dorf noch heile Welt. Des Schlimmste, was wir mit achtzehn angestellt haben, war, dem Nachbarn seinen Traktor heimlich »auszuleihen« und damit über die Feldwege zu brettern. Keiner von uns wär je auf die verwegene Idee gekommen, mit illegalen Substanzen zu handeln. Im Traum wär uns des ned eingefallen. Für so was waren wir viel zu naiv.

»Dora! Was ist denn jetzt schon wieder geschehen?« Nun

steht auch noch der Graf mit Aktentasche unter dem Arm in der Tür. »Kaum drehe ich dem Schloss kurz den Rücken zu, passiert auch schon das nächste Unglück.« Er kommt ins Zimmer, legt die Tasche beiseite und nimmt meine Hände.

»Helfen Sie mir, Frau Dotterweich auf das Sofa im Salon zu legen«, ordnet er an. »Dort hat sie es am bequemsten.«

Sofort schlingt mir der Maunzer den Arm um die Taille und schleppt mich mit dem Chef in dessen Wohnung hinüber, wo beide mich auf die lindgrün gepolsterte Couch betten.

Während der Graf ein Glas Mineralwasser holt, schleicht die Madame Pompadour ins Zimmer, springt mit einem Satz aufs Sofa und wanzt sich an mich hin. Vielleicht spürt sie, dass ich ein bisserla Trost bitter nötig hab. Dabei schnurrt sie wie eine alte Singer-Nähmaschine und is so warm und weich wie ein Daunenkissen. Ein echt schönes Gefühl. Als alle wieder um mich herum versammelt sind, erzähl ich meinem Publikum, was ich von dem Hausmadla erfahren hab.

»Herr Nagler und Frau Engel als Bonnie und Clyde in der oberfränkischen Provinz, ist das zu fassen?« Der Chef kommt aus dem Kopfschütteln gar nimmer heraus.

Es dauert ned lang, dann poltert auch der Janzen in den Salon. Er schnappt sich den nächstbesten Stuhl, hockt sich zu mir her und hält mir eine Gardinenpredigt. »Frau Dotterweich, waren wir uns nicht einig, dass Sie sich aus unseren Ermittlungen heraushalten? Was hatten Sie in Frau Engels Zimmer zu suchen?« In jedem Wort hör ich seine mühsam unterdrückte Wut. Und so erzähl ich meine Geschichte halt noch amol.

»Das hat ja wirklich gut geklappt, Ihre eigenmächtige Hausdurchsuchung«, schimpft der Hauptkommissar danach. »Wären Sie mit Ihrem Verdacht sofort zu uns gekommen, hätten wir Frau Engel mit ins Präsidium nehmen und dort professionell befragen können. Aber nein, Sie wollen solche Kleinigkeiten ja immer in eigener Regie erledigen. Glückwunsch, jetzt ist nicht nur dieser Kellner flüchtig, sondern auch seine Komplizin. In seiner Wohnung wurde der Verdächtige jedenfalls nicht angetroffen. Allerdings, so muss ich anmerken, steht sein Auto vor der Haustür. Da stellt sich natürlich die Frage, ob die beiden zu Fuß unterwegs sind.« Er beugt sich ganz nah zu mir. »Hat Frau Engel wirklich wortwörtlich gesagt, dass sie Frau von Schönthal ermordet hat?«

»Naa, aber sie hat gesagt, die Schönthal hätt gekriegt, was sie verdient hat, weil sie ihr den Boris ausspannen wollte.«

»Maunzer, wir müssen los«, herrscht Janzen seinen Assi an. »Kümmern Sie sich um die Verletzte?« Er schaut Graf Karl-Gustav fragend an. »Aber passen Sie gut auf Frau Dotterweich auf, es kann durchaus sein, dass Frau Engel Ihrer Köchin noch einen Denkzettel verpassen will, weil sie ihr auf die Schliche gekommen ist. Sie haben ja schon miterlebt, dass die Verdächtige keine Skrupel kennt.«

»Natürlich, bei uns ist Frau Dotterweich in den besten Händen«, versichert der Graf, und die Mona nickt zustimmend.

Ich sink zurück in die Sofakissen und mach die Augen zu. Jemand legt eine Decke über mich, wickelt mich fürsorglich ein, und dann bin ich auch scho eingenickt.

Wie ich die Augen aufschlag, sitzt die Mona immer noch oder scho wieder neben mir, des weiß ich ned so genau.

»Wie geht's dir, Dora?«, fragt sie besorgt.

»Durst!«, jammer ich. »Ich hab so einen Durst.«

Gleich hält sie mir ein Glas Wasser hin und hilft mir dabei zu trinken, ohne dass ich mich verschluck.

»Gibt's was Neues?«, frag ich.

»Nein, nichts. Außer, dass die Haftbefehle für die Engel und den Nagler draußen sind und Straßensperren rund um Lauenburg errichtet wurden. Wenn sich die beiden nicht zu Fuß durch die Wälder schlagen, werden sie bestimmt in den nächsten Stunden gefasst. Ich kann mir ja immer noch nicht so recht vorstellen, dass der Nagler an dem Mord beteiligt war. Drogen verticken, okay, aber Mord?«

»So gut kennt ihn doch keiner von uns«, werf ich ein. »Aber ich versteh ned, warum sich einer wie der überhaupt mit der Engel Silvie abgegeben haben soll. Bloß wegen der Kohle? Er hätt ja ned im ›Eppelein‹ arbeiten müssen. In Nürnberg oder Bamberg hätt er leicht was Besseres gefunden, wo er mehr Geld verdient hätt als wie bei uns da heroben. Außerdem hätt er doch jedes Madla im Dorf abschleppen könna. Na ja, fast jedes. Die Sofie und dich ned. Aber sonst?«

»Aber hier hat ihm die Engel Silvie zu einem ordentlichen und leicht verdienten Nebeneinkommen verholfen, und nur das zählt für den Boris. Genügend Geld, um sich einen gewissen Lebensstandard leisten zu können. Ein schnelles Auto, eine schöne Wohnung, teure Kleidung. Dass sie sich bis zum Wahnsinn in ihn verlieben und Besitzansprüche anmelden würde, damit hat er sicher nicht gerechnet.«

»Wahrscheinlich war's so«, bestätige ich. »Du, Mona?« Ich schau sie bittend an. »Ich würd gern heim ins Pförtnerhäusla. Tätst du mir dabei helfen?«

Sie zieht mich an den Armen hoch, hakt mich unter und hält mich treppab fest umschlungen. Langsam, Schritt für Schritt, trotten wir so gemeinsam über den Schlosshof in Richtung Pförtnerhäusla. Höflich klopft sie an und wartet auf das »Herein«, weil ich ihr von dem getigerten Tanga meines Vaters und dem herabschauenden Hund meiner Mutter erzählt hab. Aber diesmal sind meine Eltern vollständig bekleidet und üben auch keine zweideutigen Yogastellungen.

»Muckl, wos is denn scho widder los mit dir?« Meine Mutter schiebt uns hinüber zu meinem geliebten Sofa und hilft mir beim Hinsetzen. »Wos fehlt ihr denn, Mona-Kind?«, fragt sie besorgt. Die zwei kennen sich nämlich, seit ihr Arsch in einem dicken Windelpaket verpackt war. Also, der Mona ihrer, ned der von der Mama. Ich weiß ned, ob ich des scho erwähnt hab, aber so is des bei uns in Lauenburg, fast ein jeder kennt jeden ungefähr seit dem letzten Meteoriteneinschlag.

»Nichts Schlimmes«, erwidert meine Freundin und schiebt mir ein paar Kissen ins Kreuz. »Sie erholt sich gleich wieder.«

Erst da bemerk ich die Koffer, die mitten im Zimmer stehen. »Wollt ihr scho widder abreisen?«, frag ich, und auf amol meldet sich mein schlechtes Gewissen in voller Lautstärke, weil ich mich noch ned einen Tag lang um meine Eltern gekümmert hab. »Wir drei haben ja noch gar nix miteinander unternommen. Des müss ma fei unbedingt noch machen, bevor ihr heimfliegt.«

»Naa, des braucht's ned«, mischt sich mein Vater ein. »Mir sähng ja selber, wos do los is auf dem Schloss und wie vill Ärbat ihr alle habt. Drum is es besser, wenn mir abreisen. Mir stör'n doch bloß.«

Obwohl er es ohne jeden Vorwurf sagt, wird mir bewusst, dass ich als Tochter und Gastgeberin ein Totalausfall gewesen bin. »Naa, halt, stopp!«, widersprech ich auf der Stell. »Ihr reist auf gar kaan Fall ab, bevor ich euch ned wenigstens a original fränkisches Menü gekocht hab. So lang müsst ihr es noch bei mir aushalten. Morgen Mittag setzen wir uns alle drüben im ›Eppelein‹ zsamm.«

Gerührt strahlen mich meine Eltern an. »Des is aa scheene Idee von dir, dann bleib ma halt nuch aweil do. Unser Flugzeig geht eh erst morgen am späten Abend«, sagt meine Mutter mit belegter Stimme. »Ach ja, bevor ich's vergess: Du hosd Besuch g'habt.«

»Von wem denn?«, will ich wissen, weil ich auf den Konni hoff.

»Von aaner Kollegin von dir. Is aber scho a paar Tog her. Mir wor'n unten im Dorf beim Einkaafen, und wie mir zur Tür reikumma, steht sie do in der Küchen herin.«

»Habt ihr die Tür denn ned abg'sperrt?«, frag ich verwundert.

»Naa, des machst du ja aa nie«, hält mir mein Vater vor, und ich nicke. Wo er recht hat, hat er recht.

»Und was hod sie g'wollt?«

»Dich besuch'n halt. Is doch a scheener Zug von ihr«, meint meine Mutter.

Die Mona und ich schauen uns an und denken dasselbe.

»War das eine dünne, blasse Person mit strähnigen braunen Zottelhaaren?«, erkundigt sich meine Kollegin mit grimmigem Lächeln.

Meine Mutter nickt.

Also war's die Engel Silvie auf der Suche nach ihrem Rauschgiftbeutel.

»Du, Dora, ich müsst dann jetzt langsam gehen«, sagt meine Küchenchefin-Vertreterin. »Das Mittagessen kocht sich nicht von allein.«

»Abends bin ich wieder fit«, versprech ich ihr noch, obwohl ich mich grad von innen wie von außen gleich mies fühl.

»Schau mer mal«, antwortet mein Beilagenmadla, und weg is es.

Nachdem ich drei Stunden geschlafen hab, bin ich am späten Nachmittag wieder auf den Beinen, ein bisserla ramponiert vielleicht, aber sonst fast wie neu. Ich erinner meine Eltern noch amol an des morgige späte Mittagessen, dann troll ich mich hinüber in die »Eppelein«-Küche.

Ich bin neugierig, ob es Neuigkeiten über die zwei Flüchtigen gibt, aber keiner hat was gehört oder gesehen. Kein Wort von der Kripo, ob sie die Engel Silvie und den Nagler erwischt haben.

Wie der Chef bei uns reinschaut, fragen wir auch ihn als Erstes danach, aber er weiß genauso wenig wie wir.

Bevor ich noch den Mund aufmachen kann, meint die Mona: »Solange die Engel nicht geschnappt und in Handschellen nach Bamberg abtransportiert worden ist, habe ich ein ganz mulmiges Gefühl. Vielleicht lauert sie noch in der Nähe, um der Dora etwas anzutun. Die ist doch derart neben der Spur, dass der alles zuzutrauen ist.«

»Sie können gerne hier im Schloss übernachten. Es stehen genügend Gästezimmer zur Verfügung«, bietet uns der Graf an, ganz besorgter Kavalier der alten Schule.

Die Mona und ich werfen uns einen verstohlenen Blick zu. Solang des gewalttätige Hausmadla durch die Gegend turnt und Rachepläne schmiedet, werden wir ganz sicher ned hier, wo sie jedes Eck und jeden Winkel kennt, die Nacht verbringen. So fest kann ich mich gar ned verbarrikadieren, dass sich diese ausgepichte Sulln ned doch irgendwie Zutritt verschafft und mich dann im Bett meuchelt.

»Vielen Dank, Herr Graf, das ist sehr freundlich, aber die Dora übernachtet wie schon in den letzten Tagen bei mir daheim. Dort fühlen wir uns einigermaßen sicher«, bestimmt die Mona.

»Ja, dann.« Er nickt. »Aber sollten Sie es sich anders überlegen, sind Sie bei uns stets willkommen.«

Ich informier ihn noch über des für morgen geplante Mittagsmenü mit meinen Eltern, und er lädt sich und seine Frau spontan dazu ein. Auch die Sofie und Edith werden mit uns am Tisch sitzen, und die Mona sowieso, weil meine Eltern die drei seit einer Ewigkeit kennen und sich darüber freuen werden. Unser Chef liebt solche Geselligkeiten, bei denen er sich gern als Vertrauter seiner Mitarbeiter fühlt. Ich würd ja auch den Maunzer und den Janzen dazubitten, na ja, vielleicht nur den Maunzer, aber weil ich weiß, dass sie bis über die Ohren in Arbeit stecken, möcht ich die beiden Kriminaler ned stören.

In der Küche herrscht am Abend eine so nervöse Stimmung wie sonst selten. Kaum eine von uns sagt ein Wort, es liegt eine knisternde Spannung in der Luft. Dann und wann linst der Chef ums Eck, um sich zu vergewissern, dass wir noch lebendig und putzmunter unserer Arbeit nachgehen.

Wie die Sofie ihr Wiegemesser fallen lässt, fahren alle erschrocken zsamm.

»Kannst du nicht aufpassen?«, schimpft die Mona. »Ich krieg noch einen Herzkasper, wenn du so einen Radau machst.«

»Loss mich bloß in Frieden. Du tust ja grad so, wie wenn ich des mit Absicht g'macht hätt.« Die Sofie fängt an zu greinen und schmeißt den Kopfsalat quer über ihren Arbeitsplatz.

»Schluss etzad, ihr zwei. Es reicht!«, schrei ich.

Unsere Nerven liegen blank. Bloß die Edith arbeitet ruhig weiter, weil sie von dem ganzen Zores nix gehört hat. Die Minuten und Stunden vergehen und immer noch kein Wort von den Kriminalern.

Nach Feierabend begleitet der Chef die Mona und mich zum Parkplatz und wartet, bis wir in den MINI eingestiegen sind und die Türen von innen verriegelt haben. Er hebt die

Hand, winkt und schaut uns besorgt hinterher, bevor er ins »Eppelein« zurückgeht.

Vorsichtig lenkt die Mona ihr Auto durch den Wald bis zur Straße, die nach Lauenburg hinunterführt. Sonst ratschen wir auf der Fahrt immer wie die Waschweiber, aber heut sind wir beide ganz still. Vor ihrem Haus parkt sie direkt am Gartentürchen, und wir blicken uns erst nach allen Seiten um, bevor wir die Autotüren öffnen. Jeden Moment rechnen wir damit, dass die Engel Silvie aus dem Gebüsch springt und mir an die Gurgel geht.

Sobald wir im Haus sind, dreht die Mona den Schlüssel zweimal im Schloss um, legt die Sicherheitskette vor und geht danach von Fenster zu Fenster, um die Läden zu schließen. Zum ersten Mal bin ich froh, dass der Mona ihr Haus in der Beziehung so altmodisch is. Ein stabiler Holzladen vermittelt doch eine ganz andere Sicherheit als wie so eine papierdünne Jalousie. Völlig fertig fallen wir anschließend auf die Küchenstühle, und jede holt wie auf Kommando ihr Handy heraus.

»Nix, keine SMS, keine WhatsApp vom Maunzer. Wahrscheinlich sind der Nagler und die Engel immer noch auf freiem Fuß«, stell ich fest.

»Es nützt aber auch nichts, hier herumzuhocken und zu warten. Davon findet die Polizei sie auch nicht schneller. Ich bin todmüde, ich geh jetzt schlafen.« Die Mona steht auf und trottet ins Bad.

Des is eine gute Idee. Ins Bett und für ein paar Stunden vergessen, dass draußen vielleicht eine Verrückte lauert, die mir nicht nur ans Leder, sondern auch ans Leben will.

13

Wach werd ich, weil einer wie narrisch an die Haustür bumbert. Verschlafen lins ich auf die Uhr; es is Viertel vor fünf in der Früh.

Wie ich schlaftrunken auf den Flur hinaustorkel, steht da scho die Mona im Nachthemdla. »Bleib du in deinem Zimmer und schließ dich ein. Ich schau nach, wer uns um diese unchristliche Zeit besuchen will.«

Ich tu wie geheißen und hör sie zur Tür tappen und rufen: »Wer ist da?«

»Frau Schmälzich«, erklingt sogleich die Antwort, »ich bin's, der Maunzer Richart. Loss'n Sa mich bitte nei.«

Die Sicherheitskette wird zurückgezogen und die Haustür aufgesperrt.

»Was gibt's denn in aller Früh?«, fragt die Mona.

»Mir ham die Engel g'schnappt.« Die Stimme vom Maunzer überschlägt sich vor Aufregung. »Die Streife hod sie gleich ins Präsidium nach Bamberg gebrocht, wo sie sogar scho a Aussage gemacht hod. Ich wollt's Ihnan gleich erzähl'n, weil die Dora etzad kaa Angst mehr hom muss. Die Engel sitzt scho in Untersuchungshaft.«

Vor lauter Erleichterung muss ich einen Moment die Augen zudrücken und gaaanz tief durchschnaufen. Für so gute Neuigkeiten steh ich gern zu nachtschlafender Zeit auf.

Hastig schlüpf ich in meinen abgewetzten Bademantel, stürz in den Flur, fall dem Maunzer um den Hals und drück ihm einen so dicken Schmatzer auf die Wange, dass seine Harry-Potter-Brille beschlägt.

»Danke, Richart, des sin die allerbesten Nachrichten seit Langem«, lach ich.

Die Mona schiebt den Jungkommissar vor sich her ins Wohnzimmer und schumbert ihn sacht in einen Sessel.

»Einen Kaffee vielleicht, Herr Maunzer, und dazu ein Stück Kuchen?«, bietet sie ihm an.

»Ja, gern, und a Wasser, wenn's kaana Umständ macht«, bittet er.

Stumm warten wir, bis die Mona mit einem Tablett zurückkommt, darauf eine French Press mit allem Zubehör, ein Glas Wasser und ein riesiges Stück Gesundheitskuchen für den Kommissar.

Der langt als Erstes nach dem Kuchen, hält ihn sich vor die Nase und beschnuppert ihn von allen Seiten.

»Haben Sie etwa Angst, dass der Kuchen vergiftet ist?«, erkundigt sich die Mona pikiert.

»Naa, des ned. Ich will bloß sichergeh'n, dass do ned widder so merkwürdige Zutaten drin sin«, entgegnet er mit einem Augenzwinkern. »So wie in denan Plätzla.«

»Ganz sicher nicht. Den habe ich vorgestern eigenhändig gebacken. Sie können ihn bedenkenlos essen«, versichert die Mona, während sie Kaffee einschenkt.

Heißhungrig schlingt der Maunzer den selbst gebackenen Kuchen hinunter, nippt erst am Wasser, dann am Kaffee und lehnt sich schließlich zufrieden im Sessel zurück. »Aah, des hod gutgetan. Die ganze Nocht Vernehmung, des schlaucht fei ganz schee. Aber es hod sich wärklich gelohnt. Die Silvie hod g'sunga wie a Engel.« Er lacht über seinen Wortwitz. »Wenn ich Ihnan des Gschichtla erzähl, glauben Sa des bestimmt ned. Sogar die älteren Kollegen im Präsidium, die scho Jahrzehnte im Dienst sin, ham so a Story wie die von der Engel nuch nie g'hört. Die is wärklich einmalig. Damit könnt ma direkt im Fernsehn auftret'n.«

Gespannt schieben wir uns auf der Couch bis vor an die Kante und sperren die Ohren auf.

»Wo haben Sie das durchtriebene Früchtchen denn geschnappt?«, will die Mona als Erstes wissen.

»Im Nachbardorf Weißenfeld, wie sa grad in den Bus noch Nürnberg einsteigen wollt. An Kollegen von der Hundestaffel is sie aufg'fallen, weil sie trotz dera Wärm so vermummt wor, mit Hoodie und Halstuch. Do hod er sie ang'sprochen. Sie hod ihm an gscheiten Rempler verpasst, aber des is a Trumm

Mannsbild, dem hod des nix g'schad. Er hod sie beim Schlawittla gepackt und zum Mannschaftswagen g'schleppt, wo sa der Herr Janzen dann festg'nomma hat.«

»Quasi ein Zufallstreffer«, stellt die Mona fest.

»Des kommer so sag'n. Im Präsidium hod sa dann bei der Vernehmung erzählt, dass sa den Nagler nuch von früher aus dem ›Country-Club‹, aaner abg'wanzten Bar in Weißenfeld, kennt und dass der immer pleite wor. Nie hod der a Fünferla einstecken g'habt, aber imma große Tön gepfiffen, wos er alles machen tät, wenn er a Gerschtla hätt. Die Engel hod scho damals auf den Nagler gestand'n. Die wor nämlich scho als Dreizehnjährige verhaltsauffällig, is immer widder von dahaam ausg'rissen und hod sich wochenlang auf der Straß rumgetrieb'n. Ihr Jugendstrafakte is so dick wie der Duden. Do is alles dabei, von Diebstahl über Körperverletzung bis hin zu Erpressung und Prostitution. Insgesamt zehn Monate wor sie im Jugendarrest, danach zwei Johr in aam Heim für schwer erziehbare Jugendliche in Nürnberg, ham Sie des eigentlich g'wisst?« Er schaut uns fragend an, und wir schütteln die Köpfe. Davon hat keiner was gewusst, der Chef ganz sicher auch ned. »Die is erscht vor a paar Monat rauskumma, a poor Wochen nach ihr'm achtzehnten Geburtstog. In dem Heim hod sie die richtigen oder wohl eher die falschen Leut kennagelernt. Die älteren Heiminsassen handeln nämlich so ziemlich mit allem, wos verboten is, mit minderjährige Madla, mit Waffen, mit Drogen und Diebesgut. Die reinste Verbrecher-WG.«

Der Maunzer muss kurz durchatmen, bevor er weitererzählt. »Wie die Engel widder in Weißenfeld wor, is ihr als Erschtes der Nagler übern Weg g'laufen. Er hod ihr den Tipp gegeben, sich als Haushaltshilfe im Schloss zu bewerben, und zum Dank hod sie ihn g'frogt, ob er ned a weng a Hasch und a Gras für sie verkaafen will, ganz ohne Risiko, aber mit aam fetten Gewinn. Und weil des auf Anhieb super geklappt hod, ham sa ihr Sortiment innerhalb weniger Wochen um Crystal Meth, Ecstasy, Amphetamine und Pillen erweitert. Der Hummel Kevin wor gewissermaßen ihr Handlanger. Wie des Geschäft grad so gut

floriert hod, is auf amol die Schönthal auf dem Schloss aufgetaucht. Der Nagler hod sofort erkannt, dass des a Junkie is, hod
ihr aan Stoff besorgt, und die zwaa ham sich zsammgetan, weil
der Nagler richtig scharf auf sie wor. Die Schönthal hod ihm
angeboten, ihn nach München mitzunehma, weil sie dort gute
Kontakte zur Drogenszene hod und selber a weng rumdealt,
allerdings mehr so hobbymäßig, für ihre Bekannten und so,
aber trotzdem mit aam satten Gewinn. Mit dem Nagler hätt
sa ihr Drogenboutique richtig ausbaua könna, eine Geschäfts-
expansion, könnt ma beinahe sag'n. Der Nagler wor so bleed
und hod des alles brühwarm seiner Komplizin erzählt, weil er
gedacht hod, dass sie ihn dann ihn Ruh lassen tät und er sich
problemlos mit der Schönthal nach München verzupfen könnt.
Do hod er sich aber sauber geschnitten.«

Der Maunzer beugt sich vor und schenkt sich noch einen
Kaffee ein. Er trinkt langsam, genießt jeden Schluck.

Wir spitzen immer noch die Ohren und fiebern der Fort-
setzung entgegen.

»Die Münchner Kollegen prüfen grad, ob des Drogengeld
is, wos in dem Tresor von der Schönthal gefund'n wor'n is,
weil sechzigtausend Euro halt ned so auf die Bäum wachsen,
gell? No ja, aber der Nagler wor halt ned bloß geschäftlich an
dera Schönthal interessiert, der hätt a ganz gern amol mit ihr a
weng …« Er grinst verschämt. »Wie soll ich des etzad sag'n?«

»Gevögelt?«, hilft ihm die Mona bei seiner Wortfindungs-
störung.

»Ja, genau.« Dem Jungkommissar seine Ohren fangen an zu
glühen, die Röte läuft ihm übers Gesicht bis in den Hemdkra-
gen hinein, und er getraut sich nimmer, die Mona anzuschauen.

»Wie die Engel des spitzg'kriegt hod, is sie total ausgetickt,
vor allem, weil der Nagler bloß a aanziges Mol mit ihr im Bett
g'wesen is, und do wor er rotzbesoffen«, fährt der Maunzer
fort. »Danach hod er sie nimmer ang'fasst. Des hod ihr schwer
gestunken, und sie wor höllisch eifersüchtig, ned bloß auf des
Mordopfer. Also hod sie die zwaa bespitzelt und ihnan nach-
gestellt, wo sie nur konnt. Überhaupts wor die auf alles und

jeden eifersüchtig, aa wenn bloß aane mit dem Nagler geredet hod. Am liebsten hätt die ihr Gspusi eig'sperrt und ganz für sich allaans behalten. Des is doch krank, oder ned?«

Dann war des sicher die Engel Silvie, die sich damals, wie die Schönthal im Schloss angekommen is, spätnachts zwischen den Rosenranken umeinandergedrückt und die zwei Turteltauben belauscht hat, denk ich. Damals hab ich die Person ja ned erkennen können, weil's so dermaßen finster war auf dem Schlosshof.

»In der Mordnacht, kurz nach eins, is des Opfer ziemlich besoffen zum Schloss zurückgekommen«, erzählt der Jungspund weiter. »Der Nagler is wohlweislich ned auf den Schlosshof gefahren, sondern hod die Schönthal vorher abg'setzt. Die konnt sich zwor kaum noch auf die Füß halt'n, wollt aber noch a Gläsla Schammbanjer trinken. Do is ihr die Engel Silvie, die im Finstern auf dem Schlosshof g'lauert hod, in die Küchen hinterher, wo sich die zwaa Weibsbilder dann wegen dem Nagler so richtig in die Haar gekriegt ham. Wie die Silvie Engel der Schönthal ins Gsicht gebrüllt hod, dass sa waaß, dass der Nagler mit ihr abhaua will, hod des Freifräulein wohl bloß gelacht und gemeint, dass der Boris halt lieber mit einer berühmten Schauspielerin in München zsamm wär als wie mit aaner greislichen Putzfraa in Fränkisch-Sibirien. Außer sich vor Wut hod die Engel dann die Kühlschranktür aufgerissen, wollt a Flaschen raushol'n und sie ihrer Kontrahentin aufs Hirn zünden. Stattdessen hod sa den gefrorenen Zander erwischt, aber der hod's aa getan. Damit hod sa die Schönthal erschlagen.«

»Waaas?« Ein einstimmiger entsetzter Aufschrei aus zwei Kehlen.

»Ja, der Fisch muss ganz schee schwer gewesen sa, und außerdem wor er g'froren, also hart wie a Stein«, erklärt der Maunzer. »Auf jeden Fall hod's ausgereicht, um ihrer Rivalin die Schädeldecke zu zerschmettern. Danoch hod sa a Essigessenz g'holt und damit die Wunde fein säuberlich ausgewaschen. Mit Putzen kennt sa sich ja aus. Ganz schee clever, weil die Säure alle Spuren bis in die Kopfhaut hinein weggeätzt hod.

Schließlich hod sa den Fisch nüber in die Wirtshausküchen getragen und dort in den Kühlschrank neigelegt.«

Mir fällt wieder ein, wie ich damals in der Schlossküche den leichten Essiggeruch bemerkt hab und mich über der Engel Silvie ihren Fleiß gefreut hab. Noch selten hab ich mit etwas so danebengelegen wie damit.

»Und am nächsten Tag hat die Mona den Zander gebacken zum Mittagessen serviert«, erinner ich mich mit Grausen. Vor meinen Augen taucht des Bild auf, wie meine Beiköchin geschickt den Fisch portioniert und der Biergärtner und der Maunzer gierig ein Stück nach dem anderen verdrücken. Nur die Silvie Engel und ich haben nix davon gegessen: ich, weil ich kurz vorher die Leiche gefunden hab, was mir elend auf den Magen geschlagen war, und des Hausmadla …

Auch die Mona scheint sich daran zu erinnern, weil sie auf amol neben mir auf der Couch zu würgen anfängt, hochhechtet und ins Bad rennt. Der Maunzer und ich horchen verlegen zu, wie sie sich die Seele aus dem Leib kotzt. Es is wirklich kein schöner Gedanke, dass alle gemeinschaftlich die Tatwaffe aufgefressen haben. Sogar die Kriminaler haben dabei fleißig mitgeholfen. Und hinterher haben wir so gründlich sauber gemacht, dass ned eine einzige Gräte davon übrig geblieben is.

Im Bad läuft minutenlang des Wasser, bevor die Mona mit grünlichem Gesicht wieder zu uns wankt.

»Stimmt das auch, Herr Maunzer?«, keucht sie. »Haben wir wirklich die Tatwaffe verspeist?«

Er nickt. »Ja, des war wärklich so. Ich konn Ihnan des etzad ned in allen Einzelheiten erklären, aber wir geh'n davon aus, dass die Tatverdächtige die Wahrheit socht. Mich hod's aa gegraust, wie ich des g'hört hab. A Sauerei is des, wos die Engel do mit uns ang'stellt hod. Wie sa uns benutzt hod. Allaans dafür g'hört sa eing'sperrt und der Schlüssel in den Main g'schmissen.«

»Wissen Sie auch, wer Graf Karl-Gustav niedergeschlagen hat?«, presst die Mona noch heraus.

»Des wor aa die Engel, weil er in ihrm Zimmer rumgeschnüffelt hod«, informiert uns der Maunzer. »Sie wor ihm halt von Anfang an suspekt, und er hätt gern wos entdeckt, um sie nausschmeißen zu könna, zum Beispiel den Rubinring von seiner Fraa. Aber den hod die Engel scho längst verkaaft g'habt. Sie wollt ihm bloß aan klaan Denkzettel verpassen, a Warnung halt, so jedenfalls hod sie's uns erzählt. Do kummt für die Engel ganz schee wos zsamm: Mord, Mordversuch, Diebstahl, mehrfache schwere Körperverletzung zum Schaden vom Grafen und von Ihnan«, er nickt mir zu, »und Verstoß gegen das Betäubungsmittelgesetz.«

»Wenn Sie sie das nächste Mal sehen, fragen Sie sie doch, ob sie auch die Ann-Kathrin auf ihrem Fahrrad zu Fall gebracht hat, indem sie einen Stein nach ihr geworfen hat.« Ein guter Einwurf von der Mona. »Die Ann-Kathrin hat nämlich auf der Märzen-Kerwa intensiv mit dem Nagler geflirtet, und der Engel trau ich sogar zu, dass die vor Eifersucht einen harmlosen Teenie umbringen wollte.«

»Wor des am End vielleicht aa die Silvie, die mich in der Kühlkammer eingesperrt hat?«, dämmert es mir auf amol.

Der Maunzer nickt: »Ja, des wor ihr erschter Angriff auf Sie, Dora. Sie ham's ihr aa wärklich leicht g'macht.«

»Und was is mit dem Boris? Haben Sie den endlich g'funden?«, will ich wissen, weil sich alle Aufmerksamkeit auf die Engel Silvie konzentriert und keiner mehr an den Nagler zu denken scheint.

»Naa, der is wie vom Erdboden verschluckt, aber es werd intensiv nach ihm gefahndet«, teilt uns der Maunzer mit. »Weit konn er ja ned sein, ohne sei Auto. Mir durchsuch'n heit noch des Fuchswäldla oberhalb vom Schloss mit den Hunden. Do gibt's aan Haufen Höhlen und andere Verstecke. Den find ma scho noch, verlass'n Sa sich drauf.« Der Kommissar schaut auf die Uhr. »Scho gleich viertel sechsa, ich troll mich besser, weil der Herr Janzen nachher bestimmt noch amol die Engel vernehma will. Die hod so viel auf dem Kerbholz, da brauch's scho a Zeit, bis alles protokolliert is. Dann schön Dank für den Kaffee und den Kuung, der wor wärklich a Gedicht.«

»Wir danken Ihnen, Herr Maunzer, dass Sie sich die Mühe gemacht haben, uns persönlich zu informieren. Warten Sie, ich packe ein paar Stücke Kuchen für Sie und Herrn Janzen ein.« Die Mona geht in die Küche, und wir hören sie rumoren, dann kommt sie mit einem Kuchenpaket wieder.

Sie geht dem Maunzer voran zur Tür, und ich hör, wie er sich überschwänglich für den halben Kuchen bedankt, dann fällt die Tür hinter ihm zu, und es is still.

Zurück im Wohnzimmer, setzt sich die Mona mir gegenüber in den Sessel und starrt mich kopfschüttelnd an.

»Ich bin heilfroh, dass die Engel endlich geschnappt worden is«, sag ich. »Wer weiß, was die noch alles ang'stellt hätt. Aber des mit dem Zander ... des is ja a ganz perverse Gschicht.«

»Wenn ich nur daran denke, könnte ich schon wieder ...« Mona verschwindet, die Badtür knallt zu, und ich hör die scho bekannten Würgelaute.

An Schlaf is jetzt freilich nimmer mehr zu denken. An Frühstück aber auch ned, weil es der Mona vom Magen her richtig schlecht geht. So hängen wir weiter im Wohnzimmer umeinander und reden über die Ereignisse der letzten Wochen.

»Vielleicht solltest du dich endlich einmal bei deinem Konni melden«, schlägt die Mona vor. »Sonst macht er noch Ernst und baggert vor lauter Einsamkeit doch noch die Böhner-Bitch an.«

»Des mach ich gleich morgen«, versprech ich. »Heut müssen wir uns erst amol um ein feines fränkisches Menü für meine Eltern kümmern. Was hältst du von Rindsrouladen mit Serviettenklöß und einem Blattsalat als Hauptspeis?«

»Hört sich gut an. Mit einer Winzersuppe vorweg. Aber mit welchem Dessert?«

»Auf jeden Fall was Schmalzgebackenes. Da steht meine Mutter drauf wie eine Eins. Wenn was übrig bleibt, pack ich's ihnen ein für einen fränkischen Kaffeeklatsch auf Gran Canaria.« Und damit steht des Abschiedsmenü für meine Eltern fest.

Bevor wir uns heut auf den Weg in die Arbeit machen, geb ich mir mehr Müh als sonst mit meinem Äußeren, weil ich weiß, dass ich damit meiner Mutter eine Freud mach. Ich leg a wengla Lidschatten, Mascara und Lippenstift auf und flecht mir meine Haar zu einem französischen Zopf. Anstatt ausge-leiertem T-Shirt und Jeans ziehe ich eine gebügelte Bluse und Leinenhose an. Zum Kochen trag ich natürlich die üblichen Klamotten, aber bei Tisch möcht ich halt einigermaßen an-sprechend daherkommen. Die Mona schaut hingegen aus wie immer, nämlich wie aus der »Vogue« rausg'fallen.

Zum Glück is des Mittagsgeschäft heut eher ruhig, es gehen genau sechsundvierzig Essen raus. Was gar nix is, sonst kochen wir mittags manchmal für mehr als hundert Leut. Drum haben wir jede Menge Zeit, liebevoll des Abschiedsessen für meine Eltern vorzubereiten.

Die Sofie brät Speckbröckala für den Salat, weil ihn mein Vater damit am liebsten mag. Bald liegen die Serviettenklöß im Geschirrtuch verpackt bereit, um im heißen Wasser zu baden, und ich wickel im Akkord Rouladen, eine praller und fester als wie die andere. Dann helfen mir meine zwei Küchenmadla bei der Herstellung von Schmalzgebackenem, weil des frisch aus dem heißen Fett halt am allerbesten schmeckt.

Wir haben vereinbart, dass wir spätestens um zwei des Wirts-haus zusperren und uns zu Tisch setzen, und der Alex hat, hilfsbereit, wie er is, angeboten zu servieren.

Pünktlich zur ausgemachten Zeit treffen meine Eltern ein und haben sich extra für den Anlass aufgebrezelt. Mein Vater in Jackett und Hose mit messerscharfer Bügelfalte und meine Mutter im bunten Kleid mit weitem Rock und Bolero. Der Graf begrüßt sie an der Tür, begleitet sie zum Tisch und rückt meiner Mutter galant den Stuhl zurecht. Sie strahlt. Wahrscheinlich hat sie sich genau so ein gräfliches Diner vorgestellt. Die Damast-tischdecke und die Stoffservietten tun ein Übriges, genauso wie die Kristallgläser mit Goldrand, um sie zu beeindrucken. Wir haben uns wirklich alle Mühe gegeben, meinen Eltern einen unvergesslichen Abschied zu bereiten.

Und natürlich is auch des Essen hervorragend: Die Suppe is

würzig, die Rouladen butterzart und die Serviettenklöß locker. Des Bier is süffig und der Frankenwein erlesen. Schad, dass die zwei Kriminaler ned mitessen können, weil sie so viel zu tun haben.

Alle greifen tüchtig zu, allen schmeckt es, des merkt man an der Ruhe, die beim Essen am Tisch herrscht.

»Aaah, des bassd!« Mein Vater lehnt sich zufrieden zurück und wischt sich den Schaum vom letzten Bier vom Mund, wie der Alex den Kaffee und des Schmalzgebäck auftischt. »Des is ja wie frieher bei uns dahaam.«

»Wie frieher bei uns dahaam« is des allerhöchste Lob, des wo mein Vater zu vergeben hat, sozusagen sein ganz persönliches Prädikat »besonders wertvoll«. Beim Gebäck langen alle noch amol ordentlich zu, obwohl der Hunger nach so einem üppigen Essen nimmer allzu groß sein kann. Aber die Spritzkuchen und die Dörre Küchla schmecken halt einfach unwiderstehlich gut.

Die Unterhaltung bei Tisch is jetzt lebhaft. Jeder scheint sich wohlzufühlen, besonders meine Eltern, und darüber freu ich mich besonders, weil sie jetzt doch noch eine schöne Erinnerung von Schloss Lauenfels auf die Kanaren mitnehmen.

Wie alle scho fast in Aufbruchstimmung sind, bumbert einer wie narrisch an die Wirtshaustür, obwohl draußen, gut sichtbar, ein Schild mit dem Hinweis »Geschlossene Gesellschaft« hängt. Wir schauen fragend zum Grafen hin, der nach kurzem Zögern aufsteht und die Tür öffnet. Davor stehen die zwei Bamberger Kommissare. Der Graf bittet sie herein, und wie sie zum Tisch kommen, sehen wir, dass dem Maunzer seine Hose total verdreckt und an den Knien aufgerissen is und an seinen Jackenärmeln und den Schuhen Lehm klebt.

»Entschuldigen Sie die Störung.« Zum ersten Mal seit ich ihn kenn, is der Janzen a weng verlegen. »Wir wussten nicht, dass Sie eine festliche Veranstaltung haben, sonst wären wir nicht einfach hereingeplatzt. Aber wir wollten Ihnen mitteilen, dass Herr Nagler gefunden wurde.«

»Da sind wir aber alle froh«, antwortet der Chef erleichtert.

»Jetzt, da Sie die beiden Verdächtigen gefasst haben, kann der Mord an meiner Cousine ja restlos aufgeklärt werden. Herr Nagler wird Ihnen dabei bestimmt behilflich sein können.«

»Ich fürchte, so einfach ist es nicht«, entgegnet der Hauptkommissar betreten.

»Verzeihen Sie meine Unhöflichkeit«, reagiert der Chef gar ned auf des Gesagte. »Ich lasse Sie hier einfach am Tisch stehen. Nehmen Sie doch Platz. Alex, noch zwei Gedecke und Kaffee für die Herren Kommissare.« Aber dann fragt er doch nach: »Warum sollte es denn nicht so einfach sein?«

»Weil der Nagler Boris dod is«, platzt es aus dem Maunzer heraus.

Alle Blicke heften sich auf die Beamten.

»Tot?« Der Graf wirkt erschüttert.

»Er wurde ermordet. Die Mantrailer haben die Leiche in einem der alten Eiskeller auf Ihrem Grundstück gefunden, ungefähr fünfzig Meter von hier, am Weg hinauf zum Fuchswäldchen«, erzählt der Janzen. »Die Kellertür war nur angelehnt, das Opfer lag auf dem kalten Lehmboden, mit einem Kniestrumpf als Knebel und an Händen und Füßen gefesselt.«

»Wie? Wo? Sind Sie sicher?«, stottert der Graf.

»Natürlich sind wir sicher.« Der Hauptkommissar wirft dem Chef einen entrüsteten Blick zu. »Bei der Leiche handelt es sich eindeutig um Boris Nagler, der uns ja immerhin persönlich bekannt war. Und falls Sie wissen wollen, wie er zu Tode gekommen ist: Er wurde erdrosselt, allem Anschein nach mit seinem eigenen Gürtel.« Er lässt die Nachricht kurz auf uns wirken. »Wir gehen davon aus, dass Ihre ehemalige Hausangestellte, Frau Engel, auch für diesen Mord verantwortlich ist. Allerdings hatten wir noch keine Gelegenheit, sie zu diesem Verbrechen zu befragen. Graf Lauenfels, ich muss Sie jetzt leider bitten, mitzukommen und uns auch Zugang zu den anderen Eiskellern zu verschaffen. Der Drogenspürhund hat angeschlagen, und es wäre möglich, dass Frau Engel einen der Keller als Drogenversteck genutzt hat. Soweit ich informiert bin, konnte sie sich in allen Räumen im Schloss frei bewegen, sodass sie unbemerkt die Schlüssel für die alten Eiskeller an sich genommen haben könnte. Das muss noch überprüft werden.«

Und warum hat sie dann einen Beutel mit Cannabis ausgerechnet in meiner Küche versteckt?, frag ich mich. Hat sie gehofft, dass die Kommissare ihn dort finden und mich verhaften? Dazu würde ich die Engel Silvie am allerliebsten selbst befragen.

»Selbstverständlich«, erwidert der Graf und hat sichtbar Mühe, die Beherrschung zu bewahren. »Die Schlüssel für die Eiskeller liegen bei Herrn Biergärtner im Verwalterbüro. Ich werde sie sofort holen.« Er steht auf und eilt davon.

Wir anderen sitzen stumm am Tisch. Keiner von uns hat den Nagler Boris gemocht, aber so ein furchtbares Ende hat ihm bestimmt niemand gewünscht. Von einer Verrückten in einem dreckigen Erdloch erwürgt zu werden, des is ein furchtbarer Tod.

»Dürfen wir gehen, Herr Hauptkommissar? Wir müssten nämlich noch die Küche sauber machen, aufräumen und alles für heute Abend vorbereiten«, sagt die Mona, die wie immer praktisch denkt.

»Jaja, gehen Sie nur«, sagt der Janzen ungewohnt freundlich. »Wir wissen ja, wo wir Sie finden, falls wir Sie brauchen.«

»An Moment noch, Herr Maunzer, für Sie hob ich noch was«, fällt mir ein, bevor sich die Kriminaler aus dem Staub machen, und spreißel in die Küche hinüber. Dort steht nämlich die Dose mit den Mandelkrachern, auf die der Jungspund doch so scharf is.

Zurück in der Wirtschaft, drück ich sie ihm in die Hand, und wieder amol wird er krebsrot vor Verlegenheit. »Loss'n Sa sich Ihre Plätzla schmecken, die ham Sa sich redlich verdient, gell«, sag ich. »Und diesmol is der Genuss auch ganz ohne Risiken und Nebenwirkungen, versprochen!«

Schweigend begleit ich nach dem Abschied von den Kriminalern meine Eltern zum Pförtnerhäusla. Wieder amol is ned zugesperrt, aber des wird sich in Zukunft ändern, des schwör ich mir insgeheim. Drinnen nehm ich die zwei in die Arme und drück sie zum Abschied ganz fest.

»Kumm halt amol zu uns nach Gran Canaria auf Urlaub. Konnst ruhig die Mona mitbringa und die Sofie aa. Und pass in Zukunft besser auf dich auf. Die Ärbat im Schloss is ja scheinbor ned ganz ungefährlich. Zwaa Dode innerhalb vo a paar Tog, da muss ma ja wärklich um sei Lebm fürchten.«

Und damit hat meine Mutter ned ganz unrecht. Ich werde mir tatsächlich in einer ruhigen Minute überlegen müssen, ob ich mich ned vielleicht doch nach einem anderen Arbeitsplatz umschauen sollte. Zwar tät es mir schwerfallen, mich von meinem Dreamteam, also der Sofie, der Mona und der Edith, zu trennen, aber die Morde und die wiederholten Anschläge auf mein Leben haben eine tiefe Unruhe und ein anhaltendes Unbehagen in mir hinterlassen. So viel Grauen in so kurzer Zeit, des muss ich erst amol verarbeiten.

Aber ich bin ja noch jung, schau mer also amol, was ich sonst noch so aus meinem Leben machen kann. Es muss ja ned für alle Ewigkeit Schloss Lauenfels und des »Eppelein« sein.

Das Abschiedsmenü:

Winzersuppe

Zutaten:
1 kg Kartoffeln
1 Bund Suppengemüse (Karotte, Sellerie, Lauch, Petersilie)
1 Zwiebel
Olivenöl
200 ml trockener Weißwein
1 l Wasser
Kümmel nach Geschmack
Salz
100 ml Sahne

Zubereitung:
Die Kartoffeln waschen, schälen und in mundgerechte Stücke schneiden. Das Suppengemüse waschen, putzen und würfeln oder in Scheiben schneiden, die Petersilie hacken. Die Zwiebel schälen und fein würfeln.
Das Olivenöl in einem Topf erhitzen und die Zwiebelwürfel und Lauchscheiben darin leicht andünsten. Mit dem Weißwein ablöschen, das restliche Gemüse dazugeben und mit dem Wasser aufgießen. Nach Geschmack Kümmel beifügen und salzen. Aufkochen und anschließend bei schwacher Hitze köcheln, bis die Kartoffelstücke weich sind.
Mit dem Schaumlöffel die Hälfte des Gemüses aus der Suppe heben, den Rest mit dem Stabmixer pürieren. Die Gemüsestücke zurück in die Suppe geben. Die Sahne unterrühren und nicht mehr aufkochen. Nur kurz ziehen lassen und anschließend heiß servieren.

Rindsrouladen

Zutaten:
4 große Rinderrouladen
Salz
Pfeffer
1 TL mittelscharfer Senf
12 dünn geschnittene Scheiben Räucherspeck
2 große, der Länge nach halbierte Essiggurken
1 Zwiebel
etwas Butterschmalz
Fleischbrühe
1 Bratenwürfel
Soßenbinder
1 EL Schmand

Zubereitung:
Die Rouladen salzen und pfeffern, dünn mit Senf bestreichen, jede mit je 3 Scheiben Räucherspeck und einer halben Essiggurke belegen, fein gehackte Zwiebel dazugeben, das Fleisch aufrollen und mit Rouladennadeln fest verschließen, sodass der Inhalt nicht herausfallen kann.
In heißem Butterschmalz rundherum anbraten, die Hitze reduzieren, mit Fleischbrühe aufgießen, Bratenwürfel dazugeben und etwa 1½ h leicht köcheln lassen.
Die Soße, falls gewünscht, mit Soßenbinder binden, mit Salz und Pfeffer abschmecken und mit Schmand verfeinern.
Dazu passen Serviettenklöße und grüner Salat.

Dörre Küchla

Zutaten:
500 g Mehl
1 EL Backpulver
150 g Zucker
Saft einer halben Zitrone
1 Spritzer Rum
4 Eier
4 EL Milch
150 g lauwarme, geschmolzene Butter
Butterschmalz zum Ausbacken

Zubereitung:
Alle Zutaten gut vermischen. Das Butterschmalz in einer gro-
ßen, tiefen Pfanne erhitzen. Für ein Küchla 2 EL Teig ins heiße
Fett geben und goldbraun ausbacken.